FT

英国空中学園譚

ソフロニア嬢、仮面舞踏会を密偵《スパイ》する

ゲイル・キャリガー

川野靖子訳

早川書房

7535

WAISTCOATS & WEAPONRY
FINISHING SCHOOL BOOK THE THIRD
by
Gail Carriger

Translated by
Yasuko Kawano
First published 2015 in Japan by
HAYAKAWA PUBLISHING, INC.
This book is published in Japan by
arrangement with
NELSON LITERARY AGENCY, LLC
through TUTTLE-MORI AGENCY, INC., TOKYO.

ロンダへ
彼女は輝いていた。

目次

ソフロニア嬢、仮面舞踏会を密偵《スパイ》する

登場人物

ソフロニア・テミニック……〈マドモアゼル・ジェラルディン・フィニシング・アカデミー〉の生徒

バンバースヌート…………ソフロニアのメカアニマル

ディミティ・プラムレイ＝テインモット……学園の生徒。ソフロニアの親友

シドヒーグ・マコン…………学園の生徒。正式にはレディ・キングエア

アガサ・ウースモス…………学園の生徒

プレシア・バス………………学園の生徒

モニク・ド・パルース………もと学園の生徒。ウェストミンスター吸血群の取り巻き《ドローン》

ブレイスウォープ教授………学園の教授。吸血鬼

ナイオール大尉………………学園の教授。人狼

ソープ…………………………ボイラー室の〝煤っ子〟のひとり。本名はフィニアス・B・クロウ

ピルオーバー…………………ディミティの弟。〈バンソン校〉の生徒

フェリックス…………………マージー卿。〈バンソン校〉の生徒

ゴルボーン公爵………………フェリックスの父親

〈将軍〉………………………女王陛下の専属助言役を務める人狼の長

授業その一　植木鉢をかぶった吸血鬼にご用心

「フュナンビュリスト」とつぜんソフロニア・テミニックが言った。

「ソフロニア、言葉に気をつけて！」ディミティ・プラムレイ＝テインモットがたしなめた。

「なんて言ったの？」アガサ・ウースモスが聞き返し、ソフロニア組の最後の一人シドヒーグ・マコンがつぶやいた。「お大事に」

「あたしはくしゃみをしたのでもなければ、失礼なことを言ったのでもないわ、おあいにくさま。思ったことを口にしただけよ」

「思ったことを口にするのはあくまで失礼じゃないと言いたげね」と、ディミティ。言葉づかいにはとことん手厳しい。

「フュナンビュリスト。吸血鬼になる前のブレイスウォープ教授《プロフェッサー》の本職《プロフェッショナル》はこれだったんじゃない？　つまり、サーカスの綱渡り芸人《フュナンビュリスト》「紳士に向かって曲芸師呼ばわりは失礼だけど、ないとは言えないわね」ディミティも認めた。

四人はいっせいにキーキーデッキの手すりの向こうに視線を戻した。表向きは、ほか十数名の生徒とともにブレイスウォープ教授の授業を受けているところだが、近ごろの授業はどうみても変だった。つまり〝空に浮かぶ飛行船型スパイ学校で受ける通常の吸血鬼の授業のなかでもとくに変〟という意味だ。

ときは一八五三年一月、太陽が沈んだばかりの霧雨降る夕刻、ブレイスウォープ教授は飛行船の先頭デッキの手すりから操縦室に延びる細い梁の上をくるくるまわりながら行ったり来たりしていた――地上から何マイルもの高さで。

〈良家の子女のためのマドモアゼル・ジェラルディン・フィニシング・アカデミー〉に初めて乗りこんだ日、ソフロニアはブレイスウォープ教授がまさにこの細い梁の上を恐るべき優雅さで走るのを見たが、まさか同じ場所で踊るとは想像もしなかった。たしかに、空想上の相手と静かにカドリーユを踊るブレイスウォープの優雅さはあのときと変わらない。違うのは、頭にシスター・マッティが丹誠こめて育てたジギタリスの植木鉢を載せていることだ。あの不幸な事件が起こる前のブレイスウォープは、そのつややかな茶色い髪の神聖なる場所にシルクハットを載せずに部屋を離れることなど決してなかった。だが、ここ数カ月の行動はいよいよ常軌を逸してきた。それは、高い襟と深紅の裏地つきの古めかしい黒いサテンのケープからも明らかだ。剝き出した牙のせいで言葉はいくぶん舌足らずで、カドリーユのステップに合わせてときおり狂気じみた笑い声を上げる。のちのために記しておくならば、さしずめ〝ムア・ハ・ハ〟という感じだ。

「誰かつかまえに行ったほうがいいんじゃない？」ひとつ間違えば死ぬかもしれない。あの高さから荒れ地に落下すれば、飛行船と教授をつなぎとめるつなぎひもが切れる。〝つなぎひも断裂〟こそ、この狂気を引き起こしたそもそもの原因だ。

「どうして？」ソフロニアの言葉にプレシアが振り向いた。「あなたも綱渡り芸人か何か？」

意地悪モニクがウェストミンスター吸血群の正式な取り巻き《ドローン》として新たな人生を歩きはじめたいま、ミス・プレシア・バスがモニクの意地悪さをそっくり受け継ぎ、無垢な新入生のなかから見目のいい少女たちを選んで親衛隊を結成していた。

ソフロニアはプレシアを無視してディミティを見た。「どう思う？」

ブレイスウォープ教授がくるりとつま先で回転した。霧の隙間から、はるか下に湿った草地と棘《とげ》だらけのハリエニシダがちらっと見えた。

「寮母を呼ぶ？」と、ディミティ。

「それともレディ・リネット？」と、アガサ。

「いかれ教授の授業なんていつもこんなものよ」プレシアたちはブレイスウォープ教授の授業がなんの講義も実習もない自由時間になるのを喜んでいる。

「いつもはこれほどひどくないわ」スパイ養成学校でいい子ぶる気はないが、ソフロニアは以前の才気煥発《さいきかんぱつ》な教授に戻ってほしかった。吸血鬼流の人心掌握術や、ファッションを使っただまし討ちのテクニック、政府や上流階級やカールごてとのつきあいかたを教えてくれる先生に。目の前にいるのは植木鉢をかぶるほどいかれた吸血鬼で、まったく役に立たない。それでも学園が黙認しているのには理由があった。ブレイスウォープ教授は飛行船につなぎとめられているため、ここを離れて地上に降りることはできない。これまでのところ本人以外の誰にも危害を加えそうにはないが、いまのブレイスウォープが正気を失った不死者であり、つきつめれば彼にとって生徒全員が食料である事実は無視できない。

ソフロニアは緑色の目を細めた。どうやらブレイスウォープ教授は新たな教材になったようだ。〈強い立場にある危険な吸血鬼の対処法〉という教材に。

その危険な吸血鬼がくるりと振り向き、じっと見つめる生徒たちの顔に気づいた――梁上のカドリーユに困惑し、魅せられ、はらはらして見守る、十数人のまばゆいばかりの美少女たちに。「おお、きみたち！ そこにいたのか、は。さあ、覚えているか――いかなる高所にもつねに軽薄と策略の時間はある、は？」

ソフロニアは耳をそばだてた。あたしたち、何か学んでいたんだっけ？

「スピーチを」プレシアがうながした。

「われわれはみな、吸血鬼も人狼も、ヴィクトリア女王の臣民なり。われわれは女王陛下に忠誠を誓う。われわれが声を、投票権を、そしておやつ《スナック》を持ちうるのは英国だけである。われわれは大英帝国の建国に寄与し、この高貴なる島を強くささえつづけるものなり」

ソフロニアは眉を寄せた。新しい内容は何もない。進歩派の立場を述べただけだ。

「われわれはヘンリー王の治世《ディ》からの臣民である。いや、日《ディ》というより夜《ナイト》というべきか。しかしながらヘンリー王は太っていた。そしていかなるピクルスもあのサンドイッチを楽しむべきではない！」そこでブレイスウォープ教授は大きく両手を開き、演説をしめくくった。

若きレディたちはお愛想の拍手をした。

「さあ、誰が踊る？　軽いマホガニーの上で踊りたい者が必ずやいるはずだ。ミス・テミニック？　まさかきみはわたしの誘いを拒みはしないだろう、は？」

ソフロニアはスカートをなでつけた。教授をキーキーデッキに引き戻す方法はそれしかなさそうだ。

「ちょっと、ソフロニア。早まらないで」ディミティは、あたしがブレイスウォープ教授の狂気に罪の意識を抱いていることを知る数少ない一人だ。

ソフロニアはデッキの手すりにのぼり、梁の上に足を踏み出した。思ったとおり幅は狭く、すべりやすい。ソフロニアは何枚ものペチコートでふくらんだ幅広の重たいドレスをバラストがわりに、できるだけ下を見ないようにしながらじりじりと教授に近づいた。

途中で一瞬、足をすべらせてぐらつき、バランスを保とうと両手をぐるぐるまわした。

背後に寄り集まる少女たちが息をのんだ。

ディミティが小さく悲鳴を上げた。

「もう見てられない。すべて終わったら教えて」アガサの声だ。

「ソフロニア！」プレシアが叫んだ。「いますぐ戻って。何をする気？　落ちたらどうするの？　どんな噂が立つと思う？　まったくどうかしてるわ。アガサ、レディ・リネットを呼んできて。ソフロニアのせいでみんな大迷惑よ。ソフロニアったら、どうしていつもみんなのお楽しみを台なしにするの？」

ソフロニアはブレイスウォープ教授に近づいた。

「ああ、ミス・テミニック、よく来てくれた。踊るかね？」

「遠慮しておきます、教授」空想に遊ぶ吸血鬼をなんとか安全な場所に誘導しなければ。

「それよりパンチを取ってきてくださいませんか？　あたし、喉がからからで」

「パンチとな、は？」ブレイスウォープはこぶしで軽くソフロニアのあごを叩いた。「ムア・ハ・ハ！　これはわたしとしたことが。もちろんだ、お嬢さん、すぐに取ってこよう。で、血液パンチがいいか、それとも脳みそパンチか？」そこでふと首を振り、声を落とした。「おや、ちょっと待て、ここは……ミス・テミニック！　こんなところで何をしている？　は？　は？」

「あなたに呼ばれました、教授」

「わたしが？　なぜわたしがそんなことを？　バッキンガム宮殿の異界族パーティで何をしている？　きみはまだ社交界にデビューもしていない。しかもわたしが知るかぎりきみは異界族でもなければ、ここにいられるほど高い地位でもない。もっとも、われわれはかなり高い場所にいるようだがね、は」

「パンチを取ってきてくださるんじゃなかったんですか？」

「わたしがパンチを？」ブレイスウォープは声を落とし、ささやいた。「ヴィクトリア女王がパンチ好きとは思えん。いや、陛下はパンチがお嫌いだ。かわりにグラス一杯の松ヤニはどうだね？　木製品に使う、すぐれた防水塗料だ。こんな天気には欠かせない。連中は水晶を集めている、知っていたか？　丸くて美しい、世界を支配する水晶だ。それにメカも忘れてはならぬ。やつらは信用できん、だろう？　信用できるものか！　とにもかくにもパンチを持ったメカなんぞ」

ソフロニアはウェストミンスター群を思い出した。「メカを信用する吸血鬼がいるんですか？」

「いるものか。それは、われわれのきょうだいである人狼とて同じだ。なぜ彼らが、は？

というより、なぜわれわれが？　わたしは吸血鬼、だろう？」

「はい、教授、もう何百年も」

「おや、そんなに長く？　ミス・テミニック、来たまえ」そう言うやブレイスウォープ教授は小脇にひょいとソフロニアを抱え上げると、小股でちょこちょことデッキからさらに離れた場所にある操縦室に向かいはじめた。

　操縦室は巨大な浴槽の上にもうひとつ浴槽をひっくり返してかぶせたような形で、下から足場でささえてはあるが、飛行船本体からははるか遠い。

　ブレイスウォープ教授はようやく二人が座れるくらいの操縦室のてっぺんにソフロニアを立たせた。

「それで、これから何を？」ソフロニアは礼儀正しくたずねた。

「ミス・テミニック、操縦室の上で何をしている？」

「たったいま、あなたがあたしをここに載せました、教授」

「ああそうだった。では踊ろうか？」

「どうしてもとおっしゃるのなら。あまりスペースはなさそうですけど」

「それにしても大変な騒ぎではないか、は？　バッキンガム宮殿がこれほど混み合うとは。いつもは陛下《ドローン》ももう少し人をお選びになるのだが。なんと、人狼の世話人《クラヴィジャー》までいる。吸血鬼の取り巻きならまだしも、クラヴィジャーなんぞたかが牢屋番ではないか！　だが心配するな、お嬢ちゃん、わたしにまかせておけ」そう言うやブレイスウォープは操縦室のてっぺんで静かにソフロニア相手にワルツを踊りはじめた。さすがは吸血鬼——超人的に力が強く、信じられないほどバランス感覚がいい。ソフロニアは自分をささえる教授の力を信じ、祈った——どうかあたしのことをとつぜん忘れたり、帽子と思いこんで植木鉢がわりにかぶろうとしたりしませんように。

「まあ、ブレイスウォープ教授、なんてことを！」キーキーデッキから威厳のある声が聞こえた。

アガサがレディ・リネットを連れてきたようだ。

「ミス・テミニックを下ろして、いますぐ戻りなさい。なんてみっともない真似を」

ブレイスウォープ教授はしかられた子どものようにワルツをやめた。公式の学長はマドモアゼル・ジェラルディンだが、真の実力者がレディ・リネットであることはみな知っている。ブレイスウォープは言われるままにソフロニアから手を離して背を向け、細い梁を猛然と駆け戻りはじめた。

とたんにソフロニアは操縦室の屋根で足をすべらせ、脇からすべり落ちた。束になったペチコートがゆるい釘に引っかかったが、それも落下を止めることはできなかった。

見つめる生徒たちの口から恐怖の叫びが漏れた。

さいわいソフロニアは飛行船の外壁を這いまわるのに慣れている。身体が瞬時に反応し、つかまるものを探るかわりに右手を左手首に伸ばしてかかげ、ホウレーを発射した。この道具、見た目はカメ型のブレスレットだが、発射すると二本の引っかけ鉤が下部から飛び出すすぐれものだ。ホウレーは弧を描いて操縦室を越え、反対側の側面に引っかかった。鉤から垂れさがるロープに引っ張られて左腕が抜けそうになったが、落下距離はわずかですんだ。ぴんと張ったロープを右手でたぐり寄せ、気がつくとソフロニアはロープの先から魚のようにぶらさがっていた。

「ミス・テミニック」レディ・リネットの声がした。「現状報告」

「ソフロニア」ディミティの金切り声が聞こえた。「大丈夫？　あらまあ、大変」

ショックで息が切れ、どちらの呼びかけにもすぐには答えられなかった。

「ブレイスウォープ教授、あの子をつかまえて！」

「親愛なるマダム」レディ・リネットの命令にブレイスウォープが反論した。「ほかのレディたちが同じような恐ろしい目に遭わないよう守るほうが先です」言葉が終わるや、めりめりと木が裂ける音がした。

ロープの先で静かにくるくるまわりながらソフロニアが見上げると、ブレイスウォープ教授がさっきまでダンスフロアだった梁を素手で破壊するのが見えた。

「教授、なんてことを、やめなさい、いますぐに」と、レディ・リネットの声。

「ソフロニア、大丈夫？　お願いだから答えて」またもやディミティの声。

ソフロニアはようやく息を整え、大声で叫んだ。「大丈夫よ。でも、ちょっと困った状況だわ」このままではデッキにも戻れないし、操縦室の足場を伝って船内にも戻れない。さいわい操縦室は無事だが、ささえの一部だった梁を失って前より大きく揺れている。

「ミス・テミニック、その精巧な引っかけ鉤をどこで手に入れました？」と、レディ・リネット。

「友人からです」ソフロニアは答えた。

「学園内での未登録装置の所有は禁じられています、お嬢さん。でも今回はそれが手もとにあってさいわいでした。それとも手首にと言うべき？」

ソフロニアはなおもゆったりと回転しながら答えた。「申しわけありません、レディ・リネット、でも、その件はあとにしてもらえませんか？　いまはそれどころじゃありません」

「そうでした」大声で答えたあと、レディ・リネットはまたも何かに気を取られた。「だめよ、ブレイスウォープ教授、メカ兵士はやめて。なんていけない吸血鬼！」

「レディ・リネット？」ソフロニアは叫んだ。見捨てられてはたまらない。

「ええ、わかっています。なんとか操縦室の底までよじのぼれない？　底にハッチがあります。なかに入ればカプセル輸送タマゴで通信できるわ。ルフォー教授を行かせます。こうした機械の問題はあの人のほうが得意ですから」

操縦室からぶらさがっていることのどこが機械の問題なの？　ソフロニアは首をかしげながらも答えた。「わかりました。感謝します」

向きを変えてデッキを見上げると、ちょうどレディ・リネットが小股で歩くブレイスウォープ教授を猛然と追いかけていた。「さあ、ほら教授、お願いだから！」ブレイスウォープはまだ植木鉢をかぶっている。

そこへ、丸っこい地味な体型のシスター・マッティが現われた。「誰か、わたしの大事なジギタリスを見なかった？　あら、いやだ、教授、なんてこと。あれを育てるのに何週間もかかったのよ！」シスター・マッティはブレイスウォープの頭から植木鉢を取り戻そうと、その場でぴょんぴょん飛びはねた。

ディミティとアガサとシドヒーグ以外の生徒たちはぶらさがるソフロニアに飽きて、教授たちのバカ騒ぎを見守りはじめた。

「ソフロニア、大丈夫？」ディミティが心から心配そうに顔をしかめた。

「わたしたちにできることはない？」アガサも心配そうだが、進んで手を貸す気はなさそうだ。

「つきあおうか？」と、シドヒーグ。そうは言ったが、なんにつけシドヒーグが本気で心配することはまずないし、ソフロニアならどんな困難も切り抜けると信じている。

「心配ないわ」ソフロニアは鼻風邪の見舞いに来た友人に答えるように言った。「心配はうれしいけど、あたしのために残らないで」

「でも……」ディミティが口ごもり、「本当に大丈夫？」

「お茶の時間には戻るから」と、ソフロニア。われながら自信に満ちた声だ。

「戻らなかったら一時間後にここから丸型マフィン《クランペット》を投げてやるよ」

「まあ、気がきくわね、クランペットを投げるなんて。ありがとう、シドヒーグ」

「ぶらさがったまま飢え死にさせるわけにはいかない」

「そうね、それは避けたいわ」

「じゃあ、あとで」アガサがしぶしぶ戻りはじめた。

ディミティはなおも心配そうだ。「本当に大丈夫？」

「大丈夫」

「じゃあがんばって、ソフロニア」シドヒーグはにやりと笑い、大股で立ち去った。こんなに遠くからでも、その長身で骨張った背中からはどことなく皮肉っぽいユーモアが感じられた。

　こうしてロープからぶらさがったまま、ソフロニアは一人、取り残された。

　肩がねじれるのもかまわず、ソフロニアは少しずつロープをたぐり寄せた。なにしろ上流階級のうら若きレディにはあるまじき筋肉がついている。それから絶妙な足技とホウレーの張力を使って操縦室の外側をくねくねと這いながらハッチにたどりついた。長いあいだ使われていなかったらしく、開けるのも一苦労だ。しかも開口部は狭く、幅広のドレスがワインのコルクのように引っかかった。しかたなく少し身を引き戻して片手でひもをほどき、ペチコートを二枚、脱ぎ捨てた。ペチコートはひらひらと荒れ地に落ちていった。あたりをうろつく毛深いポニーたちの困惑顔が目に浮かんだ。嘆いてもしかたない。すでにソフロニアは学んでいた――スパイというのはペチコートにとって過酷な職業だ。そうしてハッチに身体を押しこみ、操縦室のなかに入ったときは心からほっとした。

いったい何が待ち受けているのだろう？　日がな浴槽にこもりきりのしなびた男？　でも、この小部屋で人が暮らせるとはとても思えない。

正面には舷窓が三つあり、たまの晴れの日にはテーブルクロスのように広がるダートムーアが窓ごしに見渡せそうだが、今夜は暗い霧雨しか見えない。

操縦室の前半分を一体の肥満メカが占領していた。人間で言えば、さしずめプディングを食べすぎて日々の運動を怠った典型的な肥満の紳士といったところだ。世のなかのメカの多くは人間サイズで、レディのドレスに似た形――すなわち上部が小さく裾が広い――をしている。それともレディのドレスがメカに似ているというべき？　近ごろのレディのスカートはますます横に広がり、物を倒さずに廊下を通るのが困難なほどだ。一般的なメカの横幅はそれほどでもないが……目の前のメカは違った。これには最新の舞踏会ドレスを着たプレシアも激しい競争心を燃やすに違いない。幅広の下半身は複雑な内部構造がいくつもの層になり、それがしかるべきカバーもなく剝き出しで、動くさまが恐ろしいほど丸見えだ。その上に普通のメカ頭がちょこんと載っかり、前を向いていた。胴体にはクモのように何本もの腕があり、ときおり鉤爪のような手を伸ばしてレバーを引いたりスイッチを動かしたりしている。

「失礼ながら自己紹介させていただきます、ミスター・メカ。あたしはミス・テミニック。音声プロトコルをお持ちですか？」

メカ操縦士は無反応だ。縄張りにまぎれこんだ生徒を感知する機能などついていないのだろう。しかたなくあたりを見まわしたが、たいしたものは何もない。ロープが数本と、おびただしい道具と、どっかと座るメカだけだ。ソフロニアはスカートをこすらせて丈の高い革の帽子箱らしきものの上に座り、身体の具合を確かめた。これといったケガはない。筋肉痛だけだ。さて、操縦室の外側に突き刺さったままの引っかけ鉤をどうやって回収しよう？　ここにあるロープを命綱にして外壁を伝い下りるしかないかしら？

そのときシューッと音がしてソフロニアは息をのんだ。目の前の輸送管からタマゴ型の容器がプッと吐き出され、そのためのものとおぼしき溝をすべるように転がったかと思うと、メカが一本の腕を振り下ろしてタマゴを叩き割った。

ソフロニアはびくっとして悲鳴を上げた。

メカの別の手がなかの紙を広げた。あちこちにミシン目のような小さな穴が開いている。メカはその紙を標準メカの音声コイルのような読み取り器に載せた――要するにオルゴールの原理だ。

別の腕がクランクをまわし、紙が吸いこまれた。通常は、こうやって飛行船操縦のための一連のプロトコルがメカに送られるのだろう。だが今回は、あまり使われていなさそうな発声器が金属性の声で指示を読み上げた。

「〝カプセル輸送管そばのピランデロープ探査器の下に縄ばしごあり〟」

あたしに対する指示だ。それは機械音声でなんの抑揚もなかったが、どことなくルフォー教授に特有のフランスふうの冷淡さが感じられた。

授業その二　扇子とたわむれ

「それだけ？」操縦室にまつわるソフロニアのとりとめのない話にシドヒーグはがっかりした。

「あなた、いつから機械に興味を持つようになったの？」と、ソフロニア。

「そうじゃなくて。てっきりあれからあんたが落ちたと思ってた。今度ばかりはおもしろいことになるんじゃないかって」

「それはご親切に、レディ・キングエア。吸血鬼のせいであたしが飛行船の外に放り出されただけじゃおもしろくなかったってこと？」

「あんたにしてみれば、ソフロニア、たいしておもしろくもないだろ」シドヒーグは言われる前にバターつきパンケーキをまわした。

「あなたを甘やかすんじゃなかったわ」ソフロニアがまんざらでもない顔でパンケーキを皿に取りわけると、シドヒーグがりりしい顔をにっとほころばせた。

四人のお茶の会話はよどみなく流れた。一緒に暮らしはじめて一年半、三人はソフロニアの大切な仲間になった。何よりすばらしいのは、三人もあたしをそんなふうに思っていることだ。それぞれに取り柄があった。シドヒーグは何ごとにも動じない強さ。ディミティは天真爛漫《てんしんらんまん》なずる賢さ。アガサは……正直なところ、これといった取り柄はない。とことんまじめで、がんばり屋だけど、ときどきがんばりすぎる。

それを証明するかのように、ぽっちゃりした赤毛のアガサがいきなり顔をひきつらせて身体のあちこちを叩き、小物バッグをごそごそ探りはじめた。「お茶のあとの授業はなんだった？」声がわなわなと震えている。

パンケーキにイチゴジャムを塗っていたディミティが顔を上げた。「ナイオール大尉よ。今日は木曜日。木曜日は毎週、大尉の授業よ、満月でないかぎり。もうアガサったら、どうしてこんなに大事なことを忘れるの？　だってナイオール大尉よ！」

アガサはほっとした。「ああ、よかった。でも……何か持っていくものがなかった？ハサミとか、文鎮とか、小麦ペーストとか……」

「ないよ」ナイオール大尉の授業にはつねに準備万端のシドヒーグが答えた。シドヒーグは大尉の授業を楽しみにしている。大尉が甘いマスクの好男子というだけでなく、純粋に武器の訓練が好きだからだ。さすがはスコットランド人。「今夜は〈図書室の凶器〉から別の武器に進むはずだ。何かはきいてないけど」シドヒーグはそわそわと耳たぶを引っ張った。このしぐさが、次の授業内容を知らないせいか、ナイオール大尉のせいかはわからないが、ソフロニアが見るかぎりシドヒーグは人狼教師にかなり恋心を抱いている。それを言うなら、マドモアゼル・ジェラルディン校の生徒の半数がそうだ。たしかにナイオール大尉はかっこいい。それを認めるのが照れくさいのか、自分も大尉に憧れる大多数の一人であることが腹立たしいのか、いずれにせよシドヒーグは本心を明かさない。

ソフロニアはそんなシドヒーグをからかって楽しんだ。「きいてないの？　あなたでも？　あなたたち二人はとても親密だと思ってたけど」

予想どおりシドヒーグはむきになった。「親密なもんか！　大尉はあたしに授業計画を教《シェア》えたりしない」

「あら、だったら何をシェアするの？」

ディミティも調子に乗った。「死んだウサギとか？　あなたの足もとに獲物を並べたり？」

「なんだって？」シドヒーグは心底うろたえた。

ディミティが追い打ちをかけた。「あなたがすてきな大尉にしょっちゅう鼻をすり寄せるのに気づいてないとでも思う？」

いわれなき冷やかしにシドヒーグは声を荒らげた。「すり寄せる？　大尉はあたしより十倍も年上だ！」

ディミティはくったくなく手を振った。「不死者は普通、そうだし、ナイオール大尉は今もすごくかっこいいわ」

ソフロニアはシドヒーグの肩をこづいた。「それにあなたは人狼がどんなものかをよく知っている。あなたほど知ってる人はいないわ」こんなふうにシドヒーグをからかう機会はめったにない。

シドヒーグは本気で顔を赤らめた。

ルームメイトの気持ちを案じたアガサが授業の準備に話を戻した。「ああ、でもナイオール大尉でよかった。てっきりレディ・リネットの授業だとばっかり。カード室と情報提供者探しで使う嚙みタバコをどこかに置き忘れちゃったの」

「また？　しっかりしなよ、アガサ」シドヒーグが冷たく言った。

「言っとくけど、昨日、置き忘れたのは口紅よ。あなたがもう少し部屋の半分をきれいにしてくれればいいんだけど」

「自分のうっかりをあたしのせいにしないでくれる？」

「いいえ、あなたのせいよ」シドヒーグに本気で言い返せるのはアガサしかいない。不思議なものだ――シドヒーグはあんなに男まさりで、アガサはいつもびくびくしているのに。でも何カ月も相部屋で過ごしてきたアガサは知っていた。シドヒーグは、口は悪いが根はやさしい。それはたぶん人狼に育てられたせいだ。ディミティいわく、〝シドヒーグは十六歳の女の子にしては気むずかしい年寄りのあつかいがものすごくうまい〟

「あなたたち、一晩じゅうそこに座ってしゃべってるつもり？」すぐそばにプレシアが立って四人を見下ろしていた。小柄なプレシアにはめったにないことだ。

いつのまにみんな出ていったのか食堂は空っぽで、メカメイドがテーブルのお茶を片づけはじめていた。

「あ、わかった。残ったパンケーキを集めようって魂胆？　アガサがあとでおやつに食べられるように」と、プレシア。言ったそばから単語を切り殺すかのような早口だ。

ぽっちゃり体型を皮肉られたアガサが目に涙を浮かべた。

ディミティは息をのみ、片手で口を覆った。

ソフロニアもあまりの暴言に返す言葉を失った。

シドヒーグだけが冷静に、ほとんど手をつけていないパンケーキをプレシアに投げつけた。

「レディ・キングエア」プレシアは愕然とした。「おろしたてのドレスなのよ！」

「だったら、あたしたちがおいしいもので武装してるときに憎まれ口をたたいてまわらないこった」シドヒーグはプレシアの胸もとにべったりジャムがついてもまったく動じない。

プレシアは減らず口をたたきながら跳ねるように立ち去った。どんなに腹が立っても、レディたるもの、ここは言葉で返すべきだった——パンケーキを投げつけるのではなく。それでもアガサはシドヒーグのパンケーキ反撃に元気づいたようだ。

ディミティが憤然と言った。「まったくプレシアは歩いてしゃべる消化不良ね。ソフロニア、なんとかならない？」

ソフロニアは顔をしかめた。「いまはあまり目立ちたくないの。ウェストミンスター群の一件以来、あたしは何かと目をつけられてるから」

「そんなこと言わないで、お願い」ディミティはせがむようにハシバミ色の大きな目を見開いた。

「考えとく。さあ、そろそろ行かなきゃ授業に遅れるわ。階段は待ってくれないわよ」

四人は手つかずのパンケーキを残して中央デッキに急いだが、ほかの生徒に追いつく前に呼びとめられた。

「レディ・キングエア、ちょっといい？」

ルフォー教授は学園でもっとも恐れられている先生だ。担当教科は凶器、高衝撃武器、潜入学。怖いもの知らずのソフロニアも、ルフォー教授の容貌と態度と能力には恐れと尊敬の念を抱いている。だが、間違っても廊下で声をかけたり、授業に遅れそうな生徒の邪魔をしたりするタイプではない。

シドヒーグは驚きを隠し、いかめしい顔の教授に向き合った。身長はほとんど変わらない。ルフォー教授と並ぶと、シドヒーグの女家庭教師ふうの身なりもやさしげで親しみやすく見える。

ソフロニアはルフォー教授を見るたび、〝疾走する馬車から顔を突き出してたみたい〟と思ってしまう。髪を後ろできつく束ね、皮膚が引っ張られているかのようにしわひとつない。

「なんでしょうか、教授？」シドヒーグも礼儀が必要なときは知っている。

「あなたに」そこで教授は言いよどみ、不安げな表情を浮かべた――ルフォー教授に不安なときがあるとすれば。「ハトが届いています」

少女たちは息をのんだ。伝書バトが届くのはよほどの緊急事態だ。

シドヒーグは青ざめた。「誰か死んだんですか？　祖父《じい》さん？　誰かに決闘を申しこまれたとか？」

ルフォー教授はシドヒーグに心配そうににじり寄る三人を見やり、「個人的な内容です。こちらへ。一人で、ヤング・レディ」そう言って背を向け、先に立って廊下を歩きはじめた。

ディミティがはげますようにシドヒーグの腕をぎゅっと握った。「気をたしかに」

三人はシドヒーグが廊下を曲がって見えなくなるまで立っていた。

「ハトだなんて、いったい何ごとかしら？」と、ディミティ。

ソフロニアはアガサと視線を交わした。

「人狼団に何かあったのよ。そうに決まってる。よほど重大なことでないかぎり人狼団が

ハト を使うはずがないわ」

アガサが不安そうにうなずいた。シドヒーグがどれだけ人狼おじさんたちを大切にしているか、みな知っている。それに、異界族で何か起こったら、その集団だけの問題ではまず終わらない。

三人は次の授業に向かったが、仲間が一人欠けたせいで気分は沈んでいた。

ナイオール大尉の授業は地上――すなわち荒れ地の上――で行なわれる。人狼は性質上、空には浮かべない。そしてつねに大尉の授業は全学年合同だ。現在の生徒数は三十八人ほどで、ソフロニアが入学したころより少ない。上級生の多くが社交界に出たあと、減った数だけの新入生は入らなかったようだ。

飛行船型校舎は吹きつける風にプロペラをまわして船体を安定させ、地面すれすれまで下降して折りたたみ式階段を下ろした。階段のクランクを動かすのは機関室の二人の煤《すす》っ子で、その片方――背が高くて褐色の肌と白い歯の笑顔がすてきな若者――がソフロニアにこっそりウインクした。身分の低い見知らぬ男からそんなことをされたらぎょっとするところだが、ソープはソフロニアの親友で、大の仲よしだ。だからソフロニアもウインクを返した――もちろん先生が誰も見ていないときに。

階段が伸び、一部が緑の草地に沈みこむのを待って生徒たちは列になって降りはじめた。

下ではナイオール大尉が待っていた。この人狼教師は文句なしのハンサムだ――シルクハットをひもであごにしっかりくくりつけ、裸足で、ボタンをきちんととめていてもマントの下は裸だとわかることに目をつぶれば。もっとも、生徒のなかにはこうした事実に目をつぶらないからこそ魅力的だと感じる者もいた。

「グッド・イブニング、レディーズ」ナイオール大尉がビロードのような甘い声で呼びかけた。「今宵の気分はいかがかな?」少女たちは声をそろえ、何人かは顔を赤らめながら礼儀正しく挨拶を返した。新入生は、まだ正しいやりかたを習っていないせいでお辞儀が深すぎる。ソフロニアは自分のお辞儀がほぼ完璧だと気づいてうれしくなった。

「ではみんな、こちらへ」

ナイオール大尉は生徒たちを率いて丘をくだり、小さな小川に近づくと、マントの奥から革の箱を取り出した。婦人の宝石箱くらいの大きさで、大尉の大きな手のなかではやけに小さく見える。だが、手の大きさに似合わず指の動きはやさしく流れるようで、それを見ていると、大尉が本当は人狼で、そのへんのごろつきの首などオレンジの皮をむくように――おそらくそれより早く――引きちぎれることを忘れてしまいそうだ。

「さあ、これが今月の武器だ」

あんな小箱に三十八人ぶんが入るのだから、よほど小さな武器に違いない。

大尉がもったいぶったしぐさで蓋を開け、なかみを見せた。箱には扇子がびっしり並んでいた。しかも不格好で、あまり美しくもない。

「さあ、レディーズ、一列に並んで。一人に一本ずつだ」

生徒たちは学年ごとに並び、一本ずつ扇子を受け取った。ソフロニアは予想外の重みに驚いた。よく見ると、扇子のひだは布製だが、骨と縁《へり》は金属製で、先端はカミソリのように鋭い。扇子型武器だ。なんてすばらしい発明品！

ナイオール大尉が実演を始めた。その多くはペーパーナイフのときにみっちり学んだ危険な使いかたに似ているが、大尉はこれまでのレパートリーにチョウのような動きを加えた。敵を驚かすための鋭く、すばやい動きで、直接、扇子で突きはしない。目的はあくまで相手の武装を解き、動きを封じることで、殺害ではない。人狼がダンスホールの異国の踊り子のように扇子をひらひら動かすのを見るのはなんとも愉快だ。

生徒たちは扇子に革の安全カバーをつけて練習した。これはディミティが失神しないためでもあった。スパイになる訓練を始めて一年半たったいまも、ディミティは血を見ると失神する。残念ながらディミティにこの人生の選択は向いていないようだ。

ソフロニアは手にした瞬間からこのしこみ扇子に魅せられ、動きを覚えようと熱心に練習した。ナイオール大尉もその熱意に感心し、一時間後、ソフロニアを前に呼び出した。

「ミス・テミニック、ミス・バス、きみたちはなかなか筋がいい。軽く試合をしてみるか？」そう言って甘い茶色の目に期待の色を浮かべた。

な暴言を吐いたあとだ。

　プレシアと一対一で対決したことはないが、相手に不足はない。なにしろアガサにあんな暴言を吐いたあとだ。

　プレシアは不敵な笑みを浮かべると、つややかな黒髪を一房、みごとな貝殻形の耳にかけ――おそらくは――防御の構えを取った。スカートで隠れているので断言はできない。女が戦う強みのひとつがこれだ。つまり、服の性質上、脚が見えない。

　最初、二人の動きは慎重でぎこちなく、大尉のすばやい優雅さとはほど遠かった。プレシアが果敢に攻めこみ、ソフロニアはひたすら防御にまわった。

　ナイオール大尉があれこれと指示を出し、ソフロニアは必死にしたがった。

「ミス・テミニック、〈ト音記号〉防御だ。ミス・バス、そこで〈アヤメ紋章《フルール・ド・リス》〉攻撃。いいぞ！　いまだ、ミス・テミニック、つま先回転。おお、見たか、レディーズ、彼女は言われる前にやった」

　少女たちは二人の戦いに目をみはった。

　大尉の言葉が指示から評価に変わった。

「いまミス・テミニックは〈ワルキューレ型とんぼ返り〉をやった。あの曲線の動きを見たか？　そしてミス・バスのみごとな手首のスナップを」

　そこでナイオール大尉はすばやく両手を動かし、ほかの生徒たちに何か指示を出した。

ソフロニアも気づいたが、プレシアの攻撃をかわすのに精一杯だ。

やがて足もとの地面がでこぼこしたぬかるみに変わった。大尉はほかの生徒たちを誘導し、いつのまにか二人の戦いの場も小川の土手に変わっていた。

それに気づくと同時に、いくつものことがまたたくまに起こった。

プレシアが扇子から革カバーをはずし、勝ち誇ったような雄叫びを上げてソフロニアの無防備な顔に切りかかった。

ソフロニアがよろけながら空いた手で顔をかばうと、ドレスのパゴダ型の袖がはらりと切れ、下の袖が現われた。プレシアの扇子はモスリン地をやすやすと切り裂き、その下の左肘を切りつけた。一年生の何人かが悲鳴を上げ、何かがどさりと落ちてスカートのこすれる音がした。ディミティが失神したようだ。

ナイオール大尉が「やめ!」と叫んだが、プレシアは血に飢えていた。その美しい瞳に、毒薬の授業のときによく見せる表情が浮かんだ。ソフロニアは二人のあいだに入ろうとしたナイオール大尉の視線をとらえ、首を横に振った。そして扇子の革カバーをつけたまま防御から攻撃に出ると、大尉から教わったペーパーナイフの技とソープから習った汚《きたな》い手の合わせ技を繰り出した。

まず、すばやい突きとひねりをたたみかけるようにあびせた。〈半アヤメ〉攻撃の目的は相手を傷つけることではなく、驚かすことだ。プレシアはソフロニアがじりじりと優位な高地をねらっているとも知らず防御にまわり、たちまち小川のそばへ追いつめられた。

ソフロニアは切られたほうの腕を伸ばし、腰鎖からぶらさがる——つねに携帯せよと教えられた——小さな香水瓶をつかんだ。以前はバラ油を入れていたが、新入生のときのある事件で、スナップ式の蓋つき金属瓶にレモン風味のチンキを入れておくほうがはるかに有効であることを学んだ。

プレシアが突き出される扇子に気をとられている隙に、ソフロニアは反対の手で小瓶の蓋を開け、においつきアルコールをたっぷり手にこぼしてプレシアの目に振りかけた。

プレシアはぎゃっと叫んで後ろ向きによろけ、そのまま小川に水しぶきを上げて尻もちをついた。美しいスカートが一瞬ぷかりとふくらみ、たちまち泥水を吸いこんで沈んだ。流行の花びらカットの深紫色のスカートは、しおれる前のスイレンに驚くほどそっくりで、やがてしわだらけのしなびたプルーンのようになった。

ひとしきりくすくす笑いが起こり、数人の生徒が手袋をした手で拍手した。

本物の紳士たるナイオール大尉が小川のなかに入り、プレシアに手を差し出した。

「さて、ミス・バス、血を求めるのは大いに結構だが、ミス・テミニックが血を流した時点でやめるべきだった。決闘はつねに最初の一滴が流れたところで終わるものだ」

プレシアは必死に大尉の手につかまりながらも、かわいらしく口をとがらせ、言いわけひとつしなかった。

大尉はソフロニアに向きなおった。「ミス・テミニック、みごとな防御だった。痛みにもひるまなかったところはさすがだ。さあ、レディ・キングエアに傷を診てもらうがいい。レディ・キングエア？」

人狼団に育てられた娘なら傷の知識があると思ったようだが、シドヒーグの姿はない。

大尉が眉をひそめると、少年のような顔が少し大人びて見えた。「レディ・キングエアはどうした？　わたしの授業を休むとはめずらしい。ミス・ウースモス？」

いきなり名を呼ばれてアガサはうろたえた。

「ルフォー教授に呼ばれました」ソフロニアは痛みに歯を食いしばって答えた。扇子を振りまわして走るのをやめたとたん、痛みが強くなってきた。「ハトが届いたので」

大尉はいよいよ眉をひそめた。「ハト？　ふむ、あとで調べてみよう。ミス・ウースモス、ミス・テミニックの腕を縛ってくれるか？　きみは失神するタイプではないだろう？」

アガサはうなずき、顔を赤らめ、首を振り、無言のまま大尉の質問の両方に答えた。

「いい子だ」

ソフロニアは急に力が抜け、スカートが汚れるのもかまわず、苔むした土手に座りこんだ。どうせこのドレスはもう使いものにならない。シルクについた血はまず取れない。

アガサはへなへなと座りこむソフロニアを見て悲鳴を上げ、あわてて駆け寄った。

ナイオール大尉は平然と授業を続けた。「さあレディーズ！　ミス・テミニックの戦略から何を学んだ？」

「地形をうまく利用しました」誰かが答えた。

「そのとおり、障害物は必ずしも不利ではない。ほかには？」

「あのう」おずおずとした声がした。「ディミティはどうしますか、大尉。失神してますけど」

ディミティの失神に慣れっこの大尉は――なにしろ血を見る可能性がもっとも高い授業だ――そっけなく、「困ったお嬢さんだ。嗅ぎ塩を嗅がせてやりなさい」

それからソフロニアに向きなおった。「腕の傷はどうだ？」

「自分でやれます」そうは言ったが、アガサの下手な手当てのせいで痛みはますますひどくなった。アガサはハンカチを小川に浸し、あぶなっかしい手つきで傷を叩いている。

なぜ大尉が近づこうともせず、そっけない態度を取るのかはわかっていた。「大尉は調べに来ないわ。あたしの血のにおいがおいしすぎるのよ」

ソフロニアがささやくと、アガサは青ざめ、目を丸くして大尉を見た。態度としぐさに普段とことさら変わった様子はない。ナイオール大尉は平静をよそおうのがうまい。それもベテラン人狼の特徴だとシドヒーグから教わった。

「レモンチンキをつけてくれない？　アルコールは傷の消毒になるって、いつもシスター・マッティが言ってるし、レモンの香りで血のにおいが消えるかもしれないわ」

アガサはソフロニアの腰からぶらさがる小瓶に手を伸ばした。戦いのあいだ蓋が開いていたからほとんど流れ出たが、傷口にかけるくらいは残っている。消毒を終えると、アガサはハンカチでソフロニアの腕を縛った。

「もう大丈夫です、ナイオール大尉」ソフロニアはアガサの手を借りて立ち上がった。

大尉は鼻をうごめかせ、驚いて眉を吊り上げた。「おや、においがしない……ミス・ウースモス、何をした？」

アガサが震える声で答えた。「ソフロニアのアイデアです。香水で傷を消毒し、においを消しました」

ナイオール大尉が近づき、「たいしたものだ」と言ってほかの生徒たちを振り返った。

「さて、次は誰だ？　今度はくれぐれも革カバーをはずさないように」

ソフロニアは土手に戻り、ようやく気がついたディミティの隣に座った。

「わたし、何を見損ねた？」ディミティは上体を起こし、麦わら帽子を軽くはたいて無事を確かめた。

「たいしたことは何も。プレシアを川に突き落としただけよ」ソフロニアは心配そうな取り巻きに囲まれ、ショールを巻いてずぶぬれで震えるプレシアを指さした。

「あらまあ。これまでやったなかで最高じゃない？」

「まあ、そうかも」ソフロニアはにっこり笑い、ケガをしていないほうの手に持った扇子を見下ろした。「これはぜひともほしいわ。ボンド・ストリートに売ってるかしら？　それとも特注品？」

「どうせ買うならドレスに合わせて何本か色違いを注文しなきゃ」ディミティがきっぱりと言った。凶器のファッション性については決して妥協しない。

ソフロニアはうめいた。「母さんにどう言えばいいの？　もうすぐエフレイムの婚約舞踏会よ。あたしにオカネを出す余裕はないわ。きょうだいが一人しかいないことがどんなに幸せか、あなたにはわからないでしょうけど。スパイというのはつくづくオカネがかかる職業ね」

ディミティがほほえんだ。「だったら支援者《パトロン》を見つけたら？　そろそろ身の振りかたを考えるころだって、レディ・リネットも言ってたし」

ソフロニアは顔をしかめた。いいと思える選択はひとつもない。「上流階級と結婚するか、パトロンの庇護を受けるか」どれも他人に頼る生きかただ。

「なんらかの形で学園にお返ししなきゃ」

「まだ結婚する気はないわ」

ディミティにはそこが理解できなかった。「相手がお金持ちでハンサムなフェリックス・マージーでも？」

ソフロニアはせつなげに答えた。「そんなことできると思う、ディミティ？　シドヒーグが許さないわ」

「どうして？　彼の父親がピクルマンだから？」

「シドヒーグはピクルマンに対して、異界族と同じような不信感を抱いてるわ」

「わたしもピクルマンは好きになれないけど」

ソフロニアは同意のしるしに片眉を上げた。

ディミティはため息をついた。「結婚しないとなると、卒業後は誰に支援してもらうの？」

「まだそこまで考えてないわ。アケルダマ卿はパトロンとしては最高だけど、吸血鬼のドローンになるのはどうもね。血を吸わせなくても雇ってくれるかしら？」

ディミティは当面の問題に話を戻した。「いずれにしてもアケルダマ卿はあなたがお気に入りのようだから、扇子だけでも頼んでみたら？」

「まあ、なんて大胆な」

「これまであの人からの贈り物は全部とってるじゃない。扇子が一本増えて何が悪いの？」

ソフロニアはあらためて奇矯《ききょう》なアケルダマ卿のことを考えた。ディミティ救出作戦でシドヒーグとウェストミンスター吸血群に潜入する途中、あたしはそのダンディな吸血鬼に出会い、奇妙な友人関係を結んだ。アケルダマ卿としては勝手にあたしを庇護《ひご》下に置いたつもりらしく、たまにおしゃれな、あるいは恐ろしげな、あるいはバカバカしいのに魅力的な――たいていはこの三つすべてを兼ね備えた――品物が送られてくる。もっとも、アケルダマ卿に恋愛感情はまったくない。それを知らなければ求婚の贈り物と思ったかもしれない。あらゆる礼儀規範から見て、即刻ロンドンへ送り返すべきだとわかっていたが、贈り物はどれもしゃれていて、とても手放せなかった。でも、具体的にしこみ扇子なんかをねだったらずうずうしいと思われるかもしれないし、最悪の場合、それが奉公を始めるきっかけになって契約義務を負わせられるかもしれない。パトロンというのはなかなかやっかいだ――とくに女スパイの場合は。ああ、こんなときブレイスウォープ教授が正気だったら相談できるのに。

とにかく、まずは母さんにねだって、それがだめなら〈バンソン校〉にいるビエーヴに相談してみよう。ビエーヴはルフォー教授の姪っ子で、いまはつけひげをつけて地元の男子校に潜入している。偉大な発明家の仲よしビエーヴなら、しこみ扇子を作ってくれるかもしれない。それとも、発明家にすでに発明されたものを作ってと頼むのは失礼かしら？

ソフロニアは話題を変えた。「それはさておき、ソープに習った〝汚い手〟は捨てたもんじゃないわ。香水を顔にふりかけるのはソープのアイデアよ」

「なに、それ？」

「ああ、あなた、その部分を見損ねたのね。プレシアの目に香水を振りかけたの」

「やるじゃない」

「ソープに教わった技よ」

「煤っ子の彼氏？　いかにも彼が教えそうな技ね」

「ソープは彼氏じゃないって！」

「はいはい、わかりました」

アガサが近づいた。「今度は何ごと？」

「ソフロニアが淑女らしからぬ振る舞いを習うために煤っ子の彼氏を訪ねるんですって」

「あら、だめよ、ソフロニア、彼にそんなことをけしかけちゃ」アガサの青ざめた顔に月の光が当たり、そばかすが浮き上がって見えた。

ソフロニアは顔を赤らめた。「そういう意味じゃなくて。卑劣な戦いかたを習いたいっていう意味よ」

アガサは唇をきゅっと結んだ。「ほかにどんな意味があるの？」

ソフロニアは背を向け、授業の様子を見つめた。この話題になると弁解できない。あたしとソープの関係については自分よりも友人たちのほうがわかっている気がして、ときどきとても怖くなる。新しい武器を学べと言われたらいつだってやれる自信があるけど、男の子や、恋愛感情にどう向き合えばいいかは今もよくわからない。

さいわいナイオール大尉は、ほかの生徒たちが扇子の練習をするあいだソフロニアたちを放っておいた。約一時間後、大尉は全員を誘導して階段をのぼらせはじめた。ソフロニアとアガサとディミティが列の最後からのぼると、階段の最上段でシドヒーグがじれったそうに待っていた。

そのつらそうな表情を見たとたん、三人はただならぬ事態が起こったことを悟った。

授業その三　消えたシドヒーグと不適切な誘惑

アガサは最後の数段を駆け上がると、シドヒーグの腰を引き寄せ、きつく抱きしめた。赤毛の丸顔を心配そうにしかめて。

たしかにシドヒーグにはそんなささえが必要なように見えた。長身のいかつい友人がヤナギのように頼りなく見えるのは初めてだ。

「まあ、シドヒーグ、何があったの？」ディミティは平手打ちに構えるかのように肩をいからせ、両のこぶしを小さく握りしめた。

「誰を殺してほしい？」ソフロニアは深刻なムードをやわらげようと軽口をたたいたが、めったなことでは動じないシドヒーグをこれほど苦しめた相手に本気で殺意を覚えた。

シドヒーグはディミティとソフロニアの問いかけにも、アガサの腕にも反応せず、「あたしにはそんなこと……とても……あたしはただ……」月光に琥珀色の目を光らせ、三人の向こうを見やった。「ナイオール大尉、待って！　ちょっと話がしたい、お願いだ」

ナイオール大尉はちょうど夜の狩りに備えて変身しようとブルーベリーの茂みの奥に引

っこむところだった。これからノウサギか、それに類するふわふわした小動物をつかまえるつもりだったのだろう。

大尉はシドヒーグの声に足を止めて階段の下に近づくと、飛行船のまぶしい光に手をかざしてふんと鼻を鳴らした。尊大というより、動物がにおいを嗅ぐようなしぐさだ。

「どうした、レディ・キングエア？」大尉はもういちど鼻をうごめかした。声が荒っぽい、がらがら声に変わった。「何があった？」

シドヒーグはソフロニアたちから身を離した。「大尉と話をしなきゃ。頼れるのは大尉しかいない」

三人がしぶしぶしたがうと、シドヒーグは転がるように階段を駆けおり、最後の数段を飛びおりた。

ナイオール大尉はシドヒーグの重みにびくともせず、異界族の力で軽々と受けとめた。抱きとめられたとたん、シドヒーグは壊れたように大尉の腕に倒れこんだ。

大尉が何かささやいたが、声が小さすぎて聞こえない。大尉はシドヒーグを立たせた。二人の身長はほとんど変わらない。レディ・リネットならダンスのペアにちょうどいいと言うだろう。もっともシドヒーグのダンスは絶望的だけど。

シドヒーグが顔を上げてぼそぼそと何か答え、大尉がそっと腕をつかむと、シドヒーグはまたしてもこらえきれずにくずおれ、肩を震わせた。大尉もさすがに人目を気にし、異界族特有のスピードでシドヒーグを荒れ地の闇に連れ去った。

ソフロニアとディミティとアガサはまたしても最上段に取り残された。シドヒーグの行動がほかの誰にも見られなかったのは、せめてものさいわいだ。不面目もはなはだしい——れっきとしたレディが人目もはばからず男性教師に泣きつき、その身を投げ出すなんて！

ディミティは片手で口を押さえ、涙をこらえるように目を大きく見開いた。シドヒーグと同じくらい震えるアガサを見て、ソフロニアはそっと腰に腕をまわした。そのまま立ちつくしていると、遠慮がちな咳払いが聞こえた。

「お嬢さん《ミス》、そろそろ階段を上げたいんだけど」

ソフロニアが振り向くと、ソープが飛行船の脇に立っていた。

ソープはすぐにいつもの気さくな笑みを浮かべようとしたが、ソフロニアの表情を見たとたん真顔になって駆け寄った。「いったいどうしたの？　ソフロニア、ケガしたの？」

ふだんのソープはきちょうめんに必ず〝ミス〟と敬称で呼びかけるが、三人の顔は、思わずソフロニアを名前で呼ぶほど深刻に見えたようだ。

「わからないの」ソフロニアはもどかしげに答えた。

ソープは二人きりしかいないかのようにまじまじとソフロニアを見つめ、「きみじゃなくて？」ハンカチを巻いた腕に目をやった。

ソフロニアは首を振った。「ううん、あたしは大丈夫。扇子でちょっと切っただけ。問題はシドヒーグよ」

ディミティが袖を引っ張った。「しっ。これは個人的な事情よ！」

「ソープもシドヒーグの友だちよ」

ディミティは唇を噛んだ。本物のレディがこれほど取り乱していることを下層階級の人とか男の子とか部外者とかに話すなんてありえないという表情だ。どんなにあたしがソープと親しくても、レディ意識の強いディミティは、ソープをほかの三人と同等には考えられない。

ディミティがたしなめるようにささやいた。「シドヒーグはレディ・キングエアよ。正真正銘の貴族で、スコットランド人とかいうことをつい忘れがちだけど、いくらなんでもレディ・キングエアが煤っ子と友だちだなんて」

「ディミティったら、そんなにお高くとまらないで。シドヒーグは自分の友だちくらい自分で選ぶわ。それにソープなら何か知ってるかもしれない」

ソープはすかさず肩を持ったソフロニアに顔をほころばせながらも、大事な部分は聞きのがさなかった。「おれが何を知ってるって？　レディ・キングエアのこと？　いや、最近は何も。どうしたの？　具合でも悪いの？」

ソフロニアは力なく首を振った。「どうやら大変なことが起こったみたい。ハトの知らせが届いて、ナイオール大尉と二人で荒れ地の奥に消えたの」

「しかも泣きながら。あのシドヒーグが。シドヒーグが泣けるなんて思ってもみなかった」アガサがつぶやいた。

ソープは思案顔で、「ハト？　わかった、ちょっと探ってみるよ。でも、面倒なことになる前に階段からさがってくれない？　命令が出てるんだ」

三人はますます深刻な顔で次の授業に急いだ。しかも今回はレディ・リネットの授業は、どんな精神的ダメージを受けていようと遅れてはならない。レディ・リネットは服装のせいにもできなかった。レディ・リネットは身なりを整えるためなら遅刻にも文句を言わないタイプだが、三人のドレスには草のしみがつき、ソフロニアの袖は裂けて血がついている。これはただではすまない。

「お嬢さんがた、どうしてこんなに遅れたの？」みごとな金色の巻き毛をこの年齢のレディらしからぬスタイルで片方の肩に垂らしたレディ・リネットが問いつめた。顔にはたっぷりのおしろい。過剰にふくらんだ、誰にも似合わなさそうな薄緑色のドレス。だが、過激な身なりには理由がある。実際のレディ・リネットはもっときれいで若い。髪を染めず、宝石のような深い色のドレスを選び、年齢にふさわしい格好をすればかなり美しいはずだが、なぜか――ソフロニアにはわからない理由で――このような格好を続け、生徒たちは見せかけと知りつつ、それにつきあっていた。これも訓練のうちだ。

しかしながらレディ・リネットの怒りは見せかけではなく、その矛先はソフロニアに向けられた。「説明を、お嬢さん」

「階段がうまく作動しませんでした。あたしたちがのぼり終わらないうちに上がりはじめて大変な騒ぎになったんです。こんど修理メカを入れるときに調べたほうがいいかと」

「あら、そう？」

前もって話しておけば、煤っ子たちは作り話に口裏を合わせてくれるはずだ。今夜、さっそく訪ねてみよう。

レディ・リネットもどうせでまかせだろうと思ったらしく、階段についてはそれ以上、追及しなかった。「あなたたちの悲惨なドレスもそのせい？」

三人はそろってうなずいた。

「二度とこのようなことがないように。どんなに遅れても着替えてくるべきでした。あなたがたはもう、お行儀の悪い階段に動揺するような子どもではありません」

三人は同時に完璧なお辞儀をして声をそろえた。「はい、レディ・リネット」

「それを言うならお行儀の悪い吸血鬼にも？」ソフロニアのつぶやきにレディ・リネットが巻き髪を払った。

「それで思い出しました、ミス・テミニック、授業のあとに残って。例の手首のものの件で話があります」

言葉が終わらないうちにソフロニアは背中でホウレーをはずし、こっそりディミティに手渡した。

「わかりました、レディ・リネット」

レディ・リネットは三人に座るよう身ぶりした。教室にはビロードのカーテンと金襴《きんらん》織りに覆われたテーブルに沿って、フラシ天の足台と長椅子が並んでいた。どう見ても〝ふしだら女の寝室〟といった雰囲気だが、レディ・リネットの授業にはこれがぴったりだ。

ソフロニアは最前列の長椅子に陣取る、くしゃっとつぶれたような顔の長毛の巨大猫を抱えおろし、ディミティと並んで座った。猫は不愉快そうににらんだが、そう見えただけかもしれない。あのくしゃ顔ではよくわからない。

アガサは小走りで部屋の後ろの席に向かうと、困りはてたように一人で足台に座り、うなだれて足もとを見つめた。レディ・リネットはアガサの姿勢を注意してから授業を始めた。

「みなさん、いまやあなたがたは高度な〈誘惑学〉の授業を受けるまでに成長しました。そこで、これから〈多角的いちゃつき法〉を学びます。〈バンソン校〉とのつきあいがなくなったいま、当分のあいだ男性相手に実習する機会はまずないでしょうが」そこでいきなりソフロニアとディミティのほうを向き、「もちろん、あなたがた二人は別です。ミス・テミニックのお兄様は最近、婚約なさったんだったわね？　そしてあなたがたは婚約仮装パーティに出席するために休暇をもらった、そうですね？」

二人はうなずいた。

「では、よく耳を傾けておきなさい。仮面舞踏会は最高の実践の場です」レディ・リネットは背を向け、授業を始めた。

「まだ怒ってるみたい」ディミティがソフロニアにささやいた。

二人はレディ・リネットを通さず、学長に休暇を直訴した。マドモアゼル・ジェラルディンなら何も疑わず――二人がまだ正式にデビューしていなくても――結婚相手を見つけるいい機会という理由で認めると思ったからだ。レディ・リネットはこうはいかない。学期の途中で休暇を取るなんて言語道断だ。だがマドモアゼル・ジェラルディンは〝花婿の妹が婚約舞踏会に出ないわけにはいきません。うちの家族が華々しいパーティを催す唯一の機会なんです〟というソフロニアの説得にうなずいた。問題はディミティだ。やがて二人はディミティの誕生日がちょうど同じころであることに思い当たった。かくしてマドモアゼル・ジェラルディンは簡単に丸めこまれ、レディ・リネットは学長の命令にしたがうふりをするしかなかった。

「誘惑のもっとも純粋な形は、相手を知りたいという終わりなき探求心です。男性の一人一人が新たな挑戦の場であり、場面が変わるたびに違う方法が要求されます。このようなテクニックを使うときは最大限の注意を払うこと。なぜなら、誘惑術は本物の武器より危険な場合があるからです」

少女たちはそろって背筋を伸ばした。レディ・リネットの授業はつねに興味深いが、なかでも〈誘惑学〉はその最たるものだ。男の操縦法を知りたくない若いレディがどこにいる？　これこそ花嫁学校《フィニシング・スクール》の究極の目的だ！

「すでに〈まつげぱちぱち〉と〈扇子とパラソルを使ったいちゃつき法〉は学びました。今日は〈意図と目的を持って男性の視線をとらえる法〉について考えます。これには大胆さ、あからさまな挑戦、暗黙の意思表示の三とおりの意味があります。やってみましょう」レディ・リネットは生徒一人一人の前に立ってまつげとまぶたを何度かかすかに動かし、三つの視線の違いを実演して見せた。少女たちは恥ずかしそうに視線を真似てレディ・リネットに返し、それから二人一組になって、ますます恥ずかしそうに数分間、練習した。熱っぽい見つめ合いのあいだに、ときおりくすくす笑いが漏れた。

しばらくしてディミティが質問した。「レディ・リネット、純情ぶるつもりはありませんが、〝暗黙の意思表示〟とは具体的になんのことですか？　それがわからなければ、何が暗黙かもわからないのでは？」

「ああ、なるほど、誘惑のことね。あなたは近ごろ流行の恐ろしいゴシック小説を読んだ？　あら、しらばくれないで。ルイスの背徳の書『マンク』が手から手へ渡っているところを見ました。禁じられてはいません――この学園では。暗黙の意思表示には一般的に男性が女性に求めるあらゆるものが含まれます——手の甲へのキスから首筋、唇、そしてその先まで」

「その先？」ディミティの目がフクロウのようにまん丸になった。

「最後まで聞きなさい、ミス・プラムレイ＝テインモット。どこまで話しましたか？　ああ、そうでした。それから接触があります。男性は——女性が許すかぎり——どこであろうと触ろうとします。もちろん紳士ならば最初に許可を求めるでしょうが、いずれにせよ触りたがるものです」

「どこであろうと？」ディミティがすっとんきょうな声を上げた。

「どこであろうと」レディ・リネットが陰気に答えた。

「あらまあ」

ソフロニアはディミティの反応に笑いをこらえた。ソフロニアは兄が何人もいて、なかには大学生もいる。学園に入る前から兄たちの話に耳をそばだて、下品な会話を盗み聞きしたおかげで若い男が何を考えているかについては必要以上に詳しくなった。どうやら男というのは女のあちこちにキスして触りたいだけでなく、ふだんからそれ以上のことをやっていて、しかもその相手の大半はレディではなく、あまり上品な生まれでない女たちのようだ。なかには——兄さんたちのひそひそ話によれば——男同士の場合もあるらしい。

「それが、ものほしげな視線が伝える意味ですか？」と、ディミティ。

「一般的にはそうね。つまり誘いです」

「まあ、なんて強力な」

この調子だとディミティは〝誘っている〟と思われるのが怖くて、二度と男性の顔を正面から見られなくなるんじゃないかしら？

「だからこそ三つの違いを会得しなければなりません——視線そのものの特性や長さは言うまでもなく。顔の表情は、いいですか、その人の身なりの一部です。それを言うなら、服装もまたメッセージを伝えます。たとえば、締めあげたコルセットは相手にウエストの細さを見せつけます。それを見て手を置きたくならないわけがないでしょう？　大きく開いた胸もとは男性に触られることを想定しています」

少女たちはそろって息をのみ、胸が広く開いたドレスを着た何人かがこっそり胸もとを引っ張り上げた。

気がつくとソフロニアはフェリックス・マージーのことを考えていた。この若き子爵は一年半ものあいだあたしに好意を示し、いまも二人はきわめて礼儀にかなった手紙をやりとりしている。どこの親が見てもあやしまないようなたぐいの手紙だ。でも、娘が公爵の息子から手紙をもらっていると知ったら、母さんは発作を起こすかもしれない。発作といっても歓喜の発作だ。フェリックスの短く礼儀正しい手紙の行間に儀礼以上のものがないかと何度も目を凝らしたが、そこには愛情のほのめかしもないかわりに、ウェストミンスター群潜入事件のあとであたしを嫌いになったようなそぶりもなかった。嫌いになったとしても、マージー卿は紳士だ――手紙で求愛をやめると告げるほど無礼な真似はできないから、しかたなくあたりさわりのないことを書いてくるのだろう。そうに違いない。どんな紳士だって、好意を寄せる女性がしゃれ男の格好をして煙突掃除人とはしゃぎまわるのを見たら幻滅するに決まってる。

それに、そこまで好かれたいわけでもなかった。フェリックスの父親はピクルマンだ。あたしにはこれまで好意を抱いた異界族が何人かいる。でも、ピクルマンは異界族がこの世からいなくなればいいと思っている集団だ。どんなにフェリックスの猫背と自信過剰の求愛が魅力的でも、彼の政治的立場と父親の秘密組織を嫌うあたしの立場は相容れない。

それでも気がつくと、まぢかに迫った仮面舞踏会のことをつらつら考えていた。この重大ニュースについてはさりげなく、話のついでといった感じでフェリックスにも手紙で伝えた。彼のことだから今ごろは自力で招待状を手に入れているに違いない――なんといってもフェリックスは訓練中の邪悪な天才で、父親は公爵だ。あたしが胸の大きく開いたドレスを着たら、フェリックスも触りたくなるかしら？　あたしは嫌われるのを覚悟で誘惑したいの？　それとも彼を自分のものにしたいの？　たしかにフェリックスの目はすてきだし、ベストはいつだって身体にぴったりしている。

ソフロニアは首をかしげた。あたしはフェリックスにキスやそれ以上のことをされたいの？　胸の鼓動が速くなり、レディ・リネットに気づかれないようにこっそり息を整えた。ただのものほしそうな視線に、こんなにもたくさんの可能性が隠れてるなんて。男というのはよほど意志が弱い生き物らしい。

レディ・リネットが視線の実演をやめ、講義に戻った。「どこまで話しましたか？」

「ええと、接触まで」プレシアがいつになくしおらしく答えた。

「ああ、そうでした。さらに相手はそこにキスをしたがるかもしれません」

「えっ、胸もとに？」ディミティが甲高い声を上げた。

「よくあることです」

ソフロニアは兄たちのみだらな会話を思い出してたずねた。「それ以外の場所にも？」

レディ・リネットはほほえんだ。「まあ、そうね、好きなかたはそこらじゅうに」

生徒たちの大半は驚いて息をのみ、それからいっせいに質問した。それはどんな感じですか？　気持ちいいの？　それとも湿った感じ？　接触とキスのあとはどうなるの？　本当に舞踏会で男性の顔を正面から見つめただけでこんなことが始まるの？

アガサはいまにも失神しそうだ。ディミティは恥ずかしさに頬を染めたが、心の底では興奮している。認めたくはないが、あたしもそうだ。

好奇心の波にのまれそうになったレディ・リネットが片手を上げて制した。この女性にシスター・マッティのような繊細さがあったら、少女たちのレディらしからぬ興奮ぶりに顔を赤らめたかもしれない。だが、レディ・リネットは人心をあやつる達人で、生徒たちが社会に潜入するときに夫婦生活にまつわる知識が武器になると思えば、進んで必要な教えを授ける人間だ。

「落ち着いて、みなさん、落ち着いて。あといくつか初歩的誘惑術を練習し、その効果についてはのちほど議論しましょう。ちょっと興奮しすぎよ。いまのところは上流社会のルールを覚えておくだけで充分です。同じ男性と二曲以上ダンスを踊らないこと。一人の男性とダンス一曲ぶん、もしくは三十分以上いっしょにいないこと。親族でもないかぎり男性と二人きりで外に出ないこと。とりわけ温室はいけません。目的はつねに、破滅もしくはそれが引き起こす糾弾から身を守ることです。初歩的視線を習得したら誘惑術の本編、それから評判を守るために心得ておくべき境界線に進みましょう。まわりに気づかれないいちゃつき法とその種類について説明します。それから簡単な解剖学も。それ以上のことは――みなさんわかっているとおり――婚礼の晩までとっておきましょう。その場の詳細についてしかるべき説明をするのは、あなたがたのお母さまの仕事です」

生徒たちのあいだから大きな落胆のため息が漏れた。

少女たちは、どんな結果をもたらすのかを知らぬまませつなげな視線を練習するという、わくわくする時間を過ごした。それは学園で学ぶほかの授業とたいした違いはなかった。

言うなれば、暗殺の経験がない人がしこみ扇子で殺人の練習をするようなものだ。ソフロニアにとっては人をどう殺すかより、フェリックスとの妄想キスのほうが心配だった。どれくらい圧力をかければいいの？　唾が出すぎたらどうするの？　手はどこに置いたらいいの？　でも、考えてみればキスと殺しにまつわる疑問は奇妙なほど似ている。どれくらい圧力をかければいいの？　血が出すぎたらどうするの？　手袋を血で汚さないためにはどうすればいいの？

たしかにソープとはキスした。正確にはソープがあたしにキスした。それは、気持ちよさと不安がごちゃまぜになったような感覚だった。大事な友人をそんな対象として考えたくはない。でも、気がつくといつもソープのキスを思い返している。それはすてきなキスだった。そしてそのときは圧力のことも唾のことも手の位置のことも心配せずにすんだ。そんな心配は全部ソープが引き受けてくれた。ソープはそんな人だ。でもフェリックスは違う。社会的には申しぶんない公爵の息子だけど、政治的には認められない。なにしろあの公爵の息子だ。ソフロニアの血が騒いだ。挑戦しがいのある相手だ。

ソフロニアはソープとフェリックスを頭から振り払ったが、二人のことを考えずに誘惑の練習をするのは難しい。ソープのことを考えると、せつない視線はいらだちと困惑の視線になり、フェリックスを考えると相手役のディミティがひどくそわそわした。

「ソフロニア、そんな目で見ないで！」

「どんな目？」

「そんなにせつなそうな目で見られると落ち着かないわ」

「それが練習の目的じゃない？」

「そうなの？レディ・リネット、ちょっとソフロニアの視線を評価してください。やりかたが違うと思うんですけど」

レディ・リネットが真顔で近づき、ソフロニアはフェリックスを思い浮かべながら真剣に見つめた。

レディ・リネットはまばたきし、無表情で見返した。「いいえ、とてもいいと思うわ。非難を言えば気持ちをこめすぎかしら、ミス・テミニック。もう少し弱めてみて」

ソフロニアはフェリックスとソープのことを同時に考えた。

「あら、だめだめ。それじゃだめよ。さっきのほうがいいわ。最初のほうを練習して」

ソフロニアはもういちどやってみた。

「あらあら、ソフロニア、誰のことを考えてるの？」プレシアが数人の取り巻きたちと気取った視線を交わしながら言った。「まあ予想はつくけど」

ソフロニアが答えないでいると、プレシアが意味ありげにたずねた。「それで、親愛なるマージー卿はお元気？」とげとげしい口調だ。プレシアは若き子爵に惹かれている。美少女ミス・プレシア・バスはマージー卿が地味で茶色い髪のあたしに熱を上げているのがおもしろくないのだ。

ソフロニアはそっけなく答えた。「お元気よ、おかげさまで。よろしく伝えておきましょうか？」もちろんこれは〝あたしはあなたと違って手紙のやりとりをしている〟と暗に示した皮肉だ。

プレシアはつややかな黒い巻き毛を払った。「けっこうよ。それに彼とは次の手紙が届く前に会うんでしょ？」

「そうよ、兄の婚約発表パーティで」ソフロニアはあえて穏やかに答えた。「ディナーダンスを申しこまれたの。だからいろいろと話す時間があると思うわ」

このひとことに、教室全員のねたましげな視線が集まった。みんなを敵にまわすつもりはなかった。フェリックスの社会的地位を利用してプレシアを黙らせたかっただけだ。

「みなさん、噂話はほどほどに、せつない視線はもう少し！」レディ・リネットが注意した。「ミス・テミニック、将来のためにも同伴者選びは慎重に。マージー卿は潜入結婚の候補者ではないし、ピクルマンは望ましいパトロンとは言えません」ソフロニアはしっかりと釘を刺された。

ほかの生徒たちは練習に戻り、あちこちで含み笑いが漏れた。

「マージー卿は本当にディナーダンスを申しこんだの？」と、ディミティ。

「ううん、でも、きっと申しこむと思う」

「本当に？　嫌われたみたいって心配してたんじゃなかった？」

ソフロニアは手袋をはめた手をそっけなく動かした。「たぶんね。でもプレシアの前でそんなところを見せてたまるもんですか！　いずれにしても兄の仮面舞踏会に来る気はあるみたい――紳士らしく、直接、会って正式につきあいを断わるつもりなのかもしれないけど」

ディミティはうなずいた。「誘惑術をマスターすれば、気持ちを引きとめられるかも。レディ・リネットはああ言ったけど、マージー卿は有力候補よ。とにかく楽しみね。あなたが彼を誘惑するところを見てみたいわ」

ソフロニアは背筋を伸ばした。「そうよ！　さあ、練習、練習」

それから二十分間、二人は真剣に練習した。こんなときシドヒーグがいてくれたら――ソフロニアは思った。人狼団で育ったシドヒーグは男性心理に詳しい。人狼はみな兵士で、いきおい人狼以外の連隊兵とも接する機会が多い。シドヒーグの知識は兄たちの下品な話を聞きかじったソフロニアよりはるかに充実している。

授業が終わると、ディミティとアガサはハト問題が解決したシドヒーグが待っていることを願いながら私室に急いだ。ディミティの小物バッグにはレディ・リネットに没収されないよう、ソフロニアのホウレーがしっかりしまってある。

記憶力のいいレディ・リネットは授業の初めに言ったことをしっかり覚えていた。「さあ、ミス・テミニック、渡しなさい」

「なんのことですか、レディ・リネット？」

「さっきあなたが身を守るために使った、未登録のブレスレット型引っかけ鉤」

ソフロニアはドレスの両袖を引き上げ、包帯を巻いた腕と手首に何もない反対の腕を見せた。「残念ながらさっきの騒動でなくしました。その、ハッチから操縦室にもぐりこむときに引っかけたままにしておかなければならなかったので」

レディ・リネットは疑わしげに見返した。

ソフロニアは嘘とばれそうな弁明もしなければ、でまかせを露呈しそうな過剰なまばたきもせず、無言で立っていた。どれもレディ・リネットから直々に教わったテクニックだ。

「あなたには――ミス・テミニック――教えすぎたのではないかと思うときがあるわ」

「そんなことが可能なんですか、レディ・リネット？」

「どうかしら。最終的にはあなたの忠誠心がどこにあるかしだいでしょうけど」

「そうかもしれません」

「それで、あなたの忠誠心はどこにあるの、ミス・テミニック？　あなたは今いくつ？　十六？　もう結婚できる年齢ね。ご両親が望めば学園を去ることもできるわ」

「まだ訓練の途中です」

「それを言うなら正式にフィニッシュもしていない。問題はそこじゃないわ」

「では何が問題ですか？」

「もう自分の気持ちがわかる年齢だということよ。誰の支援を受けるつもり？　女王陛下と国家？　異界族？　それともピクルマン？　あなたが訓練を利用するのはわたくしたちと同じ目的のため？　それともあなたのいい男《ひと》の目的のため？」

「あたし自身の望みはどうなるんですか？」

それに答えるほどレディ・リネットは愚かではない。「それともあなたに贈り物をする吸血鬼？」

「あたしあての手紙を読んだのですか、レディ・リネット？　なんて恥知らずな。ご質問の答えは〝まだわかりません〟」ソフロニアは強気に出た。「あたしはこの学校が好きですが、〈宰相〉は好きではありません――女王と国家のために働くのが悪いとは言いませんが」

「そう簡単に割り切れるものではないわ、残念ながら」レディ・リネットの口調には心から悔いるような響きがあった。〈宰相〉の嘆かわしき性格のせい？　それともヴィクトリア女王政府が異界族と完全に融和しているせい？

「そこが難しいところではありませんか？　たしかに吸血鬼の友人からの贈り物は魅力的です。だからといって送り主がそうだとはかぎりません」

レディ・リネットはこれまで見せたことのない尊敬のまなざしで見返した。「彼はそう悪い選択ではないわ。あなたを失うのは残念だけど、あの人には契約に応じるだけの財力がある。もっとも、吸血鬼ですから契約書にある以上の働きを要求されるかもしれないけれど」

ソフロニアは自分が対等の立場にいるような気がした。さっきの授業中の何が、あたしとレディ・リネットの社会的立場を変化させたのだろう？　それがなんにせよ利用しない手はない。ソフロニアは大人から一目置かれるという新鮮な感覚を味わいながら、これまで習った知識を思い出し、教わったとおりに答えた。

「どうするかを決めたら、レディ・リネット、最初に先生にお知らせします」まあ、本当はディミティとアガサとシドヒーグとソープのあとだけど。それからバンバースヌートも。

どんな未来図を描くにしてもバンバースヌートがいない図は考えられない。

「実に思慮深い答えです、ミス・テミニック。ひとつだけ警告しておきます。あなたに彼を変えることはできないわ」

「誰のことですか？　吸血鬼の友人？　それともピクルマンのボーイフレンド？」

「そうよ」そこでレディ・リネットは、生徒たちもとっくに履修ずみの〈相手を動揺させるすばやい話題転換術〉を使って言った。「レディ・キングエアはどうしました、ミス・テミニック？」

「ちょっと具合が悪くて」ソフロニアはとっさに友人の不在を言いつくろった。

「あら、そう、どんなふうに具合が悪いの？　いつもはとても頑健そうだけど」

嘘をつくときは、つねに可能なかぎり真実に近づけよ。「精神的な不調です。とても深刻な手紙が届きました」

レディ・リネットの表情が変わるのを見てソフロニアは思った。レディ・リネットはシドヒーグあての手紙の内容を知ってるの？　個人伝書バトが目的地に着く前につかまえたの？　そうだとしたらアケルダマ卿の手紙を読むよりはるかに重大な違法行為だ。でも、レディ・リネットはスパイ——日々のお茶の前に、たいていの人が一生のあいだに犯すより多くの違法行為を犯す人間だ。

「そういう事情ならしかたありません」と、レディ・リネット。「でも夕食には顔を出すこと、さもなければ寮母を行かせます。気分をしずめるにはアヘンチンキが有効よ」

「わかりました、レディ・リネット。伝えておきます」

ソフロニアは背を向け、広がるスカートが許すかぎりの速度で廊下をすべるように歩きはじめた。

シドヒーグは戻っていなかった。こっそり呼び戻すすべもない。なにしろ学園は空高く浮かんでいるのだから。三人は、プレシアと新しいルームメイトのフレネッタと数人の少女たちに聞かれないよう、ソフロニアとディミティの部屋に引っこんだ。三人を見て小型メカアニマルのバンバースヌートはうれしそうに両耳から煙をぷっぷっと吐き、胴体の下から蒸気を噴き出してとことこ歩きまわった。しっぽを前後にチクタクと振ると、〝甘やかさないで〟というソフロニアの注意を無視して、アガサがお菓子の入っていた茶色い紙袋の切れ端をあたえた。

「一晩じゅう人狼と二人きりで戻らなかったらどうするの？」ディミティは状況を想像して顔をしかめた。

「ナイオール大尉は先生よ、おかしなことにはならないんじゃない？」と、アガサ。

「でも親族ではないわ。こんなことが知れたらどんな噂が立つか」たしかにディミティの言うとおりだ。「たったいま、長いあいだ男性と二人きりになってはいけないと習ったばかりよ。ほかの先生たちはシドヒーグが大尉と一緒だと知ってるの？」

「知らないと思う。レディ・リネットがシドヒーグの居場所をたずねたばかりだから」

ディミティが息をのんだ。「それはまずいわ」

「まずいどころか、夕食までに戻ってこなかったら寮母が調べに来るわ」

「じゃあどうすればいいの？　ベッドに枕を入れる作戦は寮母には通じないし、三人ともシドヒーグとは体型が違うから〈かつらで変身〉も使えない」ディミティは優秀なスパイとは言えないが、訓練のいくつかは身体にしみついている。

ソフロニアもお手上げだ。「それまでに戻ることを祈るしかないわ」そう言ってどさりとベッドに座りこんだ。

ディミティが、三人のひそかな不安を口にした。「マコン卿への挑戦が成功したのかしら?」これ以上ないほど穏便な言いかただ。マコン卿はシドヒーグの曾々祖父に当たり、彼女にとっては実質たった一人の父親で、キングエア人狼団のアルファ《ボス》でもある。人狼団のアルファはその地位をめぐってつねに戦わなければならない。マコン卿は大英帝国で二番目に強い人狼と言われているが、新しい人狼はつねにどこかで生まれているし、ナイオール大尉のように団に属さない一匹狼が強い可能性もある。どこかの人狼がマコン卿に決闘を申しこんで成功したと言えば、それはすなわちキングエアの領主であるマコン卿が死んだという意味だ。

「そうは思いたくないけど、シドヒーグの様子ではそうかもしれない」

ソフロニアの言葉に、シドヒーグを誰よりもよく知るアガサが泣きはじめた。

「泣かないで。何があったのか、いまの時点では何もわからないわ」ソフロニアはアガサをたしなめた。「戦争の話かもしれない。ヴィクトリア女王はつねに異国の最前線に人狼兵を送りこんでるから」

バンバースヌートがアガサの片方のスリッパにぶつかった。さっきよりしっぽの動きが遅く、だらりと垂れた耳を心配そうに動かしている。

アガサがしゃくりあげた。「でも、シドヒーグはマコン卿が大好きなの。口では乱暴なことを言っても、たった一人のおじいちゃまだもの。もしマコン卿がケガをしたり殺されたりしたら……」大きな涙の粒がそばかすだらけの丸い顔を伝い落ちた。

「ほら、ほら、アガサ、ハンカチはどうしたの？　そんなに泣いたら顔がまだらになって次の授業のルフォー教授に気づかれるわよ。それだけは避けなきゃ」ソフロニアは予備のハンカチを探しはじめた。

アガサはすすり泣きをこらえた。アガサはルフォー教授を恐れている。ルフォー教授はいかなる感傷にも――たとえ意図的なものであっても――いっさい敬意を払わない。〝道具がすべてを解決する〟がルフォー教授のモットーだ。

ハンカチを一枚濡らし、もう一枚のハンカチで拭きおえたころにはアガサのすすり泣きも収まった。

「いい子ね」と、ソフロニア。

「ソフロニアの言うとおり、本当のことはまだ何もわからない」と、ディミティ。「シドヒーグが戻らなければ、あとはソープが何か役立つ情報を見つけてくれるのを祈るしかないわ」

ディミティとアガサは顔を曇らせた。それはつまりソフロニアが例のごとくこっそり機関室を訪れるという意味だ。それは同時に、ソフロニアにもシドヒーグの名誉を守る手だてがないことを意味した。何か手があればとっくにやっているはずだ。

もうじき寮母がやってくる。そしてシドヒーグはいない。

それはもうどうしようもない事実だ。

授業その四　クリーンでないソープ

ソフロニアはタラのグリル、牛のゆで尻肉《イチボ》、ニンジン、カブ、小麦団子煮込み《スエットダンプリング》の夕食をちびちびかじりながら真剣に考えた。シドヒーグにとってはどちらが悪い状況か――すなわち、一人でいなくなったと思われるか、それとも人狼と二人きりであることを知られるか。しばらく無言で口を動かしたあと、こうささやいた。「明日までは誰にも秘密にしておきましょ。ソープに何か情報がないかきいてみる。朝食までには誰に何を言うべきか決められるわ」

ディミティが青ざめた。「そのころには大尉と一晩じゅう一緒だったってことがばれてるんじゃない？」

アガサはテーブルの端にいるプレシアを見やった。「それに、わたしたち以外の誰かに気づかれたらシドヒーグの評判はずたずたよ」

「しかたないわ。大尉の気分や姿がどうであれ、シドヒーグは人狼のあつかいかたを知っている。それがせめてもの救いよ」

ディミティはバターを塗っていたロールパンを下に置いた。「今夜のカードゲームのあとがマドモアゼル・ジェラルディンの授業でよかった」

ソフロニアとアガサがうなずいた。

マドモアゼル・ジェラルディンはスパイ教育カリキュラムの一部だ。学長は学園の秘められた性質をまったく知らないため、彼女の授業だけはマナーや社交儀礼、テーブル席順、紅茶の飲みかたといった本物の花嫁修業《フィニシング》が行なわれる。スパイに関する課題はマドモアゼル・ジェラルディンの授業が始まる前に、たいていはレディ・リネットによって出された。さいわい今夜は前もって課題が出ており、ソフロニアとディミティとアガサは食事のあいだにシドヒーグの居場所をたずねられても、答えをはぐらかしさえすればよかった。

そうやってデザートのオレンジプディング指型ビスケット添えとシェリー酒まで行き着き、そのあとはカードゲームの〈スペキュレーション〉で大いに盛り上がったおかげで誰からも話しかけられずにすんだ。

三人はメカがカードを片づけはじめるまでわざとぐずぐずしたあと、めったに誰も通らない奥の廊下を数体のメカ使用人の邪魔をしながらすり抜け、飛行船の反対側にあるマドモアゼル・ジェラルディンの教室に猛ダッシュした。三人のたくらみをレディ・リネットが知ったら、さぞ教育が行き届きすぎたと思うだろう。いや、むしろ誇らしく思うかもしれない。いずれにせよシドヒーグについてはさほど心配していなかったようだ。そうでなければ、あのレディ・リネットの目をごまかせたはずがない。

三人は〈狩りの最中のいちゃつきかた〉の授業を終え——今夜のマドモアゼル・ジェラルディンの教えは〝たとえツイードの乗馬ズボンをはいていても紳士は紳士です〟というものだった——無事に就寝時間を迎えた。

レディ・リネットが深夜二時に消灯見まわりに来たとき、三人はぐっすり眠っていた。シドヒーグのベッドは空っぽだ。

レディ・リネットが居間の扉を閉めると、物音に気づいたソフロニアはベッドから起き出し、扉にすばやくコップを押し当てた。レディ・リネットが廊下にいるシスター・マッティに言うのがかろうじて聞こえた。「困りました、シスター、一人いません——レディ・キングエアが。貴族の令嬢が行方不明となれば面倒なことになるわ。たとえスコットランド人とはいえ」

新入生部屋を調べていたシスター・マッティが何やらぼそぼそと心配そうにつぶやき、やがて二人は遠ざかって声は聞こえなくなった。

ソフロニアの寝間着はぶかぶかで、その下に放課後服——コルセットの上に兄のおさがりの半ズボンと男物のシャツとベスト——を着ることができる。友だちのビエーヴみたいに男装が趣味ではないが、よじのぼりには何かと便利だ。それからフリルの小物バッグに変装させたバンバースヌートを肩にかけた。機関室に行くときは、いつもこうして連れてゆく。バンバースヌートは落ちた石炭のかけらを食べるのを楽しみにしている。ソフロニアが思うに、メカアニマルがボイラー室を訪ね、メカの神々に会いに行くのは当然の権利だ。前にディミティもこう言った──「バンバースヌートにとって機関室は教会のようなものじゃない？　ちょっとこじつけかしら？」

ソフロニアは一人で部屋を出た。数回におよぶ悲惨な遠出のあと、ディミティは汚くて、くさくて、油まみれの場所はソフロニアとシドヒーグにまかせることにした。いわく〝本物のレディには荒っぽすぎる〟。ディミティの本望はスパイよりレディになることだ。煤っ子たちにほどこしたいのはやまやまだが、それはお茶の時間にくすねたお菓子を善意とともにソフロニアにことづけ、本人言うところの下々の者に配ってもらうことでよしとした。これでディミティはドレスを汚す心配も、上品な耳を下品な言葉で汚す心配もなくなった。

アガサはそもそも秘密めいたことには興味がない。それに、なんであれそれと睡眠のどちらを取るかと言われれば、つねに睡眠を優先するタイプだ。

廊下は暗かった。点呼のあとは先生たちがガスを切る。だが、片方の手首にホウレー、反対の手首にさらに違法な秘密道具──妨害器──をつけたソフロニアにはなんの問題もない。ホウレーをひっかけて外壁をのぼり、バルコニーからバルコニーを伝い、警報が鳴る前に妨害器でメカを六秒間凍りつかせながら、十五分もしないうちに機関室にたどりついた。本気になれば何分で飛行船を縦断できるか、次は懐中時計で計ってみよう。ブレイスウォープ教授が飛行船から落ちたときは、それこそ命がけの猛スピードで駆けおりたが、あれはもう一年も前だ。あれからホウレーの使いかたもずっとうまくなった。いまならもっと速く安全に着けるはずだ。ソフロニアはあの事件を思い出して顔をしかめた。かわいそうなブレイスウォープ教授。

　機関室に入ると、ソープがいつものように石炭山の後ろで待っていた。広がったスカートと仰々しい帽子で初めてボイラー室に来てほこりを巻き上げたときと比べると、男の格好をした今は煤っ子たちのなかにいても目立たない。ソフロニアはひょろりと背の高いソープの隣に座りこんだ。

「やあ、お嬢さん《ミス》」

「こんばんは、ソープ。シドヒーグのハトの件で何かわかった？」二人のあいだに長ったらしい挨拶はいらない。そんなものはとっくに捨て去った親しい仲だ。そもそもソープは平民の生まれだから虚礼にはかまわない。そこがソープの賢いところだ。

「伝言そのものは見なかった。本人が持っているか、それともその場で燃やされたか。でも、レディ・リネットの部屋の気まぐれなボイラーを修理しているときに小耳にはさんだ。人間の使用人は心底、噂話が好きだからね」ソープの黒い真剣な瞳に、かすかに温かさとうれしさが浮かんだ。

ソフロニアはソープのいつものやさしい表情にほっとした。「続けて」

ソープは無意識に顔を近づけた。「たしかに人狼団の話のようだ。キングエア団が動揺してる」

ソフロニアは普通の紳士にはあるまじき接近ぶりに身じろぎしながら答えた。「あたしたちもそう思った。マコン卿が亡くなったの？」

敏感なソープはソフロニアがたじろいだのに気づき、肘かけ椅子に座るように石炭の山にどさりと座りこんだ。ソフロニアは胸をなでおろした。「誰かが死んだとかいう話はなかった。だから決闘があったんじゃないと思う。でも、マコン卿が関係してるのは間違いなさそうだ」

ソフロニアは眉をひそめた。マコン卿が無事だとしたら、いったい何が問題なの？

「どういうこと？」

「どうやら統制力を失ってるらしい」

「クラヴィジャーに対して？」ボイラー室がいっそう騒がしくなって会話が聞き取りづらくなり、今度はソフロニアが顔を近づけた。

「いや、団に対して」

ソフロニアはシドヒーグから聞いたキングエア団の話を思い出した。「マコン卿が？あの人は――〈将軍〉を除けば――イングランドじゅうで最強のアルファのはずよ」

ソープは二人だけにわかる冗談とでも言いたげに笑った。「その女王陛下お抱えの人狼でさえマコン卿には五回のうち三回は負けると言われてる。問題はマコン卿の力じゃなくて、それ以外のキングエア団の行動だ」

「なんたってスコットランド人だから」

「事態はそれより悪そうだ、ミス」

「スコットランド人であるより悪いことがある?」ソフロニアはジョークで返したが、ソープは乗ってこなかった。

「煤っ子で、おまけに肌の色が黒いこととか?」ソープの目には、今夜の授業で練習したばかりのものほしげなまなざしが浮かんでいた。ソープからそんな目で見られたくはないし、どうかわせばいいのかもわからない。レディ・リネットもそこまでは教えなかった。好ましからざる視線を向けられたらどうしたらいいのか、次の授業で質問してみよう。

「団の行動? 誰かが決闘で勝つまで人狼はみな本能的にマコン卿にしたがうんじゃないの? こんなとき、ブレイスウォープ教授に相談できたらどんなにいいか。ひょっとしたらルフォー教授が何か知ってるかも」

だが、意外にもソープは人狼について多くを知っていた。「そんな単純な話じゃないよ、ミス。ベータは補佐し、ガンマは反発し、一匹狼は決闘を挑み、それ以外の人狼はところかまわずふざけまわる。アルファの地位を保つのはそんなに楽じゃない。おれはごめんだ」

「ソープ、どうして急に人狼に詳しくなったの？」

ソープは肩をすくめた。「興味があるんだ。急にじゃないよ。きみがたずねなかっただけで、おれはずっと考えてた……長い目で見ればクラヴィジャーになるのがいいんじゃないかって。吸血群に縛られるより、人狼団に奉仕するほうがいい」

よりによってソープが不死を望んでるなんて考えてもみなかった。「どういうこと？　吸血鬼になるより人狼のほうがいいの？」

ボイラーの揺らめく光を映すソープの目は貪欲にさえ見えた。「血を吸うのは嫌だ。どっちにせよ地位が手に入るのはありがたいけど、人狼のほうが条件は少ない。煤っ子だってクラヴィジャーにはなれる。それに〝団〟って考えかたが好きなんだ、そう思わない？」

「毛むくじゃらの大人の煤っ子団って感じ？」ソフロニアは言いながらも胸が苦しくなった。どうしてあたしはソープの気持ちに気づかなかったの？　よくもそれであたしのソープなんて言えたものね？　一日じゅう石炭をボイラーにくべる生活から脱したがっていることに気づかないなんてバカもいいところだ。ソープが読みかたの勉強に熱心なのは、てっきりあたしと長くいたいからだと思っていた。でも、それだけじゃなかった。いまの社会的地位から這い上がろうとしてたんだ。ソープにはソープの計画があった。それを誰にも言わなかった。何よりショックなのは、あたしにさえ話さなかったことだ。

ソープは周囲を走りまわる煤っ子たちを見て笑みを浮かべた。「こいつらがおれの団？」煤っ子の大半はソープをボイラー室の陰の実力者と見なしている。ここには火夫や修理工といった、はるかに地位の高い大人がいるが、煤っ子たちに仕事をやらせようと思えば、技術主任でさえ誰よりソープが適任だと知っていた。

ソープはなるほどというようにうなずいた。「うん、たしかにそうかもしれない。〝団〟っていうのはいい考えだと思わない？　現にきみも持ってる——あのプロジェクトたち」

〝プロジェクト〟とはソープがソフロニアの個性豊かな女友だちを指す言葉だ。

ソフロニアはできるだけ公正にソープの視点から人生を考えてみたが、想像するのは簡単ではなかった。ソープとは階級も、肌の色も、性別も違う。でも、ほかに自分を高める方法がなくて、人狼団に入ることがソープの望みだとしたら？　しかも、うまくゆけば不死者になれるかもしれないとしたら？

「だから人狼のことを勉強したの？」

「うん。ミス・マコンがいろいろ教えてくれた」ソープは周囲の煤っ子たちが気後れしないよう、シドヒーグが貴族であることを知らないふりをし、シドヒーグもそれを望んだ。煤っ子たちと煤だらけになってふざけるときは身分の低い〝ミス・マコン〟を楽しんでいた。

ソフロニアは思わず話題を変えたくなったが、大好きなソープがこんなにも危険な選択をしようとしていると考えれば考えるほど心配で胃が痛くなった。ソフロニアは気持ちを落ち着けてから続けた。「でもソープ、クラヴィジャーになって年季奉公だなんて。月の狂気の番人はあんまりじゃない？　変異させるという保証もなしに人狼団にこき使われるのよ。何年かかるかわからないわ」

「でもクラヴィジャーになれば、当面はきれいで、まともな仕事につけるチャンスがある。煤っ子よりましだし、ドローンみたいに食料になるよりましだ」ソープは本気らしい。

胃痛は恐怖になって喉にこみ上げ、声がかすれた。「変異を生きのびるのがどれだけまれで、どれだけ危険か知ってるでしょ？」動揺は怒りに変わり、ソフロニアは声を荒らげた。統計は公表されていないが、変異に耐えられる人間がいかに少ないかは誰だって知っている。とんでもなく危険な賭けだ。

ソフロニアの興奮した声にも、ソープは穏やかに答えた。「確率は知ってる」

「そんなものに人生を賭けるの？　バカげてるわ！」ソフロニアは戦略を変え、口調をやわらげた。「まんいち変異嚙みに耐えられたとしても、次は軍役が待ってる。人狼といえども最前線に送りこまれたら死ぬかもしれないのよ」

「でも無事に帰還したら英雄として土地があたえられる。考えてもみて、おれが土地持ちの郷紳《ジェントリ》になれるかもしれないんだよ」

「何十年も異国にいなけりゃならないのよ！」

「旅をするいい機会だ」

「そんなことのために人狼になるなんて！」ソープに会えなくなる。遠いところに行ってしまう。あたしを残して。

ソープは驚き、ソフロニアの剣幕に傷ついたかのように腕と肩をこわばらせた。

ソフロニアが心配そうに片手で両目を押さえるのを見てソープは冷静になった。緊張を解き、いつもの前かがみに戻っている。いなくなるのが寂しいなんて言えなかった。そんなことを言ったらソープを引きとめることになる。これが本当にソープの夢だとしたら？　あたしが空約束《からやくそく》で引きとめるのは、ソープが間違った理由で人狼になるのと同じくらいいけないことだ。

ソフロニアは深く息を吐いた。「ごめんなさい、ソープ、ただあなたが心配で」

ソープは表情をやわらげ、石炭の山に置いたソフロニアの手のすぐそばに――いまにも触れそうに――手をついた。「わかってるよ、ミス、でも最後に選ぶのはおれだ。それに、このまま煤っ子を続けたら健康で長生きできそうもない」

「いい選択とは思えない。それが心配なの」いつからソープはこんなに頑固になったの？

ソフロニアは震えている自分に驚いた。

ソープは大胆にもソフロニアの震える手に自分の手を重ねた。硬いたこのできた手のひらの感触が妙にここちいい。二人はボイラーが立てる音を聞きながら、しばらく無言で座っていた。ようやく気持ちが落ち着き、大事な友だちに感情をぶつけた自分に腹が立った。いい友だち。だけど、ただの友だち。ソフロニアはそっと、でも迷わず手を引き抜いた。

やがてソープが口を開いた。「おれにはミス・マコンの行き先がわかる気がする」

ソフロニアは言葉の内容より、話題が変わったことにほっとして顔を上げた。「そう。どこ?」

「ナイオール大尉と一緒にロンドンに向かったんじゃないかな」

「まあ、どうして?」ようやくソフロニアは内容そのものに興味をひかれた。

「ナイオール大尉は力のある一匹狼だ。マコン卿の統率力に問題が生じたとすれば、ミス・マコンならナイオール大尉を解決策として考えるはずだ。キングエア団の結束のためならなんだってやると思う」

「でも、なぜロンドン?」

「噂によれば、マコン卿が最後に向かった場所らしい」

「スコットランドの人狼がロンドンに? 地元の人狼団がどんなに殺気立つことか」ソフロニアは身震いした。前に一度ウールジー人狼団のアルファ——ヴァルカシン卿——を見たことがある。とても怖かった。マコン卿もあんなふうだとしたら、二人が出会ったら最後、ロンドンは壊滅するかもしれない。

「だから〈将軍〉が女王のもとで働いてる。アルファどうしの抗争が起こらないように」

「でも、どうしてシドヒーグは何も言わずに去ったの？　先生たちにも黙って？」

ソープは肩をすくめた。「連絡できる状況になったら、きっと何か言ってくるよ。おれが目を光らせておく」

「シドヒーグのことだから、学園の人間は信用できないと思っているのかも。だとしたら、兄さんの退屈な舞踏会で家に帰るあたしに連絡してくるかもしれない」ソフロニアはズボンをはたいた。「遅くなったわ。もう戻らなきゃ」

ソープはソフロニアの手の動きを目で追った。スカートとペチコートをはいていないと、脚を剝き出しにしているような感覚だ。

ソフロニアは急に恥ずかしくなって手を止めた。

ソープは目をそらしてぼそぼそ何やらつぶやき、いきなり言った。「あの気取り屋フェリックスとダンスを踊るの？　きみんちのくだらない舞踏会で？」

「そうよ」意外な問いかけに、ソフロニアは思わず答えた。ソープの前では恋愛に関する話題はすべて避けようと心に決めていたのに。

「あいつは高慢ちきのおぼっちゃまだ」

「そうね」ソフロニアは言葉に詰まり、うなずくしかなかった。こんなにいらだつソープは初めてだ。でも今夜はすでに一度、言い合った。これ以上、議論はしたくない。

「しかも父親はピクルマンだ。まさか忘れたわけじゃないだろ？」

「それも魅力のひとつよ」

ソープがキッとにらんだ。「あんな邪悪なやつらに熱を上げるとは思わなかった」

ソフロニアは身をこわばらせ、フェリックスにこだわるソープに顔をしかめた。「それなりの魅力はあるわ」

「へえ、どんな？」

「ソープ、こんな話はよしましょ！」

「へえ、どうして？　プロジェクトたちとは話すくせに」

「だって女の子どうしだもの！」

「そしておれは違う」

「違っていてほしいわ。さもなきゃ、あなたはビエーヴより変装がうまいことになる」

ソープが異界族のようにすばやく近づいた。すでに人狼になりかけているかのように。そうやって見ると、ソープは思ったよりずっと攻撃的に見えた。「いつだってあのフェリックスとやらをハッチから放り投げて、おれが女じゃないことを証明してやるよ」

ソフロニアは場面を想像して思わずくすっと笑った。かわいそうなフェリックスがあわててシルクハットをつかみ、空から落ちてゆく場面を。「まあ、ソープったら、またそんな冗談を」

ソープは目をぱちくりさせ、いつもの友だち領域に戻った。「ねえ、そのセリフをほかの煤っ子たちに言ってやってよ。最近、みんなおれの言葉を真に受けるんだ」

「そりゃあんたがいつもふさぎこんでるからさ」一人の煤っ子がかたわらを小走りで駆け抜けながらどなった。

「まあ、ソープ、あなたの言葉を真に受けるなんて!」

「そう、驚きだろ?」ソープは満面の笑みを浮かべたが、ソフロニアは何か引っかかるものを感じた。

ボイラー室を出たあとも心は揺れていた。シドヒーグがロンドンへ。そしてソープがクラヴィジャーになって、人狼になるかもしれないなんて! ソフロニアは、いかにも男の子らしい、ふざけてばかりのソープに戻ってほしかった。この世のしくみに無頓着だったソープに。不死者になる夢なんか持たず、重大な危険を冒しもしないソープに。いたずらに目を輝かせるだけのソープに。何もかも昔に戻ってほしかった。ついこの前まで、あたしは大人になるのが楽しいと思ってた。こんなこと、ディミティにも話せない。ディミティにはわかってもらえない。機関室に行くのはやめたほうがいいと言うに決まってる。ソフロニアは今までと違うソープに動揺していた。ソープに会えなくなると考えるだけでつらかった。どうしてソープは何もかもぶちこわそうとするの?

翌朝、三人はシドヒーグがいなくなったことをレディ・リネットに告げた。〝心を乱す手紙を受け取り、一人になっていろいろと考えたいのだろうと思って、あえて探しませんでした〟と。

「彼女が船を離れるところを見た？」

三人は首を横に振った。

ディミティは金茶色の髪をくるくるひねり、アガサは足もとを見おろした。

「本当に？　誰かと一緒じゃなかった？　これはとても重要なことよ」

「手紙の内容がわかれば見当もつくと思いますが」と、ソフロニア。こんな誘導作戦がレディ・リネットに通用するとは思えないが、スパイの土俵にいちおうの線は引いておくべきだ。

「たしかに、そうかもしれません。でも、残念ながらわたくしも内容は知らないの」

ソフロニアは疑わしげに目を細めた。レディ・リネットの鮮やかな青い目からは何も読み取れない。二人は了解したように軽く頭を傾けた。これで少なくともたがいの立ち位置はわかった。

「いいでしょう、お嬢さんがた、行っていいわ。朝食に遅れますよ」

それから二週間、なんの情報もなかった。手紙も届かない。ナイオール大尉が不在のいま、スウィフル＝オン＝エクスまでひとっ走りして郵便物を集めてくる人はおらず、飛行船が地上に下りることもない。しこみ扇子の授業はルフォー教授が引き継いだ。こうなって初めて、地面から離れられない一人の人狼が学園全体の精神安定にどれだけなくてはならない存在だったかがわかった。よその世界がまったく見えない、一月のダートムアにお決まりの灰色の霧雨のなかに浮かんでいれば誰だって気が滅入る。まぢかに迫った誕生日と舞踏会に浮き立つはずのディミティでさえシドヒーグの行方を案じ、口数が少なかった。

ソフロニアはあれから一度も機関室を訪ねていなかった。ふさぎこむソープといると落ち着かない。おたがい、少し距離を置いたほうがよさそうだ。愚痴をこぼし、飢えたまなざしを向けたソープを懲らしめたいのか、それともソープをうっかり誘惑しそうな自分が怖いのか、自分でもわからない。ただ、望みのない目標に大事な友だちを駆り立てることだけはしたくない。人狼になりたいというソープの願いは裏切り同然に思えた。

ディミティはソフロニアが夜中の遠出に行かなくなったことに気づいた。秘密のほどこしがなくなって、くすねたお菓子のストックが増えてきたからだ。ディミティはボイラー室の恵まれない少年たちにお茶用ケーキを配るのがレディの務めだと思っている。「煤っ子の彼と仲たがいでもした？」

「別に」ソフロニアはそっけなく答えた。「忙しいだけ」

「何に忙しいの？」

「扇子の使いかたをマスターするのに。あたし、この武器をトレードマークにしたいの。偉大なスパイはみな得意の武器を持ってるわ」

「それで扇子？　実用的で、涼しくなれるから？」

シドヒーグがいない部屋は一人で寂しいと、ソフロニアたちの部屋で時間をつぶしていたアガサが反応した。「わたしは絞殺具《ガロット》がいいわ」

二人はぎょっとして振り返った。お芝居と睡眠以外のことにアガサが興味を示すなんて。ましてや武器の話に？

「そうなの？」と、ディミティ。

アガサはうなずいた。「宝石のように身につけられるし、簡単に隠せるし、すっぱり殺せる」

「言いたくないけど、殺しに関するかぎりわたしはプレシアと同じ意見よ。毒殺がいちばんいいわ」ディミティがきっぱり言った。

「血が出ないから？」と、ソフロニア。

「そう！」ディミティは手首の腕輪をひねりながらため息をついた。「もう、そんな恐ろしい話はやめましょ」

アガサが小さな週間予定表を見やった。「そろそろスウィフルに向かうころじゃない？　あなたたちを運ぶナイオール大尉がいないとなると、校舎は移動手段に近いところまで行かなきゃならないわ」

ソフロニアとディミティは顔を見合わせた。「そういえばそうね。いま浮かんでる場所によっては数週間かかるかもしれない。仮面舞踏会が数日後に迫ってることをレディ・リネットが忘れてなければいいけど」

「確かめたほうがよさそうね」と、ソフロニア。

だが、その心配はなかった。なんといってもレディ・リネットは情報操作の達人で、細かいことを把握するのが仕事だ。

朝食を取っていると——都会の時間を遵守するマドモアゼル・ジェラルディンの方針により、だいたい正午ごろ——聞きまちがいようのない音が足もとから聞こえた。校舎のプロペラがリズミカルにぶるぶると繰り返し回転する音。これが意味するのはひとつしかない。飛行船が目的地に向かいはじめたということだ。学園は、もはや荒れ地の上空をゆらゆらとただよってはいなかった。

ディミティとソフロニアはわくわくして視線を交わした。マドモアゼル・ジェラルディンの空中フィニシング・スクールは街に向かっていた。

授業その五　ひそやかな口ひげともっとひそやかな空強盗《フライウェイマン》

校舎は翌日の夜遅くスウィフル＝オン＝エクスに到着した。まずエクス川の上空に浮かんで機関室の巨大ボイラー用に水を吸いこみ、それから街はずれのいつもの場所——ふぞろいの小塔を寄せ集めたような〈バンソン＆ラクロワ少年総合技術専門学校《ポリテクニック》〉の校舎が見えるヤギ道——に係留した。

ソフロニアとディミティは翌朝早く出発する予定で、真夜中前に就寝すべきという判断から、その日最後のブレイスウォープ教授の授業を免除された。二人がこのことを説明すると、吸血鬼教授はほぼ以前と変わらぬ冷静な目で見返した。その印象は、しかし、現在の異常をきたした頭で剃り落とした口ひげのせいでかき消された。

吸血鬼に変異する前に生やしていたとおぼしき口ひげは、未熟な潜水夫さながら、上唇の上でおっかなびっくりたたずむ小さなイモムシを思わせた。ブレイスウォープ教授は近ごろこれが気になってしかたないらしく、ときおり発作的にこのもじゃもじゃの突起物を剃り落とす。でも、吸血鬼は不死者だから、変異前の特徴は何をやっても消せない。カミソリが剃り落とした瞬間から、口ひげはすぐに前と同じ形に生えはじめる。

今夜のように途中まで剃りかけてほかのことに気を取られた場合、口ひげはいよいよ足がかりを失ったとでもいうように大きく片方にずり落ち、ソフロニアとディミティの目の前でもとの位置に這いのぼろうとしていた。それは催眠術をかけられたかのような、目をそらそうにもそらせない現象だった。なにしろ吸血鬼の傷がみるみる治るのと同じように、口ひげがみるみる生えてくるのだから。

「きみたち、なぜこんなに早く授業を抜けるんだね、は？　まだ始まってもいないぞ。ちょっと待て！　きみのことは知っている。ああ、間違いない、きみたちは今夜、ダンスを踊る番だ。いや、待て……」

ソフロニアとディミティはすまなさそうにお辞儀した。

「申しわけありません、教授、あたしたち欠席の許可をもらっています。ほら、例の仮面舞踏会で」

「ソフロニアのお兄様が婚約なさって、もうわくわくなんです。明日、移動するので、美容のために早く眠らなければなりません」と、ディミティ。

「まあ、それはたしかね」教室の後ろからプレシアの声がした。

ブレイスウォープ教授は説明の途中で興味を失った。「ああそうか、それならしかたない。くれぐれもソーセージを忘れぬように、は？」口ひげはほぼもとの形状に戻っていた。

「もちろんです」ソフロニアは完璧な真顔で答えた。

「たしかマージー子爵も一緒に行くはずだけど、彼もソーセージに数えるんですか？」プレシアがすぐに無駄話に乗じた。

ブレイスウォープはプレシアに向きなおり、「太いソーセージ？　それとも細いソーセージかね？」と鋭くたずねた。

「おそらく細いほうだと思います」と、プレシア。

ブレイスウォープがソーセージに気を取られているあいだに、ソフロニアとディミティは笑いをこらえて教室を出た。

あわてて忘れ物をしないよう、すでに荷造りはすませてある。部屋に戻ったものの、興奮して眠れなかった。いつもより早い時間だからなおさらだ。

二人は寝間着でベッドに横になり、話しはじめた。

「マージー卿が来ると知ってうれしい？」

「まあね」

「マージー卿はとってもハンサム。しかも大金持ち。そして称号持ち」ディミティの口調にはなんの感情もなかった。

「そうね、でも、そういう条件の人と本気で結婚したがってるのはあなたよ、あたしじゃなくて」

「だったらあなたは男性に何を求めるの?」

ディミティの問いにソフロニアは考えこんだ。最近ずっと頭を悩ましている問題だ。たしかにマージー卿はハンサムだけど、それを鼻にかけすぎている。謎めいた雰囲気には魅かれるけど、ピクルマンである以上はあたしのスパイ活動を妨害するだろうし、恋人にそんな真似はされたくない。いっそピクルマンをやめるよう教育できないかしら?

ソフロニアが答える前に、居間の扉をおずおずと叩く音がして二人は顔を見合わせた。授業に出ていないのは二人だけ。つまり、これが誰にせよそのことを知る人物だ。

ソフロニアはベッドから下りてローブをはおった。こうした状況ではディミティほど神経質ではない。男装に手をそめて以来、無礼な格好で人前に出ることにはほとんど抵抗がなくなった。いずれにせよソフロニアの寝間着は寝室用でも、下によじのぼり服を着こめるほどぶかぶかだ。

「ちょっと、ソフロニア、着替えてからにしたら?」

着替えるとなると、どんなにうまくいっても十五分はかかる。いい考えとは思えない。さっきのノックはどう考えても人目を忍ぶような音だった。それに、このぶかぶか寝間着で出たら相手は動揺し、会話の主導権を握れるかもしれない。

ディミティの言葉を無視し、忍び足で居間を抜けて扉を開けると、フードで頭をすっぽり覆った長身の人物がいきなり脇をすり抜け、入ってきた。

「なんなの？」

「扉を閉めて、早く！」

言われるままに扉を閉めると、謎の侵入者がフードを下ろした。

「ソープ！」ソープが部屋を訪ねてきたことはこれまで一度もない。煤っ子が上階にやってくるのは恐ろしく危険な行為だ。見つかったら即刻クビになり、ソフロニアとディミティもただではすまない。

「やあ、ミス。なんとか出発前にまにあったようだ」

ソフロニアは反応に困った。これまでずっとソープを避けていたのだから。

「ソフロニア、誰なの？」ディミティが暗い寝室から顔をのぞかせた。

ソフロニアは寝室に引き返して頭を突き出した。「ただの知り合い。ちょっとだけ話してきてもいい？」

ディミティはすばやくベッドに戻り、まんいち無礼な誰かにのぞかれてもいいように、あごの下まで毛布を引き上げ、白い顔だけを出していた。「そんなみっともない格好で？」

「すぐ終わるから」

「いったい誰なの？」ディミティはしつこくたずねた。

「ただの友だち」ソープだってことは言いたくなかった。ディミティが知ったら、しつこく止めようとするに決まってる。

ディミティはため息をついたが、ベッドを出て誰とも知れない人に会う気は毛頭ない。ソフロニアは寝室の扉を閉めて深く息を吸い、気持ちを落ち着かせてからソープに向きなおった。

ソープは居間のまんなかに所在なげに立っていた。下ろしたフードが肩にかかっている。麻袋を引き裂いて作ったようだ。

「どうぞ座って」ソフロニアは前にレディ・リネットから習った、慇懃《いんぎん》さで侵入者の武装を解く優雅な身ぶりで椅子を勧めた。

「ありがたいけど、やめておくよ、ミス。きれいでかわいいソファを汚しちゃ悪い」

ソフロニアはしばらく部屋の端に立っていたが、二人きりで話すには近づいたほうがよさそうだ。ディミティが鍵穴に耳を押し当てていないともかぎらない。ソフロニアはソープのそばに座り、期待の目で見上げた。

「それで？」

「きみを怖がらせただろ？　この前。ちょっと言いかたが乱暴すぎた。きみにも繊細な神経があるんだなって」

ソフロニアのプライドはいたく傷ついた。「誰が怖がったりなんか！　それに、繊細な神経はたっぷりあるわ、おかげさまで。でも、この前はみっともなかったわ。あんなふうにどなるべきじゃなかった」

ソープはうれしそうに笑みを浮かべた。「どなってくれてうれしかったよ。心配してくれてるのがわかって」

「当たり前じゃない！」

「それでおれを避けてたの？」おれがきみに好意を寄せてるんじゃないかと怖くて？」

ソフロニアはじろりと見返した。「怖いなんて思ってないわ、ソープ。あたしはあなたのことをそんなふうに考えていないし、考えたくもないだけ」

「わかってる」ソープは傷ついたようにも、恥じ入っているようにも見えた。「ただ、ミス、おれは……ただ……」

ソープが口ごもるのをいいことにソフロニアは言いつのった。「お願いだからあんまり言い寄らないで」ここでソープが何か返したら、あたしはさらに言い返さざるをえなくなる。そして確実にソープとの友情を失うだろう。ソフロニアはあわてて話題を変えた。

「機関室を抜け出して、いったいなんの用？」

「不満で喉が詰まったようなくすぶった状態で下界に行かせられないと思って」

「くすぶってなんかいないわ！」ソフロニアは興奮したバンバースヌートのように耳から煙でも出そうな剣幕で言った。

ソープは笑ったが、いつもの満面の笑みではない。「うん、そのようだね。早朝の列車に乗るの？」

「ううん、母さんが二輪馬車をよこしてくれるの。みっともないけど、乗りさえすれば家に着けるから。御者のロジャーは昔からの仲よしよ」

ソープはかすかに目を細めた。「もう行くよ。あのキザ野郎フェリックスと三回以上、踊っちゃだめだ」

ソフロニアは憤然と返した。「そんなに簡単に罠にかかるほどあたしはバカじゃない。それを言うなら彼もね。わかりきったことを命令されるほど腹が立つものはないわ。これじゃまるであなたの言いなりになってるみたいじゃない！」

ソープはフードをかぶって部屋を出た。「さっきのは命令じゃない。お願いだ」

「そんなふうには聞こえなかったけど！」

「どうやらまた怒らせたみたいだね」

「そうね。ついこのあいだまで、あたしたちの関係はすごくよかったのに」

ソープは麻袋の奥から光る目でソフロニアを見下ろした。「きみみたいにどんなに頭の回転が速い子でも運命は変えられない」

ソフロニアは唇を引き結び、きらりと片目を光らせた。ソフロニアが何かをたくらんだときの、いまや誰もが警戒する表情だが、ソープはそのことを知らない。「それはどうかしら」

意外にもソープは声を立てて笑い、「きみだけだよ、ミス、みんなが大人になるのを止めようとするのは」そう言ってこそこそと廊下の奥に消えた。

一人残されたソフロニアは首をかしげた。今夜のできごとは何から何まで変だった。さいわい、寝室に戻っても話をつくろわずにすんだ。ディミティはぐっすり眠っていた。

テミニック夫人はロジャーと護衛役の馬小屋少年を乗せたポニー二輪馬車を迎えによこした。優雅な旅にはほど遠い移動手段だ。プレシアに知れたら容赦なく罵倒されただろうが、ディミティとソフロニアはプレシアが目覚める前に校舎をあとにした。学園の大半が眠りこけている早朝六時、二人は静まりかえった飛行船から貨物リフトで地上に降りた。長旅に欠かせないサンドイッチボックスとお茶の入った水筒を持って。

油びきのレインコートをかぶり、帽子箱とドレスがいっぱい詰まった旅行かばんをしっかと脇に抱えた二人が馬車に到着すると、すでに全員がそろっていた。

正面の御者席には、厳しい寒さと降りやまぬ霧雨に備えて頭からつま先まですっぽりコートをかぶったロジャーと連れの少年が座っていた。ロジャーが力なく手を振った。見るも哀れなありさまだ。早朝の迎えにまにあうよう、夜中に出発してずっと馬車を走らせてきたのだろう。連れの馬番は薄汚れたハンカチに顔をうずめ、目を上げもしない。

御者席に近い席にピルオーバーが座っていた。ディミティの弟で、舞踏会のエスコート役だ。ダンスの相手が弟とはなさけないが、急な話で弟しか調達できなかった。ディミティとディングルプループス卿のあいだにどんな恋情があったにせよ、ピクルマンがらみの誤解によってはかなく消えた。かえってそのほうがよかった――ソフロニアは思った。あたしがディングルプループス卿が嫌いなのは、あの控えめなあごとピクルマンびいきのせいだけではない。

でも、ピルオーバーは好きだ。性格は陰気で、人生のあらゆる局面――とりわけ厳しいことに〝邪悪で天才〟という点――でつまずいている少年で、発明の才もあり、頭も悪くないが、人がよすぎる。この欠点こそピルオーバーを陰気にする元凶だ。

ピルオーバーは無愛想に応じた。ソフロニアに対しても、すでに姉に対する態度と変わらない。すなわち――敬意のかけらもなく、弟らしい親愛の情をわずかばかり見せるだけ。

そしてピルオーバーからいちばん離れた場所にフェリックス・ゴルボーンことマージー子爵が座っていた。この二人はとことん仲が悪い。ソフロニアが思うに、ピルオーバーが幼く、いわゆる中流階級で、〈ピストンズ〉の一員ではないからだ。かたやフェリックスは有力な一族の長男で、悪名高き〈ピストンズ〉の正式会員で、うっとりするほど邪悪だ。〈ピストンズ〉とは少年クラブのようなもので、しゃれたベストと目のまわりの黒い隈取りとピクルマン主義で有名な青年集団だが、目の前の子爵どのは全身濡れそぼち、いかにも不機嫌そうだった。目のまわりのコール墨は細い筋になって寂しげに頬を流れ落ち、ブロンズ色のリボンを巻いたシルクハットはだらりと垂れさがっている。ソフロニアは顔を赤らめた。マージー卿ほどの貴族をこんなみすぼらしい二輪馬車に乗せるなんて……しかも雨のなか待たせて……。この無礼をどうやって償えばいいの？

〈ピストンズ〉であろうとなかろうと、マージー卿は骨の髄まで紳士だ。近づいてくる二人に気づくや馬車から降りて手を貸した。たちまち高級そうな黒いブーツが泥はねだらけになった。

「ミス・テミニック、ミス・プラムレイ＝テインモット、二人とも、また会えてうれしいよ。ひさしぶりだね」そう言って頭を傾けたとたん、シルクハットから雨水がしたたった。

ディミティはこの場にふさわしく顔を赤らめた。ソフロニアも申しわけなさそうにほほえむくらいの恥じらいは習得している。「おはようございます、マージー卿、あいにくの天気ですわね」

「いやはやまったく！」最後に会ったときより声は低く、身長はゆうに数センチ伸びていた。ソープみたいにそびえるほどではないが、ダンスの相手には理想的だ。

フェリックスは最初にディミティに手を貸した。

「おはよう、イボイボくん」ディミティは愛情こめて弟に呼びかけた。

「よう、でぶちん」弟はむっつり答えた。いつもより一段と不機嫌そうだ。旅の途中は読書に没頭するのがお決まりだが、幌なし馬車で、この雨では本を開くこともできない。

「アガサは一緒じゃないの？」

弟の言葉にディミティは目をぱちくりさせた。ピルオーバーに女の子の区別がつくなんて。ましてや特定の一人のことをたずねるなんて。

「なんだよ？　アガサは好きだよ。バカ騒ぎしないし、キンキン声でしゃべらないし。誰かさんと違って」ピルオーバーは憤然と答えた。

「アガサは元気よ。よろしく伝えておきましょうか、かわいい弟くん？」

「けっこう」

ディミティは肩をぶつけるように弟の隣に座ると、さっさとアガサの話題を切り上げ、家族や共通の友人たちのことをぼそぼそ話しはじめた。ソフロニアにフェリックスと積もる話をさせようというディミティの策略だ。

ロジャーは背を丸め、上流階級の人々がこの状況で可能なかぎりの快適さを確保するのを待っていたが、やがてソフロニアがうなずくのを見てポニーに舌を鳴らし、早足で歩かせはじめた。

ソフロニアは狭い馬車に身をよじり、心苦しさにさいなまれながら会話を始めた。百戦錬磨のレディ・リネットもこの状況にはたじろいだに違いない。「こんなみっともない馬車でごめんなさい、マージー卿。どんなに天気のいい日でも幌なし二輪馬車はあんまりよね。うちの正式な四輪馬車は――どうかわかってほしいんだけど――エフレイムの婚約者を駅に迎えにゆくのに使ってるの。母さんがどうしてもいいところを見せたがって」

「大事な縁談なんだね」フェリックスの口調には〝ぼくを差し置いて四輪馬車をまわすなんてよほどの家柄だろうね〟という響きがあった。皮肉を言いたくなるのも当然だ。

「そうなの。手紙に書かなかったかしら？」

「具体的なことは何も。でも気にしないで。めったにない経験だよ、二輪のバネつき馬車なんて。父が言うには、こんな移動手段はじきに時代遅れになって、自家用蒸気機関車が主流になるだろうって」

「まあ、本当に？　そうなるといたるところ軌道だらけになるわね」

「これだけメカに依存している現状を考えると、屋外でもメカ移動手段が増えるのは当然のなりゆきじゃないかな？」

公爵の息子が地方の情勢や輸送事情に詳しいなんて、ちょっと驚きだ。「たしかに便利でしょうね。そのせいで美しい田園風景がそこなわれるのは残念だけど」

「線路が敷設されたときも多くの地方都市でそんな声が上がった。でも、おかげで誰もが遠くまで行けるようになった。たとえば、家の前まで運んでくれる、速くて箱形の移動手段があったらいいと思わない？」

「あったらすてきでしょうね」ソフロニアは言葉を選んだ。いまは議論をしたくない。久々の再会に、思った以上に動揺していた。フェリックスの目がこんなに青かったなんて。

そぼ降る雨でやむなく額《ひたい》に落ちかかった髪も魅力的だ。でも残念ながら、こうした会話もかつてのような親しさには発展しなかった。一年前、〈バンソン校〉の生徒数人とロンドンに旅したときのフェリックスは、はしたないほどなれなれしかった。そのいちゃつきぶりはこちらが動揺するほどあからさまで無礼だった。家柄や、たがいの学校の関係や、政治的立場といったどんな障害があろうと交際を申しこみたいと臆面もなく宣言した。それに比べるといまの会話はあまりにまともすぎた。まるで上流階級の人々に囲まれ、たがいの両親に監視されているかのようだ。

前ほどあたしに関心がないんだ――ソフロニアは不満げに唇をかんだ。このさりげないらだちのしぐさが、レディ・リネットが教えるどんなしぐさより若い男にかわいく見えるか、まだ本人は知らない。

「きみの家族はなかなか複雑らしいね、かわいいリア」

あら、愛称で呼びかけたところをみれば、まだ脈はありそうだ。最初は押しつけがましいなれなれしさが嫌いだったが、フェリックスの本心がわからない今はなんだかほっとする。ソフロニアは座席の上で少し身を寄せた。

「うちは大家族なの。最後に数えたときはきょうだいが八人いたわ」

「なんとまあ、お母上は大変だね」

「しょっちゅうそう言ってるわ。ことあるごとに、あたしたちのせいで死にそうだって。

でも自業自得よ。なんだかんだ言いながら子どもを産みつづけて、最後はよせばいいのに双子よ。愚かしいったらないわ。あたしでやめておけば世界も変わったはずなのに」

フェリックスは考えこんだ。「でも、六人も八人もたいして変わらないんじゃない？」

ソフロニアはうなずいた。「まさに父さんの言いそうなことね。父さんは子どもが多ければ多いほど幸せなの。かわいそうに、おかげで家にいるひまもないほど働いてるけど」

「働いてる？」

「働くといっても政府の仕事よ。もちろん、狩猟シーズンは家にいるわ！」官公職は郷紳《ジェントリ》に許される唯一の仕事で、ソフロニアは父親が曲がりなりにも紳士階級であることを強調した。フェリックスの一族は名士録にも載るトップクラスの名門かもしれないが、テミニック家もフェリックスの父親ゴルボーン公爵がいまの地位にいるのと同じくらい——もしかしたらそれ以上——長くウィルトシャーの土地を保有している。ゴルボーン家の称号にはかなわなくても、歴史の古さでは負けないわ、おかげさまで！

「それで、エフレイムがいちばん上なの？」フェリックスはソフロニアの家族構成を頭にたたきこむつもりらしい。

「男ではいちばん上だけど、その上に姉が二人いるの。ナイジェラとオクタヴィア。エフレイムの次がグレシャムで、彼はオックスフォードでなんとかやってるみたい。その次がおぞましきペチュニア——彼女にはもうすぐ会えるわ。まだ家にいて、あなたの気を惹こうと手ぐすね引いて待ってるはずよ。次があたしで女の末っ子。そしてあたしの下がどうしようもない双子の弟、ハンフリーとヒューディブラス」

フェリックスは呆気にとられた。「なんとも言いにくい名前だね」

「父さんがつけた犬たちの名前を聞いたらきっと驚くわ。正直、ちょっとやりすぎなの」

「なんとまあ」

ソフロニアはくすっと笑った。「エフレイムが休暇でオックスフォードから戻ってくると、父さんはあたしたち全員とビーグル犬の名前を片っぱしから大声で呼ばないとエフレイムの名前を思い出せないの。あたしも家を離れていたから、きっと名前を忘れられてるわ。ナイジェラは結婚して長いから完全に忘れられてるみたい。父さんはそんな娘がいたことも覚えてないんじゃないかしら。ナイジェラは評判のいい医者と結婚したの、ドクター・チリングスリンプルって知ってる?」

フェリックスが首を振ると、ソフロニアはべらべらとしゃべりつづけた。「エーテル旅行が身体にあたえる影響について論文を発表したのよ」

ディミティとピルオーバーはきょうだいだけに可能な、まったく取るに足らないこと——たとえばアップルソースの性質について——を声高に言い合い、ロジャーは無表情で前をにらんでいる。道路の一部が川のようになっており、うっかりすると車輪がはまってしまいそうだ。ロジャーの相棒はときおり後ろを見やるものの、荷物がちゃんと載っているかを確かめるようなそっけなさだ。何度か不満そうに鼻を鳴らしたような気がしたが、顔までは見えなかった。

しゃべりすぎなのはわかっていた。これでは、たわむれかたを訓練されたしたたかなスパイ候補生どころか、本物の女学生だ。どうでもいい話が続くにつれてソフロニアはいよいよ不安になった。おしゃべりはディミティの得意技だが、相手がフェリックスだとあたしまでそうなってしまう。フェリックスは気にするふうもなく、家族のことをなんでも知ろうと次々に質問を浴びせた。きっと兄弟姉妹がいないのだろう。

そうやって二人は一時間ちかくも不毛な世間話を続けた。ずっとあたしを悩ませてきた人が、いざ悩ませようとしなくなると、こんなにも悩ましく思えるなんて！

そこでフェリックスはいきなり態度を変え、顔から濡れた髪を払いのけて声を落とした。

「それで本当はどうなの、リア？　きみからの手紙はどれもひどくそっけなかったけど」

ソフロニアはほっとした。やっと本音が出た！　あまりにほっとしすぎて、つい無防備に答えた。「それを言うならあなたの手紙よ！　行間に何かほのめかしがないかと読み返したけど、何ひとつなかったわ」

「手紙は苦手なんだ。きみだってそんなそぶりのかけらも見せなかったじゃないか！」フェリックスは腹立たしげに目を光らせた。

ソフロニアは唇を噛んだ。まだ好意を持たれていることがうれしくもあり、怖くもあった。「思わせぶりな手紙の書きかたはまだ習ってないの」

フェリックスは表情をやわらげ、猫なで声で言った。「だったら、それ以外の思わせぶりなやりかたは習ったの？」フェリックスは猫のようだ。何かにそっとしのび寄り、人生に退屈しているように見せかけていきなり鉤爪を出して飛びかかり、狩りのスリルを味わう猫。

ようやく本性を現わしたフェリックスにソフロニアは自信を取り戻した。「いまはレディ・リネットに誘惑術を習ってるの」そう言って目を伏せ、それから灰色の荒れ地の果てを見やり、マドモアゼル・ジェラルディンにほめられた横顔をフェリックスに見せつけた。

フェリックスは期待どおり目を見開き、二、三度ごくりと唾をのみこむと、一年前に戻ったような高い声で言った。「本当？」

「ええ、本当よ。やってみせましょうか？　現実の男性相手に練習してみたいわ」

「いいね」今度はまさにキンキン声だ。

ソフロニアは一瞬ためらい、見えもしない風景をながめやった。「まずはせつなそうな視線から始めるの」

「へえ？」

ソフロニアはフェリックスに向きなおってまつげを上げ、誘うような気持ちで見つめた。思い描いたのは二人が最後にダンスを踊ったときのことだ。腰のくぼみに置かれたフェリックスの手の感触。首筋にかかる甘い吐息。ソフロニアは口もとに小さく笑みを浮かべた。その視線にしびれたかのようにフェリックスの薄青い瞳がうつろになった。ソフロニアは目のまわりのコール墨の跡に気づいた。なんてしどけない。このしどけなさこそフェリックスの愛すべき欠点のひとつだ。訓練中の邪悪な天才には過激さが求められる。

ソフロニアはまつげをぱちぱちさせた――やりすぎないように、ほんの少し。

フェリックスの息が荒くなった。

まあ、おもしろい反応だこと。

ソフロニアは首をかしげて首筋をさらした。無邪気さとはかなさをアピールするしぐさだ。そのせいで雨が胸もとを伝ってコルセットの下に流れこんだが、ソフロニアは何食わぬ顔で不快感に耐えた。

レディ・リネットも誇らしく思うに違いない。

フェリックスはますます魅入られたように身を乗り出し、磁石に引きよせられるかのようにソフロニアににじり寄った。

「ああ……リア」ささやくような低い声でつぶやくと、本気でキスしそうに顔を寄せた――屋根もない二輪馬車の座席で！　ディミティとピルオーバーがいる前で！　御者席の二人は言うまでもない！

われながら誘惑術の威力と次なる展開が怖くなってソフロニアは視線をはずし、完全に目を伏せて身を引きながら拒むように片手を上げた。

フェリックスはその手を荒々しいほど強くつかむと、手のひらに唇を押しつけ、手袋とホウレーひものあいだの——最近はどこへ行くにもホウレーを身につけている——わずかな隙間にキスした。

ソフロニアはしばらくのあいだ、うっとりしてキスを受けた。どうやらこれは、こみ上げる感情を抑えるのにいい方法らしい。それにしてもなんてすてきな感覚。

だが、誘惑の実験は前方の騒ぎで中断された。ロジャーの相棒が御者席から転げ落ちそうになっていた。全員が注目するなか、相棒はかろうじて上体を立てなおした。お酒でも飲んでたの？　それともただの居眠り？

フェリックスに向きなおる前にソフロニアはディミティとすばやく視線を交わした。ディミティの表情はこう言っていた。〝邪魔してほしい？〟

ソフロニアは目で答えた。〝いまのところ大丈夫。まだ主導権はこっちにあるわ〟

ピルオーバーは無言だ。ディミティが弟のありもしない靴の癖を叱りつけると、ピルオーバーはそっけなくくしゃみをした。

ソフロニアは目を見つめないよう気をつけながらフェリックスに注意を戻した。

御者席の騒ぎのおかげで平静を取り戻したようだ。

「たまげたよ、リア」フェリックスが驚きのつぶやきを漏らした。レディの前で口にするにはふさわしくない言葉だ。ディミティは息をのんだが、ソフロニアは聞き流した。よほど動揺したのだろう。

「こんなに恐ろしい技の練習台になるべきじゃなかった。まるで魔法使いだね」

ソフロニアはこの言いまわしがいたく気に入った。「まあ、うれしい。つまり、効果があったってこと？」

フェリックスはソフロニアの手首を放し、自分の顔をさすった。「一年ぶりに会った男に、窮屈な場所で、一時間半もよそよそしい会話をしたあとであんな目をしちゃいけない」

「そう？　そんなにひどかった？」

「いや、反対だ。うますぎた。その緑色の目をきらめかすのは、よほど気をつけたほうがいい。海のニンフ、カリュプソーの緑色の目が七年間もオデュッセウスを島に引きとめた話は知ってるだろう？　ぼくもきみの目のなかになら住めそうだ」

「それはおたがい、あまり居心地がよくないと思うけど」

「またそうやってはぐらかす。ぼくの言いたいことはわかってるくせに。話題を変えよう。誘惑術以外の授業のこととか」

ソフロニアがにやりと笑うのを見て、フェリックスは思いなおした。「それもやっぱり危険？」

「だったら〈バンソン校〉のことを話してくれない？　〈ピストンズ〉は最近どう？　お父様はお元気？」

「おっと、父の話はどう考えても危険だ」

　ソフロニアは探りを入れた。「ピクルマンのこと？　いろいろと要求が厳しいようだけど」

　フェリックスは引っかからなかった。「どれもみなまっとうな理由があるんだよ。父はウェストミンスター吸血群でのきみの大芝居をいまもぼやいている」

「そう？　それでよく、あたしの兄の婚約パーティに出席するお許しをもらえたわね」

「さいわい父はきみの名字を知らない。何も気づいてないよ。父はいまも、あの件にはアケルダマ卿が一枚嚙んでいたと思っている」

「それであなたは本当のことを言わなかったの？」望みが一気にふくらみ、胸がぞくぞくした。フェリックスがあたしをかばったとしたら、ピクルマンに対するフェリックスの考えを変えられるかもしれない。

「きみの兄さんの一人がイートン校で友人だったと話したんだ。ほら、ぼくは〈バンソン校〉に入る前、イートンにいたから」

　ソフロニアはうなずいた。

「きっとぼくと同い歳くらいの兄さんがいると思った。男兄弟が多いって聞いたから、同じ時期に同じ学校にいたかもしれないって」

「そうね。グレシャムはあなたより年上だけど、どこかですれ違った可能性はあるわ」

「父もそこまで詳しくは調べない。最近はいろいろと忙しそうだ。テミニックという名前に目をとめても、それだけさ。きみの父上がどんな官職にあろうと、ピクルマンの方針と対立するものではなさそうだ。だから出席を許された」

フェリックスの父ゴルボーン公爵は世襲貴族で、ピクルマンのなかでもとびきり高い地位にある。ソフロニアが知るかぎりピクルマンは邪悪だ。邪悪は違法ではないが、ピクルマンの邪悪さは、もっぱら政治力の独占と自分たち以外の勢力を弱体化させることを目的としており、そこがソフロニアには許せなかった。大人になるにつれ、あたしはバランスが重要だと考えるようになってきた……あらゆる点において。「そうなの。それで、公爵は最近、何にお忙しいの？」

「おっと、リア、ぼくがさっきのきみの表情を忘れたとでも思う？」

「どんな表情？」

「においを追いかける猟犬のような。もちろん、とってもかわいい猟犬だけど」

ソフロニアはため息をついた。「それがあたしの悪い癖よ。怒りや愛情を隠すのは得意だけど、好奇心だけはすぐ顔に出てしまうの」

フェリックスはソフロニアとシドヒーグのウェストミンスター群潜入事件を思い出した

らしく、皮肉っぽく続けた。「たしかに、いろんな場面で好奇心には勝てなさそうだ」

「あら、それがあたしの魅力のひとつよ」

フェリックスは疑わしげに、「たしかによく膝丈ズボンをはいてるね」

「快適で動きやすいの。あなたたちもあの快適さを楽しむべきよ」

「膝丈ズボンの次はコルセットをつけさせられそうだ」

案外、悪くないかも——ソフロニアは思った。フェリックスなら似合いそうだ。目と髪の色に合わせて、黒と青のコルセットなんてどう？「ためしてみる？シドヒーグのだったらサイズが合うんじゃないかしら」

フェリックスは顔を赤らめた。「勘弁してよ！」

「ちょっとした提案よ」

それから話題は邪悪な天才とフィニシングにおよび、会話は前よりずっと弾んだ。ソフロニアがさりげなくピクルマンの方針をなじると、フェリックスも考えなおすようなそぶりを見せた。少なくとも考えるきっかけにはなったようだ。やがて二人は馬車の前方座席に移動し、ディミティとピルオーバーも会話に加わった。仲の悪い少年二人も旅のあいだは敵対心を忘れた。それは紅茶とサンドイッチ、固ゆで卵と冬リンゴのおかげでもあった。こんな雨の日、ほっとできる食事を前にいがみ合えるはずがない。

授業その六　仮装メカ

終わってしまえば、そぼ降る雨と狭い馬車も楽しい旅だった。一行はその日の夕方早くテミニック家の敷地に着いた。お茶の時間にはまにあわなかったが、メカ執事のフローブリッチャーが疲れた旅人たちに残りを出してくれた。

婚約パーティはテミニック夫人がもてなしの手腕を見せるチャンスだ。八人も子どもがいれば倹約はいたしかたないが、今回は長男の婚約とあって経費を惜しまなかった。日没と同時に空に放つべく風船灯籠がずらりと並び、食料を満載した荷車やロバに乗ったお使い少年たちが次々に出入りしている。ソフロニアはチーズパイがないのを見てほっとした。しかも母さんは近所からメカ使用人まで借りたらしく、見慣れないクランガーメイドが六体と最新のバトリンガー型が二体、動きまわっていた。いつもは威厳に満ちたフローブリッチャーも、ぴかぴかの新型メカと並ぶとみすぼらしく見える。共用場にはいつもより多くの軌道が敷かれ、居間やカード室で十字に交わったり、舞踏室で芸術的な波形模様を描いたりしていた。

お茶のあと、男子と女子は舞踏会の着替えに分かれた。ピルオーバーとフェリックスはすぐに終わるはずだから、着替えがすんだら男性客が集まるビリヤード室に行くよう指示され、レディ二人は、おめかしとゴシップに笑いさんざめくソフロニアの姉たちと同じ部屋に押しこまれた。

たちまち全員の視線がソフロニアとディミティに注がれ、ペチュニアは顔をしかめた。ペチュニアはソフロニアといちばん歳の近い姉で、当然ながらいちばん対抗意識が強い。

「ねえ、ソフロニア、ほんとなの？」ペチュニアのまぬけな友人がたずねた。

「もちろんほんとよ、いつだって」ソフロニアはショールといらない荷物を次々に長椅子の上に積み上げた。荷物の山に埋もれたバンバースヌートは満足げにじっとしている。ディミティがさらにその上に衣類を載せた。

ペチュニアが急ぎ足で近づき、舌打ちした。「何よ、その髪？」

「一日じゅう雨のなかを幌なし馬車で移動したんだからしかたないでしょ！」

ペチュニアはいまだにあたしを十歳児みたいにあつかう。激しく言い返すソフロニアを見てディミティが驚いた。学園では、こんなふうに感情を剝き出しにすることはめったにない。ソフロニアは深く息を吸って訓練を思い出した。いざとなればペチュニアを黙らせるくらいわけはない。

ペチュニアが舌を鳴らして騒ぎ立てると、たちまち友人たちがまわりに集まり、ぺしゃんこになったソフロニアの髪をカールごてやカール布、ピンや詰め物、つけ毛や花の髪飾りで整えはじめた。ソフロニアは年上レディたちの包囲網にじっと耐えた。姉たちの目的はわかっていたが、簡単に教えるつもりはない。ソフロニアは無言のまま、されるがままに姿見前の椅子に連行された。

忘れられたディミティはぶらぶらと部屋の隅に近づいて旅行かばんを開け、衣装を取り出した。お気に入りの金色の舞踏会ドレスを改造したもので、この日のために新しい夜会ブラウスを注文し、首まわりにガラス玉を歯車のように縫いつけた。メカふうのすとんとした形のスカートに金ぴか宝石をごてごて飾り、派手なティアラをつけると、さながらメカの女王だ。白い肌と豊かな巻き髪も愛らしく――ディミティにカールごては必要ない――、仕上げにメカを模したつるりとした仮面をつけると、なんともかわいく、あどけなく、無邪気そのものだ。ディミティも〈服で人をあざむく術〉だけはよく学んでいる。家庭メカにはどこかまわりを油断させる雰囲気があり、ディミティはその気安さをかもしつつ、堂々としていた。あたしもあんな衣装を着こなせたらどんなにいいか。

ソフロニアは姉の友人たちの好きにさせた。あたしが髪を後ろにひっつめて地味なお団子にするつもりだとも知らないで。ふん、勝手に楽しめばいいわ。背後の長椅子の上でバンバースヌートが目を覚まし、山積みになった衣類がうねうねと波のようにあちこちに動きはじめた。ソフロニアは周囲の視線をバンバースヌートからそらすため、質問に答えることにした。

「ソフロニア、あたしたちが知りたいのは、あなたが上流の有望な男性を二人連れてきたのが本当なのかってことよ」ペチュニアがずけずけとたずねた。

「ペチュニア姉さん、それは有望がどういう意味かによるわ」

「純情ぶるのはやめなさい、お嬢さん」

純情ぶるのとはぐらかすのは大違いよ——ソフロニアはとくと教えてやりたかったが、我慢した。「マージー子爵とミスター・プラムレイ＝テインモットのことね。あたしが知るかぎり、二人とも婚約者はいないわ。ミスター・プラムレイ＝テインモットについては彼のお姉さんにきいて。でも、彼はまだ子どもだし、マージー子爵も未成年よ」

レディたちは残念そうにため息をついた。

ソフロニアはこの隙に姉たちの拘束から逃《のが》れて旅行かばんを探った。同時にゴムびきレインコートの下から小物バッグに化けたバンバースヌートを引っ張り出し、「じっとして」とささやいた。

「そのみっともないしろものは何？」

「あら、ペチュニア、知らないの？　イタリアで最新流行の動物型小物バッグよ。まさかいまの流行《はやり》も知らないほど遅れてるの？　お気の毒ね、こんな田舎に閉じこめられて」

ペチュニアは歯ぎしりした。「もちろん、それくらい知ってるわ。でも、あたしはどこかの未開国で流行ってるってだけで飛びつくほど節操のない人間じゃないの」

「これはロンドンでも最先端よ。そんなことも知らないの？」この調子でせいぜいいじめてやろう。バンバースヌートはおりこうな子犬よろしくじっとしていたが、その漆黒の目がいたずらっぽく光った気がした。ソフロニアはバンバースヌートをそっと長椅子の下に置き、周囲の貪欲な視線から守るようにショールを椅子の縁に掛けた。これで好きなだけあたりを探検できる。

このときほどペチュニアが自分も花嫁学校《フィニシング・スクール》に行きたいと思った瞬間はなかったに違いない。とっておきの転換ドレスを賭けてもいい。

ソフロニアが着替えを始めると、周囲から嘆きのつぶやきが漏れた。

「まさか、それを着るの？」ペチュニアの友人がたずねた。

ソフロニアはシスター・マッティにねだって古いドレスを手に入れた。その真っ黒で、なんの飾りもない、喪服かとみまがうほど地味なドレスに数週間かけて手を加え、見るからにやぼったい細身のシルエットに改造したのがこれだ。

「ソフロニア、なんてみっともない！」

ソフロニアはペチュニアの罵倒にもかまわずドレスを着た。ソフロニアは黒がよく似合うが、まだ若くて身内に不幸もないため、これまで着る機会はほとんどなかった。着るのは簡単だ。シスター・マッティはメイドを雇っておらず、ドレスはすべて前開きタイプだが、ソフロニア、ディミティ、アガサ、シドヒーグが自由時間のすべてをつぎこんだドレスは実に独創的だった。

まず、白いブラウスの上に着られるように襟ぐりをカットした。下に着たブラウスも襟ぐりは大きく、胸もとがかなり露出する。ソフロニアの胸もとはマドモアゼル・ジェラルディンのお墨付きで、利用しない手はないとつねづね言い聞かされていた。いわく〝いつなんどき物を隠したり相手の気をそらせたりする必要があるかわかりません。大きく開いた胸もとはそのどちらにも有効です〟。マドモアゼル・ジェラルディン本人のすばらしき資産とは比べものにならないが、そもそもあの胸に張り合える人がどこにいる？　身体にぴったりした胴着のウエストを幅広の革ベルトで締めると、ちょうど鍛冶屋のエプロンのようで、見るからに実用的で男性的な印象だ。たっぷりした白いアンダースカートは途中まで二股に分かれており、いざとなればズボンをはいているのと同じように動ける。その上に両脇が分かれた黒いスカートを重ねると、ますますエプロンのようだ。エプロンふうスカートには黒や灰色のさまざまな大きさのポケットが――大きくて色の薄いものは裾のほう、小さくて色の濃いものはウエスト近くというパターンで――縫いつけてあり、便利な道具がこまごまと入っていた。トラブルを期待するわけではないが、せっかくのポケットを使わない手はない。

「ソフロニア、いったい何に扮装する気？」ペチュニアが顔をしかめた。

ソフロニアは仮面を取り出した。黒いレースを左右非対称に斜めに切ったもので、大きな染みのように見える。「もちろん煤っ子よ」

レディたちはそろって口をあんぐり開けた。仮面舞踏会に下層階級の格好で出るなんて！〝どうやら男性の視線を集める気はなさそうね〟と誰かがつぶやいた。

「まあいいわ」ペチュニアは小バカにしたように鼻から息を吐いた。「男装でないだけ、まだましね」

ソフロニアはペチュニアに向かってまばたきした。そうそう、せいぜいそう思っていればいいわ。「あら、ペチュニア、これって地味すぎると思う？」

「地味に決まってるじゃない！」

「姉さんの気持ちを思えばこそよ。殿方の関心をそらせちゃ悪いでしょ？　いずれにしてもあたしはまだデビューしてないんだし、売り出し中の姉さんがまずチャンスをものにしなきゃ」

「あら、やけに気がきくじゃない、ソフロニア」ペチュニアは妹の心遣いに喜んでいるところを見せまいと羊飼い少女ふうのスカートをふくらませた。

ディミティがメカ仮面の後ろでにやりと笑った。

ソフロニアはウインクを返した。

二人は知っていた——舞踏会の色の洪水のなかではソフロニアの恐ろしく地味なドレス

が何より目立つことを。しかもソフロニアには目立つだけの容姿があり、〈ジェラルディン校〉で過ごしたおかげで作法も身についている。さらに地味さはまわりを油断させる。これは決して悪いことではない。ソフロニアは動きやすさと下層階の友人たちに敬意を表した点でこのドレスが気に入っていた。ソープが見たら最高のジョークと思うに違いない。だって、ソープが石炭をすくうときにつけるエプロンの女性版みたいだもの。

舞踏会は始まっていたが、いま下りていったら、よほど焦っていると思われる。あと一時間くらいはここにいたほうがいい。二人は隅の長椅子に移動し、ソフロニアはハサミとペーパーナイフの切れ味を確かめ、手もとにしこみ扇子があればいいのにと思いながら二輪馬車でのフェリックスとの会話をぼんやり思い返していた。

ふと部屋の入口のほうから興奮したつぶやきが聞こえ、見ると、開いた扉の向こうにピルオーバーがいかにも気まずそうに立っていた。ピルオーバーは咳払いした。

ディミティは人混みをかき分け、弟が何か言う前に立ちはだかった。「ピル、こんなところに来ちゃだめよ。着替えてるんだから」

ピルオーバーが何やらもごもごつぶやくと、ディミティはうなずき、そっけなく答えて弟の目の前で扉をバタンと閉めた。

騒ぎは静まり、ふたたびレディたちは仮面をつけなおしたり、髪を整えたりしはじめたが、おしゃべりの内容はもっぱらピルオーバーに対するほめ言葉に変わっていた。これにはソフロニアもディミティも驚いた。いったいあの子のどこが魅力なの？　よく聞いてみると、どうやらルックスはかわいらしく、身長はダンスの相手にちょうどよく、不機嫌そうな仏頂面はたまらなくミステリアスだと思われたようだ。

「なんだか抱きしめてなぐさめてあげたいって感じじゃない？　かわいそうに、とても悲しそうだったわ」誰かが白い長手袋を引っ張りながら言った。

「あれはどう見ても失恋ね」クリノリンで大きくふくらませたターコイズ色の舞踏会ドレスに純白の絹地をまとい、ギリシャ女神に扮したレディが言った。古典に題材を取った、よくあるタイプだ。「傷ついた魂をいやしてあげたいわ」

ディミティは弟の弁護も非難もせずにソフロニアのそばに戻った。ここで姉に知らんぷりされたら最後、ピルオーバーは思いこみの激しいレディたちにしつこく追いかけられるに違いない。「話があるって。誰にも聞かれないところで。ずっと機会をうかがってたけど、いつもマージー卿がそばにいてできなかったって。東屋《あずまや》で待つように言っといた。あの子、場所は知ってるから」

東屋はディミティとピルオーバーが初めてテミニック家のパーティに参加したとき、試作品とモニクがらみの大騒動が起こった場所だ。事件のあと東屋は焼け落ち、テミニック夫人が前より大きく立派なものに建て替えた。ソフロニアは建て替えに乗じて盗んだ飛行艇を隠し、いまや小型飛行艇は屋根の一部となってゴンドラ型の船首像よろしく堂々とてっぺんに載っかっている。

ソフロニアは興奮するレディたちを見まわした。「誰にも見られずに抜け出すのは無理ね。狭い部屋に人だらけだから」

ディミティがうなずいた。「あの子が話したい相手はあなたよ。わたしがみんなの気を引くわ。わたしたち二人あての伝言なら、あなたがマージー卿といちゃついているあいだにわたしに話したはずだもの。借り物メカがうじゃうじゃいても、あなたならすり抜けられるでしょ？　その格好なら、家族にさえ見られなければ使用人で通るかもしれない」

ソフロニアは長椅子の下からバンバースヌートを引っ張り出すと、「さあ、出発」と声をかけ、絨毯の隅をめくって押しこんだ。

バンバースヌートが探検を始め、絨毯の下をこぶが動きはじめた。

「これで気をそらせて。壊れないようにやれる？」

ディミティはにっこり笑った。「このレディのなかで？　もちろん。大半は失神して、そうでない人はおバカさんばっかりだから」

なかなか鋭い見かただ。「それでもあなたはそんな一人になりたいの？」

「わたしがスパイで許せないのはだまし
じゃないわ、ソフロニア、危険よ」

ディミティは長椅子に近づき、しばらくバンバースヌートのこぶが動く絨毯を凝視したあと、頭をのけぞらせて声をかぎりに叫んだ。「ネズミ！　ヒィーーーーー！」そう言うや長椅子に飛び乗り、床とバンバースヌートの上に服の山を蹴落とした。「ヒィー！　ほら、あそこ、つかまえて！　ヒィーーー！」

部屋の隅にいたレディィ全員が〝ネズミ〟と聞いただけで失神した。カウチや椅子のそばにいた者は悲鳴を上げて座面にのぼったが、長いスカートにクッションのいい椅子では安定が悪く、何人かが椅子から転げ落ち、何人かが高地を確保しようと隣のレディィを突き落とした結果、さらなる悲鳴が上がった。つられて何人かがヒステリーを起こして叫び、混乱はまたたくまに頂点に達した。全員の視線がディミティに集まった隙に、ソフロニアはこっそり廊下に出て扉を閉めた。

この一年半、悪意に満ちた各種メカと軌道が入り乱れるスパイのためのフィニシング・スクールを徘徊したあとでは、自分の家をすり抜けるのはいとも簡単だった。人間の使用人たちは階下で、早めに到着した客や正装した紳士たちに対応している。数体のメカ使用人が命令どおり行ったり来たりしているが、どれも接近警報装置が装備されていないのか、ソフロニアにはまったく関心がなさそうだ。考えてみればあたしはこの家の人間だ──敷地内を歩きまわってもとがめられるはずがない。

両親と兄姉たちは舞踏室に集まり、ペチュニアは二階でバンバースヌートに悲鳴を上げている。残るは双子の弟だが、あの子たちは、いまごろ母さんにいたずらをしかけているに違いない。こうしてソフロニアは誰にも気づかれずに家から抜け出し、庭に出た。どうやら思った以上に〈ジェラルディン校〉で習ったことが身についているようだ。

「レディ・キングエアからの伝言だ」東屋の手すりの上で身をかがめ、悲しげに低木のツバキの葉をむしりながら、ピルオーバーが前置きもなく言った。

単刀直入は望むところだ。「誰かが伝えてくれると思ってた」

「邪悪な集団のなかで、ぼくがいちばん信頼できると思ったようだ」

ソフロニアは手を差し出した。

ピルオーバーは首を振った。「いや、これはビエーヴからの口伝言だ。あいつが言うには、紙に書くには危険すぎるって」

ソフロニアは手のひらを返し、あたりを見まわして誰も聞いていないのを確かめた。数人の馬小屋少年が納屋から家の正面に向かっている。馬車が次々に到着していた。ここからはかなり遠いから聞かれる心配はない。頭上には略奪した飛行艇が何ごともなく鎮座しているが、誰かが隠れていないともかぎらない。ソフロニアはペーパーナイフを取り出し、手すりによじ登ってゴンドラのカゴの隙間に突き刺した。悲鳴も聞こえなければ、血も流れない。ピルオーバーはそんなソフロニアを薄気味悪そうに見た。

ソフロニアは地面に飛びおり、〝続けて〟と言うようにうなずいた。

「シドヒーグが言うには、団の人狼たちが危機におちいってるらしい。キングエア団が不祥事を起こした」ピルオーバーは何かまずいものでものみこんだかのように顔をしかめた。

「ヴィクトリア女王の暗殺をくわだてているところをアルファに見つかった。マコン卿は彼らを見捨ててウールジー卿に決闘を挑み、ロンドンの人狼団を乗っ取ろうとしている」

「まあ、なんてこと！　反逆ってこと？」

「反逆未遂だ」

「それでアルファが団を見捨てたわけね」マコン卿の怒りはもっともだが、すべての人にとって恐ろしい状況だ。アルファのいない人狼団は危険きわまりない。ソフロニアはすばやく次の満月までの日数を数えた。あと何日もない。アルファがいない人狼団の狂気は、とりわけ激しいと聞いた。「クラヴィジャーたちの備えが万全だといいけど」

「シドヒーグはマコン卿を阻止し、アルファの地位に戻ってもらおうとロンドンに向かった」ピルオーバーが続けた。「キングエア団をまとめるには今こそアルファが必要だ。すべてを計画したのは副官《ベータ》で、マコン卿はベータを殺して南に向かったらしい」

つまり、いまキングエア団にはアルファもベータもいないってこと？　ソフロニアは青ざめた。これまで公《おおやけ》にされた異界族の歴史のなかで、そんな事態は前代未聞だ。誰が団を取りしきるの？　このままでは全員が発狂するかもしれない。シドヒーグにとっては人狼ひとりひとりがおじさんのようなものだ。動揺するのも無理はない。たったひとつの家族が手のつけようのないほどばらばらになったのだから。まるでヨーロッパ大陸で流行《はやり》の〝口にするのもはばかられる離婚〟の人狼版だ。「かわいそうなシドヒーグ！　どうしたらいいの？」

ピルオーバーは肩をすくめた。感心するほど冷静だ。それとも、何があっても驚かないよう、つねに最悪の事態を想定しているせい？「ぼくはただの伝言係だ」

「ちょっと、そこのおぼっちゃん！」二人の会話は鋭い声で断ち切られた。

ピルオーバーはびくっとしてソフロニアから離れ、その拍子に東屋の手すりに肘をぶつけた。「いてっ！」

ソフロニアは屋敷を振り返った。「母さん！」

「ソフロニア・アンジェリーナ・テミニック、庭で男の子と二人きりで何をしているの！」

「しまった」ソフロニアがつぶやいた。

ピルオーバーは肘をさすっている。

テミニック夫人はピルオーバーに怒りを向けた。「ミスター・プラムレイ＝ティンモット、これはどういうこと！ ショックよ、ええ、ショックですとも。この前の冬休みにあれほど歓待してあげたあなたが！ こうなった以上は娘を正式に妻にするつもりでしょうね？」

「母さん！ ピルオーバーはまだ十四歳よ！」

「あらまあ、ピ、ピ、ピルオーバ、バー、ですって？ いったいフィニシング・スクールで何を教わってきたの？　若い紳士と庭で二人きり、付き添いもなしに……」

「母さんったら！　ピルオーバーは正真正銘の子どもよ。バカ言わないで」

「それはどうも」〝子ども〟と言われてピルオーバーはしゅんとなり、ますます人畜無害に見えた。

「学校では、目の前の男性が危険かそうでないかをみきわめる方法を習ったわ」ソフロニアはよどみなく答えた。「ピルオーバーは親友の弟よ。あたしが庭の散歩につきあってと頼んだの。馬車での長旅のあとで気分が悪かったし、雨も少し小やみになったから」

「よくもそんな口答えを、ソフロニア！」テミニック夫人はさっきとは違う目でピルオーバーを見た。たしかに顔を上げる気力すらなさそうな少年だ。娘に言い寄る度胸がありそうにはとても見えない。女性に話しかけるだけでも苦労しそうで、ましてやキスなどできそうもない。娘の評判に傷がついた心配はなさそうだ――二人きりでいるところを見つかったこと以外は。テミニック夫人はほかに気づいた人はいないかとあたりを見まわした。誰もいない。とはいえ、まだ十六の末娘を婚約させるだけの価値がこの少年にあるかしら？

ソフロニアには母親の思考プロセスが手にとるようにわかった。「母さん、もうすぐ舞踏会が始まるわ。みんな母さんを探してるはずよ。いますぐここを離れてくれたら、ピルとあたしは誰にも気づかれずに別々に戻るから」

そう簡単に言いくるめられるテミニック夫人ではない。「プラムレイ＝テインモット家を調べさせてもらいますよ。ミスター・テミニックがあなたにふさわしいと判断したら結婚話を進めます。ここで何があったかはわかっているわ、ソフロニア、どんなにあなたたちが若くても。大事なのは合意です。わかるわね、ミスター・プラムレイ＝テインモット？」

ピルオーバーは肩をすくめた。ピルオーバーはすべてに対してこの反応だ。

ソフロニアは観念したようにまばたきした。「わかった」ここで議論をしても無駄だ。

ソフロニアはめかしこむレディたちの着替え室にこっそり戻った。抜け出したことに気づいた者は誰もいない。

「それで？」ディミティがささやいた。「どうだった？」

「あなたの言うとおり、シドヒーグからの伝言だった。受け取ってもどうしようもない内容だけど」ソフロニアはピルオーバーから聞いた話を大まかに話した。

ディミティは予想どおり驚いた。「反逆と暗殺？　マコン卿が団を見捨てるのも無理ないわ。女王陛下に対する陰謀はアルファに対する陰謀と同じよ」

ソフロニアはうなずいた。これこそ異界族と人間の融合社会という布を一枚に保つ縫い目のようなものだ。異界族のリーダーは、いわばヴィクトリア女王の頼もしい右腕で、女王を裏切るのはリーダーを裏切るに等しい。このことを教えてくれた人こそ、ほかならぬシドヒーグだ。「ほかに何かあった？」

「ええ、不幸にもあたしは知らないまにあなたの弟と婚約させられたみたい」

ディミティは眉を吊り上げた。「あら。まあ、あなたが義理の妹になるのに不満はないけど」

ソフロニアがじろりとにらんだ。

「たしかにピルオーバーはどこからみても薄気味悪い子よ。でも、それがそんなに問題かしら？　あの子は従順な夫になるわ。あなたは好き放題にできるし、好みのパトロンを見つけることだってできる。あなたが女王陛下の女スパイとしてこっそり帝国を動かしても、あの子はまったく気づかないわ——ベーコンと本さえあてがっておけば」

ソフロニアはほほえんだ。「しばらくはこの話題で遊べそうね。でも、いずれは婚約を破棄するうまい口実を見つけなきゃ」

ディミティはため息をついて仮面をくるくるまわした。「もちろんよ。でも、それまではピルオーバーをからかって楽しめるわ」

ソフロニアのほほえみが満面の笑みに変わった。「それを言うならマージー卿も」

ディミティが目をきらめかせた。「ほんとね！」

そんなわけでソフロニアはひそかに婚約した状態で兄の婚約仮装パーティに参列した。

テミニック夫人はピルオーバーがソフロニアのエスコート役になって最初のダンスを踊るようしつこく迫り、マージー卿はわけもわからずディミティをエスコートするはめになった。こうして開幕のカドリーユが始まった。予想外のダンスペアに四人は大いに困惑したが、すべて冗談と割りきったソフロニアだけは臆面もなくピルオーバーといちゃつき、ピルオーバーは気の毒なほどうなだれて〝やめろよ〟と言った。

舞踏会はなかなかの趣向で、ソフロニアはフェリックスほどの一流貴族にも目を見張らせたのを誇らしく思った。プレシアならあら探しをするだろうが、去年の舞踏会と比べると大いなる進歩だ。仮装ドレスは神々しく、仮面の種類は変化に富み、エフレイムは滑稽なほどうれしそうに未来の花嫁と踊っている。フィアンセはかわいく陽気な女性で、白とピンクのひだが何層もびらびらついたドレスを着ていた。いったいなんの扮装？　しばらく考えたあと、ソフロニアは〝カップケーキ〟と判断した。

仮面をつけていても、出席者はほぼ全員が誰かわかった。しょせんは地元ジェントリ階級の集まりで、顔ぶれはいつもと変わらない。数人の見知らぬ若いレディは花嫁の友人で、花嫁と同じように陽気な年輩の一団は親戚のようだ。その後ろに一人の長身の若者が――ちょっとしゃちこばって――すっくと立っていた。顔全体を隠す黒いビロードの仮面。数百年前にフランス貴族のあいだで流行したようなかつら《ウィッグ》。それに合わせたビロードの上着に渋い銀色のサテンの膝丈ズボン。深紅のベストに手袋。ソフロニアは吸血鬼の友人アケルダマ卿を思い出した。もしかしてあたしあての伝言をことづかったドローン？　若者はさっきからあたしの動きに注目している。視線を向ければ大喜びしそうな、相手のいない若いレディがこんなにたくさんいるなかで。

今日のために雇われたメカ使用人がトレイにおいしそうな食べ物を載せ、きらびやかな客のあいだをごろごろと行き交った。メカもこの場にふさわしい服装だ。〈ジェラルディン校〉にいるような顔のない実用第一タイプではなく、家庭にふさわしい――無表情ながら――ぴかぴか光る金属の顔がついており、仮面舞踏会に溶けこんでいる。メカ女王のコスチュームを絶賛されたディミティは、行き交うメカの横でときおりポーズを取った。メカ使用人はみな黒い小さな夜会用のクラバットか、ぱりっとした白エプロンをつけ、単純なプロトコルにしたがって人混みと配膳エレベーターのあいだを流れるように行き来しながら自分たちのダンスを踊っている。

ワルツが始まると同時にフェリックスが説明を迫った。とびきりハンサムな道化師の格好で、申しわけ程度に小さな仮面をつけている。ソフロニアはからかってやろうかとも思ったが、あまりに酷《こく》だと思いなおした。フェリックスは心からあたしに夢中だ。これ以上、傷つけるのはしのびない。ソフロニアは、ピルオーバーが友人からの伝言をことづかり、たまたま二人で庭にいるところを母親に見つかっただけだと説明した。

フェリックスは話をおもしろがった。「じゃあ、ぼくと庭を散歩しない、かわいいリア？　二人でいるところをわざと見つかるっていうのはどう？」

ソフロニアは瞳を輝かせて見上げた。こんなにハンサムな男性と夜中に散歩すると考えただけで胸がときめいた。誘惑の授業で習った別の技もためせるかもしれない。「まあ、親愛なるマージー卿、それはパン焼きフォークから飛び出して火のなかに飛びこむようなものだわ。あなたはあたしにとってはるかに危険な人だし、母にとってははるかに望ましい候補者よ。もっと慎重でいればよかったと、きっと後悔するわ」

「きみのためなら、かわいいリア、ぼくの評判がどうなろうとかまわない」

「あらあら、マージー卿、そんなことをしたらあたしの評判がどうなるかよく知ってるくせに」

フェリックスはソフロニアを優雅に回転させた。ダンスの腕前は申しぶんなかった。位置取りはいつものように少し近すぎるが、付き添い役が目を剝《む》くほどではない。ソフロニアの背中をささえる手は温かくて揺るぎなく、リードのために握ったもう片方の手は迷いなく力強い。とろけるような視線でソフロニアの目を見つめるが、周囲の動きを見失うほど長くもない。公爵家に生まれていなかったらダンス教師になれたかもしれない。

しかもその公爵家は吸血鬼と人狼の全滅を願っている……。フェリックスの青い瞳から目をそらしたとたん、ソフロニアは会場にいるほぼすべての女性のねたましい視線を浴びているのに気づいた。

「ねえ、フェリックス、このダンスが終わったらお願いがあるの」

「きみのためならなんでも」フェリックスは軽く答えてから、あわてたずねた。「まさか置き去りにするつもりじゃないだろうね？」心からおびえた声だ。なにしろソフロニアには、これまで二度もダンスの途中で見捨てられている。

「今夜はないと思うわ。誘拐された友人はいないし、試作品もあたしの手に負える話じゃないから」

フェリックスは首を傾けた。「そうだよ。あれは本来ピクルマンのものだ。合法的に。きみのかわいい頭を悩ませる問題じゃない」

それについては言いたいことがあったが、ワルツの最中に言うべきではない。それに、フェリックスには見くびられているくらいがちょうどいい。使える作戦が増えるというものだ。

「ううん、違うの。頼みというのは……あそこに姉のペチュニアがいるでしょ？ほら、ふわふわの羊飼い少女の格好をした。次はペチュニアと踊ってくださらない？さもないと許してもらえないわ」

フェリックスはペチュニアの姿を目で追い、かすかに顔をしかめながらも紳士らしく答えた。「もちろんだよ。喜んで」

「まあ、ありがとう」ソフロニアは感謝のあまり、あやうく例のせつなげな視線を送りそうになった。

フェリックスが気づいて顔を寄せた。「気をつけて、かわいい人、ここは公の場だ。みんなが見てる。しかもきみには婚約者がいる」

またしてもソフロニアは笑みを浮かべた。

もう少しでダンスが終わろうとするころ、古めかしいダンディの扮装をした、さっきの動きの硬い長身の若者がフェリックスの横に現われた。

「よろしいですか？」若者は二人のあいだにするりと機械油のように巧みに割りこみ、フェリックスからソフロニアを奪った。

ダンスの相手から引き離されるのは初めてだが、ソフロニアはこうした状況の対処法も訓練されている。でも、マージー卿ともあろう人が目の前でパートナーを奪われるなんて！　フェリックスは呆気にとられ、礼儀正しくお辞儀をしたものの、気を悪くしたのは明らかだ。男の身なりを見たとたん――あたしと同じように――アケルダマ卿を連想した可能性は大いにある。フェリックスは吸血鬼が嫌いだ。

ソフロニアを奪ったダンディは、ぎこちないながらもなんとかワルツの最後のリフレインを踊り切った。曲が終わると見るからにほっとした様子で、ダンスカードに書かれた次のパートナーの名前を見るまをあたえまいと、そそくさとパンチボウルの前にソフロニアを引っ張った。いずれにしてもあたしに踊る相手はいない。まだデビューしていないのだから、正式に踊っていいのはエスコート役か自分の兄弟だけだ。

ソフロニアはダンディをにらみ、反応を待った。

「あいつとずいぶん仲がいいんだね」ビロードの仮面の奥から恐ろしいほど聞き覚えのある声が言った。

「ソープ！」ソフロニアは声を落とし、パンチボウルの前から部屋の隅にある植木鉢の後ろにあわててソープを引っ張った。「こんなところで何してるの？」

「貴族階級に混じってパンチをがぶ飲みしてる。そしてきみを見張ってる」

「自分の面倒くらいみられるわ！」

「おれが聞いた話は違った。きみが婚約したともっぱらの噂だ！」

「あら、あなたが噂話をするなんて」

「レディたちが話しかけてくるんだからしかたないだろ？　そういう自分はどうなの？」

ソープが憎々しげにフェリックスをにらむと、舞踏室の雑踏の向こう側でちやほやされるフェリックスは二人に向かって挑むような、気取ったしぐさでグラスをかかげた。

ソープは挑戦を受けるかのように小さく頭を傾けた。

ソフロニアはフェリックスの鋭い視線を痛いほど感じた。

ソープが紳士のふりをしているときに決して二人を会わせてはならない。決闘にでもなったら大変だ。

「バカね、ソープ、婚約相手はフェリックスじゃないわ。母さんが決めた相手はピルオーバーよ」

「なんだって？」たちまちソープのボイラーから怒りの炎が消えた。

「誤解なの」

「そう願うよ。ピルオーバーはほんの子どもだ」

「残念ながら、まわりはそんなふうには思っていないみたい」

ソープはフェリックスから視線をはずし、ピルオーバーを目で追った。ピルオーバーはうなだれながらも、申しぶんないリードで興奮したレディと軽快なリールを踊っている。相手のレディはピルオーバーに夢中だ。

「なんとまあ」

「まさかピルオーバーが女たらしになるなんてね」

「まったくもって」その気になれば、ソープはみごとに上流階級ふうのしゃべりかたができる。

舞踏会に忍びこんだことにこれほど腹を立てていなかったら、ソープの口調をほめていたかもしれない。「きっとあの物寂しい雰囲気と不機嫌さのせいよ。あれを見ると女性は思わず元気づけて救ってあげたくなるんだわ」

「かわいそうなピルオーバー」

噂されているのがわかったかのようにピルオーバーがヤシの木に隠れる二人に気づき、

パートナーの女性をリードしながら、悲壮感をただよわせてヤシの木のほうに向きを変えて近づいてきた。フェリックスもまた、熱い視線を送るレディと必死の形相の母親の群れから身を振りほどき、こちらに向かってくる。

ソフロニアは焦った。「ソープ、早くここから逃げて！　あなたは招待客じゃないわ。素性がばれたらどうするの？　無断侵入は犯罪よ。仕事をクビになるか、そうでなくても違う階級の人が招待状もなくまぎれこんでるのがばれたらどんな罰を受けるかわからない」

「おれの口調はなかなかだと思ったけど」

「ソープ、気を悪くしないで。でもあなたはアフリカの血を引いてるの、わかるでしょ？　何かの拍子で仮面がはずれたらどうするの？」

ソープは肩をすくめた。「きみの扮装、気に入ったよ、ミス。最高だ――まるでおれたち下層階級の一員みたいだ」

「そんなこと言ってる場合じゃないわ！　どうして……待って。あなた、御者席に乗ってたロジャーの友だちね！　どうして気づかなかったのかしら？」

「気づかれないようにフードをすっぽりかぶって背中を丸めてた。声も聞かれないように黙ってた」

「どうやってロジャーを説得したの？」

ソープはにやりと笑った。「きみにあれだけ教えたおれが、そんなこともできないと思う？」

たしかにそうだ。ソープはあたしに汚い戦いかたを山ほど教えてくれた。

「誰だ？　この身のほど知らずの女たらしめ！」フェリックスが横柄な白馬の騎士よろしくソープとソフロニアのあいだに立ちはだかった。

ソフロニアはむっとした。いつまでフェリックスはあたしがなんにもできないお嬢様だと思ってるの！

「きみには関係ない」ソープがますます上流階級ふうに答えた。ソープの話しかたはフェリックスの気取った口調に影響されている。

「いや、きみがぼくのレディに近づくのなら大いに関係がある」

「ちょっと！」ソフロニアは〝声を落として――騒ぎを起こさないで〟というように低い声でたしなめた。「言っとくけど、あたしは誰のレディでもないわ。母さんがどう思おうと」

フェリックスとソープはソフロニアを無視し、いいにおいのするひとつの屍肉を争う二匹の猟犬のようににらみ合った。

「ちょっと、いいかげんにして」ソフロニアは無視されてむっとした。「あたしはどうでもいいわけ？　二人とも、ただけんかをしたいだけじゃないの？」

フェリックスには不利な状況だ。相手がソープだと知らないのだから。いったいソープはどこであんなとっぴな服を手に入れたの？　フェリックスがソープに気づいたら、煤っ子なんか階級が低すぎて相手にもしないだろう。

でもソープはフェリックスがあたしの人生に現われたときから激しい敵意を抱いている。

ああ、どうしたらいいの？　そのときピルオーバーが息も絶え絶えに近づいた。「ああ、ソフロニア、よかった。お願いだ、助けてよ。パステル色を着た女の子たちがそろいもそろって天気の話をするんだ。もう橋から飛び降りたほうがましだよ、まじで。ウィルトシャーにどこか橋がない？　とにかくみんなしゃべるんだ――ディミティのどんなおしゃべりよりひどい。ああ、おしゃべりが！　おしゃべりがぼくを追ってくる」

その瞬間、緊張が解けた。

フェリックスがきゃんきゃん吠える犬を見るような目でピルオーバーを見た。

ソープはくっくっと笑っている。

「なんだよ」ピルオーバーはけんか腰で、「ぼくたちが不本意ながら婚約してるとすれば、ソフロニアにはぼくを助ける義務がある」

ソープとフェリックスを二人きりにはしておけない。「ああ、ピル、助けたいのはやまやまだけど、いまは〈誰のシルクハットがいちばん大きいか競争〉の真っ最中なの」

ピルオーバーは問題の二人を見比べ、「どなたか知りませんが」ソープに向かって言った。「こ、こんなにぴっちりしたサテンの半ズボンをはく勇気には敬服するけど、どうがんばってもマージー卿には譲るしかありません。彼はものすごく高位の貴族で、しかも嫌なやつです」

「ピルオーバー、なんてことを！」ソフロニアは息をのんだ。

「そうだよ。女の子にはわからないだろうけど、本当だ。ぼくが言いたいのは、たとえあなたが何をしようとマージー卿には勝てないってことです、見知らぬおかた。だからあきらめたほうがいい」

フェリックスはまるでケープをつけたイタチをもらったかのような——贈り物で侮辱されたような——困惑しきった表情を浮かべた。「それはどうも」

ピルオーバーがにらみ返した。「これだから〈ピストンズ〉ってやつは！　いつだって厄介ごとを引き起こす。さあ、これで問題は解決だ。ぼくを助けてよ、ソフロニア」

「ピル、問題が解決したとは思えないわ」

「みんないつもそう言うんだ」ピルオーバーは振り向き、叫んだ。「ああ、ほら来た！」

パステル色のふわふわドレスに羽根飾りと美しい花の仮面をつけたレディが群れをなして近づいていた。でも、はっきり言ってお目当てはマージー卿でもあるようだ。

ピルオーバーの視線を追ったソフロニアの目をとらえたのは、しかし、パステル色の一団ではなく、舞踏室の入口での騒ぎだった。騒ぎはまたたくまに公共の場にあるまじき、商売人どうしでもはばかられるほどの激しいどなり合いに発展し、その場にいる全員が注目した。フェリックスとソープでさえにらみ合いを忘れ、はなはだしい無礼行為に気を取られた。

フローブリッチャーと従僕の一人が興奮した侵入者を阻止しようと扉を押さえている。

「なんてスリリング。ああまでしてうちのパーティに押し入りたい人がいるの？　これほど招待されたがる人がいるなんて、きっと母さん喜ぶわ。ついにわが家も社会的にそこまで認められたのかって」そこでソフロニアは自慢に聞こえないように言い添えた。「それとも今夜は劇場で何も上演されていないのかしら」

そのとき侵入者の一人が見えた。その女性は仮面もつけていなければ、派手な扮装もしていない。ここに来たのは仮面舞踏会のためではなく、何か別の理由がありそうだ。女性が群衆を振り返った。

「なんと、レディ・キングエア！」と、フェリックス。

「シドヒーグ！」同時にソフロニアが叫んだ。

さっと人だかりが引き、シドヒーグの脇に二匹の巨大な狼が見えた。片方は頭にシルクハットをしっかりくくりつけ、さらに大きい毛むくじゃらのほうはハットなしだ。

「ナイオール大尉？」ソフロニアが叫んだ。

「それと見知らぬ人狼」と、ソープ。

こんなところに？　なんてけがらわしい」

フェリックスが顔をひきつらせた。

「人狼？　見覚えのない招かれざる人狼が？　こんなところに？　なんてけがらわしい」

「招待客限定主義は吸血鬼だけだってことくらい知ってるだろ」ピルオーバーがぼそりとつぶやいた。

ソフロニアは質素な身なりのスコットランド貴婦人と、狼姿の二人の人狼が現われたことを母親が名誉《オナー》と思っているのか恐怖《ホラー》と思っているのかわからず、とりあえず前に進み出た。ここは名誉だとはっきりさせたほうがいい。さもないと大変なことになる。「僭越《せんえつ》ながら、紳士のみなさん、この場はあたしにまかせていただけませんか？」

反論する者は一人もいなかった。

授業その七　いつでも頼れるバーナクルグース

ソフロニアは群衆をかきわけた。母ミセス・テミニックが階段の最上段で壊れたメカのように両手を振りまわしている。父ミスター・テミニックはすでにカード室に移動したようだ。よかった——だます相手が一人減っただけでもありがたい。

「どちらさま？　なぜわが家のパーティにそんな獣を連れてこられたの？」テミニック夫人が詰問した。ヒステリーを起こす寸前だったようだ。いつもは人狼をこれほど無礼な言葉で呼ぶような人間ではない。気の毒なことに母さんは——八人も子どもがいるのになぜか——混乱が嫌いだ。

ソフロニアが近づいた。「母さん、ここはあたしにまかせて」

「ソフロニア、まさかあなたのせいじゃないでしょうね？　あなたがこの……この……毛深いかたがたを招待したの？　あの学園に入れたのはまったくの間違いだったってこと？　てっきり立派にやっていると思っていたのに」

「でも、母さん、エフレイムのパーティにちゃんと公爵の息子を連れてきたでしょ？」

「それは認めます」

「こちらはレディ・キングエア。伯爵の娘で、とても地位の高い人よ」正確にはもう少し複雑だけど、母さんには〝伯爵の娘〟で充分だ。

テミニック夫人は伯爵令嬢を疑わしげに見た。たまには上流貴族らしい格好をすればいいのに――ソフロニアがそう思うのはこれが初めてではない。今日のレディ・キングエアは、女家庭教師すら手を出さないような恐ろしくくすんだ色のドレスを着ている。

「でも、でも、あのドレスはツイードで……ああ、つまり、小間使いの扮装ってこと?」

伯爵の娘と聞いたとたん、テミニック夫人の思考は前向きになった。

「あら母さん」――ソフロニアはとっさに機転をきかせ――「わからない? あれは有名なロムルスとレムス神話の象徴よ。女性はまず人狼になれないから、レディ・キングエアは狼に扮装するかわりに、乳母の格好で偉大なるローマ建国者に乳をあたえる雌狼を象徴したんだと思うわ」

テミニック夫人がたじろいだ。

ソフロニアは目を丸くして見返した。「あら、どうみてもそうじゃない? そうとしか思えないわ。きっとシドヒーグもそのつもりだと思うけど。そうでしょ、レディ・キングエア?」

シドヒーグはテミニック夫人に負けないほどたじろいだ。

「まあいいわ、フィニシング・スクールもなんらかの教育はしているようね」テミニック夫人は娘がまったくわからないことを言った事実に満足した。

「なんならラテン語で言ってもいいけど」

「やめて、ソフロニア、ラテン語はツイードと同じくらい、いただけないわ。ましてや一晩にふたつなんて」

「ソフロニア！」シドヒーグは茶番につきあう余裕もないかわりに、まともな言葉も出なかった。いつもはあれほど堂々として、何ごとにも動じないシドヒーグがソフロニアを見たとたんほっとして今にも泣きだしそうだ。さもなくばソフロニアの腕に倒れこみそうに見えた。でも、公衆の面前ではどちらもできない。

シドヒーグのことだから、今ごろは自分を取り戻しているだろうと思っていたが、事態はますます悪くなったようだ。

このままでは心からなぐさめることもできない。いまこそこれまでの訓練がものをいうときだ。「母さん、レディ・キングエアは旅の途中で仮面をなくしたみたいなの。ショックよね、シドヒーグ？　家族の居間で紅茶でも飲んでもらったらどうかしら？　そのあいだにいろいろと落ちついて別の仮面を準備できるかもしれないし、しばらく舞踏室からも離れられるわ。エフレイムもそのほうがいいはずよ」

テミニック夫人は仮面舞踏会の本来の目的を思い出した。ほかにいい案も思いつかない。

ディミティがシドヒーグの真横に立った。

二人の人狼については誰も触れなかったが、ソフロニアとディミティは二人に無言でうなずいた。ここは直接、話しかけるより会釈のほうが礼儀にかなっている。彼らは狼の姿のときはしかるべき会話に加われない。むやみに紹介してこの事実を思い出させるのは、かえって失礼だ。

テミニック夫人はあきらめたように両手を振り上げた。「いいでしょう、わかりました、でも若い男性がたはみなさん残って踊ってもらいますよ」

「もちろんよ、母さん。人数がそろわなくなるもの」ソフロニアは〝ソープとフェリックスが殺し合わないように見張ってて〟と心のなかでピルオーバーに祈った。

「さあ、こっちよ、シドヒーグ」ソフロニアはシドヒーグの手を取った。氷のように冷たい。雨のなか何時間も狼の背に乗ってきたのだろう。ソフロニアは急いで舞踏室からシドヒーグを連れ出した。

ナイオール大尉と見知らぬ人狼もついてくる。テミニック夫人がいかに人狼とのつきあいが少ないかは、二人を〝裸の男〟ではなく〝友好的な犬〟と見なした点からも明らかだ。そうでなければ二人が娘についてゆくのを認めるはずがない。

家族の居間はテミニック家の子どもたちによって長年酷使されてきた、クッションに覆われた家具と割れない置物からなる居心地のいい部屋だ。ソフロニアは暖炉にいちばん近いソファにシドヒーグを座らせた。ディミティが隣に座って腕をさすり、さえずるような声で元気づけようとしている。

ソフロニアはクランガーメイドに紅茶を運んでくるよう命じ、ナイオール大尉と見知らぬ人狼には子ども部屋でグレシャムの古い服を探して変身してくるよううながした。心配なのは見知らぬ人狼のほうだ。大尉よりかなり身体が大きい。つまり、人間でもかなりの大男ということだ。そしてグレシャムはそれほど大柄ではない。

人狼たちが部屋を出て暖炉に火がくべられ、ようやくシドヒーグの震えが止まった。運ばれてきた紅茶はたちまち、気持ちをなだめ、舌をなめらかにするといういつもの効果を発揮した。だから紅茶は欠かせない——ソフロニアは思った——社会の偉大なる潤滑油だ。やがて二人はシドヒーグから一部始終を聞き出した。紅茶がスパイになくてはならない武器と言われるのも当然だ。

「じいさんに戻ってくれって頼んだんだ」シドヒーグのスコットランドなまりは苦悩のせいか、曾々々祖父とたっぷり話したばかりのせいか、いつもより強かった。

ディミティはシドヒーグのつらい顔に向き合うのが精一杯で、ソフロニアがこれまでに知った事実を話した。

「これは反逆よ、シド。マコン卿が怒るのも無理ないわ。団員たちは女王陛下ばかりかアルファまで裏切ったんだから」

「でも人狼団は団結すべきだ。じいさんはベータを殺し……やるべきことをやった。それで片はついたはずだ。どうしてほかのみんなを許せない？」シドヒーグは人狼団を愛している。キングエア団をひとつに保ちたい一心だ。

「マコン卿が戻らないことはあなたもわかってるはずよ」ソフロニアがやさしく言った。シドヒーグは寂しさのあまり、うなるようにいらだちをぶつけた。「もちろん嫌と言うほどわかってる！　いまとなってはいよいよ戻れない。じいさんは言ったとおりのことをやった！　ウールジー団に決闘を挑み、勝利した。新しい家族を手に入れたんだ！　キングエア団のかわりの団を」

ソフロニアの胸がざわついた。「ヴァルカシン卿が死んだの？」

シドヒーグはうなずいた。怒りが収まり、涙が戻ってきた。

なぜかソフロニアはほっとした。ウールジー団のアルファを見たのはほんの数回で、正式に紹介される機会はなかったが、見るからに冷酷そうで、どこか普通ではなかった。あの人がこの世からいなくなったと聞いただけで気分が軽くなった。でもシドヒーグの問題は解決しない。

「そしてじいさんはあたしの前から去った。あたしは選ばなきゃならない」

言葉の意味がわかったとたん、ソフロニアは目を見開いた。「キングエア団を選ぶか、マコン卿を選ぶかってこと？」

ディミティは不安に青ざめた。「いったいどうして選ばなければならないの？」

ソフロニアはかすかに吐き気を覚えた。なんてかわいそうなシドヒーグ。

「両方と関係を続けることはできない。じいさんはベータを殺した。キングエア団のベータを！　でも団がじいさんを裏切ったのは事実だ。あたしはただ……」シドヒーグは口ごもり、この世で父親と呼べる唯一の人物を許せない理由を説明しようと言葉を探した。

「団を立てなおせるかどうかはあたしにかかってる」よほど切羽詰まっているのだろう。いつもは無口なシドヒーグがやけに多弁だ。「人狼たちが何をしようと、あたしはみんなを愛してる。誰かがまとめなきゃならない。団結させなきゃならないんだ」

「ああ、シドヒーグ」ディミティは同情のあまり顔に深いしわを寄せた。

床に下ろしたバンバースヌートがシドヒーグの足首にぶつかり、チクタクとゆっくりしっぽを振った。

「一緒にいたのがマコン卿でないとしたら、もう一人の人狼は誰なの？」と、ソフロニア。

「わからなかった？」シドヒーグはてっきりわかっていると思ったようだ。

「いいえ。いままで会った人狼のなかで人間の姿を知っているのはナイオール大尉だけよ」

シドヒーグは問いかけるようにディミティを見た。ディミティも首を横に振った。

「〈将軍〉だ」

「〈将軍〉！」ソフロニアとディミティは声をそろえた。すべての人狼に目を光らせる人狼の長《ちょう》にして、女王陛下の専属助言役。〈陰の議会〉唯一の人狼議員にして人狼の軍務一切を取りしきる唯一の人物！

さっき誰を歓呼ばわりしたのかを知ったら、母さんはさぞ恐れ入るに違いない。

扉が開き、ナイオール大尉が現われた。予想どおり、グレシャムの服は決定的に小さすぎた。ズボンはシャコガイ漁師のように短く、シャツはほとんど袖口がない。それでも大事な部分は隠れている。人狼にしてはおしゃれな大尉はちんちくりんの服に不満そうだが、これならなんとか人前に出られそうだ。ハンサムな顔をいかにも心配そうにしかめてシドヒーグの隣にしゃがんだとたん、ズボンが裂けそうなほど引きつれた。大尉は暖炉に背を向け、シドヒーグのおぞましきツイードスカートに近いソファの肘かけに手を置いた。いまにも手をなでたそうに指がぴくぴく動き、かたやシドヒーグは大尉がいるだけでほっとするとばかりに身を寄せた。だが、どちらも実際に触れ合う勇気はない。

二人は一瞬、見つめ合った。深い……共感？　それとも、それ以上の何か？

それがなんなのかソフロニアにはわからなかったが、今回の旅で二人のあいだに重要な何かが芽生えたのは間違いなさそうだ。関係が変化し、いまではたがいを同等に見ているかのような。

「では、問題の紳士を紹介してもいいか？」ナイオール大尉が言った。人狼は耳がいい。

これまでの会話は全部、聞こえていたようだ。

シドヒーグはそっけなく答えた。「もちろん。秘密にすることは何もない」

「秘密はつねにあるわ」ソフロニアがやんわりと訂正した。

〈将軍〉がテミニック家のみすぼらしい居間に現われた。母さんがどんなにくやしがることか。いや……そうとも言いきれない。ナイオール大尉の格好がみっともないとすれば、〈将軍〉はそれに輪をかけてみっともなかった。

大柄な〈将軍〉は人生の後半で変異した。黒髪には灰色が混じり、顔は横広く、目は深くくぼんでいる。厚めの唇を見て、ソフロニアはフェリックスを思い出した。割れたあごに、もじゃもじゃの口ひげともみあげ。百歳を超える人狼にしては、ひげは現代的でしゃれているが、いかんせんグレシャムの服は目も当てられないほどぴちぴちで、必要な部分をかろうじて隠してはいるものの、いまにもその責務を放棄しそうに見えた。服から突き出た部分——かなり広い——は大量の毛で覆われ、それを見たソフロニアとディミティは、〈将軍〉は人間の姿のときもつねにいくらかは狼のままなのではないかといぶかった。

シドヒーグは英国人狼の長《ちょう》になんの敬意も見せず、立ち上がりもせずにそっけなく紹介した。「スローター卿、こちらはあたしの親友のミス・テミニックとミス・プラムレイ＝テインモット」

〈将軍〉は、これほど実験的な身なりには不釣り合いな威厳に満ちた口調で応じた。「レディーズ、初めまして」

ソフロニアとディミティは礼儀にしたがって首を見せないよう気をつけながらお辞儀し、声をそろえた。「初めまして、スローター卿」

シドヒーグは〈将軍〉のほうを見もせずに口をゆがめた。「〈将軍〉でさえ起こったことは変えられないし、あたしが口出しする問題じゃないと言ってる」

〈将軍〉はヒステリックな娘を前にした年配の紳士よろしくため息をついた。「新たなねぐらを定めた以上、マコン卿は責任を取らなければならない。ウールジー団を引き継ぐという責任を。正直なところ、ヴァルカシン卿のこれまでのやりかたを思えば、それほど悲惨な結果ではない。政治的にもマコン卿は街に近いほうが都合がいい。トラブルにならないよう、彼には多くの任務をあたえるつもりだ」

シドヒーグが泣きついた。「でも、じいさんは永遠にスコットランドを去った！　あたしが自分の団をみて何が悪い！」

「前にも言ったとおり、立派な心意気だ、ヤングレディ。だが、キングエア団はきみのものではない。きみは人狼ではなく、したがってきみの問題でもない。キングエア団のことはナイオール大尉とわたしにまかせておけ。反逆未遂の罪についてはわたしが処罰する。十年か二十年の追放が妥当だろう。さて、こうしてきみを友人たちのもとに送りとどけた。われわれはそろそろ行かねばならぬ。大尉？」

ナイオール大尉はつらそうに立ち上がって咳払いし、ソフロニアたちに言った。「マコン卿の選択は責められない。アルファがベータに裏切られる——これ以上の痛みはない。それは心臓と精神のみならず、魂の残りをも切り裂く。人狼団の絆を——ひとつの揺るぎない集団としてわれわれをつなぎとめる本能を——断ち切る行為だ。こんなことがあったあとでマコン卿は二度とキングエア団をひとつにはできないし、しようとも思わないだろう。それでも彼は団をまとめるだけの力がある。ウールジー団はマコン卿を得て今よりよくなるはずだ。どうか、きみたちの友人をよろしく頼む。そしてこのことを彼女にわからせてやってくれ」

ナイオール大尉の言葉に、シドヒーグは裏切られたような、わけもなく怒ったような表情を浮かべると、両脇でこぶしを握りしめ、すっくと立ち上がった。「じいさんのことなんか知ったことか！　あいつはみんなを見捨てた。残されたみんなはどうすればいい？　あたしたちはどうすればいい？　アルファなしで、どうやって団を存続させればいい？　誰が人狼たちの面倒をみる？　誰が処罰の軽減を申し立てればいい？」

ナイオール大尉は悲しげに首を振った。「どうか時間をくれ、レディ・キングエア。きみが心配することじゃない」

シドヒーグはわかってくれと言うようにソフロニアを見やり、ぼそりと言った。「じいさんに〝嚙んでほしい〟と頼んだ」

ソフロニアは息をのみ、ディミティは驚愕の悲鳴を上げ、バンバースヌートは状況を理解したかのように呆然とその場でくるくる円を描いた。

「ああ、シドヒーグ。なんてことを」ソフロニアはかろうじて声を抑えた。シドヒーグの苦悩はもっともだが、そんな頼みは狂気の沙汰だ。

シドヒーグは人狼のようにうなった。「じいさんもそう言った！　まだ若すぎると。あたしはマコン家の血を引く最後の人間だと。まだそのときじゃないと」

「あなたは女よ！」ディミティがいらだちの声を上げた。

シドヒーグは、この申し出がどれだけ危険かはよくわかっているというように首を振った。変異嚙みを生きのび、変異に耐えて異界族になれる男は千人に一人と言われている。それが女となると……ソフロニアが知る女人狼は長い歴史のなかでたった三人だ。

シドヒーグはナイオール大尉を見た。「じゃあ、あたしたちはこれからどうしたらいい？」

大尉はやさしく言った。「どうもしない。きみたち三人はおとなしく学園に戻るんだ。レディ・キングエアの欠席延長を求める手紙を書いておいた」

〈将軍〉がいよいよしびれを切らした。「ナイオール、これ以上、子どもたちにつきあう時間はない──たとえレディ・キングエアであろうと。言うまでもないが、明日の夜は移動できない。満月だ。ここに来るべきではなかったのかもしれん。満月の前にキングエア団に向かうべきだった」

「いずれにしてもまにあわなかったでしょう」そう言うと、ナイオール大尉は善良な一匹狼らしく〈将軍〉の言葉におとなしくしたがい、レディたちに礼儀正しく挨拶した。「ではこれで。帰路の無事を祈る」

シドヒーグが大尉を見つめた。レディ・リネットが練習させた、例のせつなげな視線を思わせるような目で。しかもそこにはソフロニアがまだ習得していない、ひとかけらの真実が感じられた。シドヒーグがこんなふうに感情をあらわにするのを見るのは忍びない——いくら友人でも失礼だ。

そこでソフロニアは〈将軍〉のほうを向いて別れの挨拶を述べた。「母に会って行かれませんか？　ご挨拶しそびれたと知ったらさぞ残念がりますわ——もちろんスローター卿としてご紹介します。うちの両親は〈将軍〉と同じ政治の舞台にはいないはずです」

〈将軍〉はそこで初めてソフロニアを迷惑な一女学生ではなく、一人の人間として見た。

「それで、きみはご両親にフィニシング・スクールの授業内容を話すつもりではなかろうな？　あるいはこの場の会話を？」

「いいえ、口が裂けても」

〈将軍〉はうなずいた。「さすがはレディ・リネット、教育が行き届いているようだ」

ディミティがおずおずと言った。「シドヒーグを連れてきてくださって感謝します」

「ナイオール大尉があれほど言わなければ、ここまではしなかったが、彼にはそうしなければならない理由があったようだ。さて、大尉、もう行かねばならん」その口調は、もはや頼みではなかった。

二人の人狼は挨拶もそこそこに部屋を出ていった。

ソフロニアとディミティが振り返ると、シドヒーグはどんよりと疲れきった目で、なんとか自分を取り戻そうとしていた。

「ロンドンから夜どおし狼の背に乗ってきたなんて信じられない」ソフロニアがさりげなく賞賛した。

「変異《へんい》嚙《が》みを頼んだなんて信じられない」ディミティはなじるように言った。

「あたしはじいさんに拒否されたのが信じられない」憤然と答えるシドヒーグの頬に少し赤味が戻ってきた。

「それこそ不幸中のさいわい《スモール・マーシーズ》よ」

「ぼくの名を呼んだ、かわいいリア？」そう言いながらマージー卿が部屋に入ってきた。

「ああ、勘弁《マーシーズ》して、マージー卿。ああ、たしかに神の恵み《マーシー》かもしれないわ、ハ、ハ」ソフロニアは即座に冗談を返した。

「彼女をそんなふうに呼ぶな」フェリックスのあとから仮面をつけたままのソープが現われた。

「止めようと思ったんだけど、あのひだ飾り集団から逃げるにはちょうどよかった」そう言って最後にピルオーバーが入ってきた。身をかがめてバンバースヌートの頭をなでると、金属犬は挨拶がわりにかちかち音を鳴らした。

「なんてすばらしい」ソフロニアは扉に歩み寄り、廊下に顔を突き出した。「ほかに結婚相手にふさわしい若い男性であたしたちのパーティに加わりたい人はいない？　母さんのありがたくない注目を集めたい人は？」

ディミティは傷心のシドヒーグをなぐさめながらも小さく笑った。「バカ言わないで、ソフロニア、ほかに結婚相手にふさわしい若い男性の知り合いなんていないわ」

〈将軍〉の話が出ないところを見れば、少年たちは二人の人狼とは会わなかったようだ。すれ違っていたら、少なくともマージー卿は気づいて、いまごろ悪口を言っていただろう。

ピルオーバーとソープはすぐにその場になじんだ。ピルオーバーはディミティの弟で、ソープはソフロニアの友人だから、当然と言えば当然だ。二人はテミニック夫人が見たらヒステリーを起こすほど親しげに、レディたちのすぐそばに座った。

紳士のフェリックスは礼儀にしたがって少し離れた場所に立ち、バンバースヌートに興味をひかれたふりをしながらたずねた。

「何か困ったことでも、レディーズ？」さすがにフェリックスは鋭い。「ここに座って、フェリックス」ソ

いまは律儀に社交ルールを守ってる場合ではない。

フロニアはわざと称号をつけずに呼びかけた。「緊急事態よ。まわりくどい礼儀にかまってる場合じゃないわ。ソープ、そのふざけた仮面をはずして」

仮面を取ったソープを見てフェリックスは息をのんだ。「おまえは！　あのときの煙突掃除屋」

ソープは座ったまま上品にお辞儀した。「まいど」

フェリックスは驚きのあまり口をぱくぱくさせた。

ソフロニアはけんかになる前に口をはさんだ。「二人ともお行儀を忘れないで。さあ、シドヒーグ、あたしたちにどうしてほしい？　もう少し紅茶をどう？」

ディミティがみんなに紅茶をつぎはじめた。ポットが空っぽになると、廊下にいるメカメイドをつかまえてお代わりを命じ、扉を閉め、念のために肘かけ椅子で押さえて外から開かないようにした。

「あと十五分もすれば男の子が足りないことに母さんが気づくわ」ソフロニアは懐中時計を確かめた。

フェリックスはソープをにらんでいる。仮面男がソープだったとわかったいま、ダンスの最中に煤っ子からパートナーを奪われたという事実に改めて腹が立ったようだ。

当のソープはシドヒーグに気を取られていた。ソープはシドヒーグを友人と思っている。二人はたまに格闘の練習をする仲だ。ソープはシドヒーグの男まさりなところと飾らない態度が好きで、賭博師としての才能を尊敬していた。〝ミス・マコンにごまかしなし〟が口ぐせだ。「ミス・マコン、こんなつらそうな顔を見るのは初めてだ。何があったの？」

ピルオーバーは膝にバンバースヌートを載せ、いかにも心配そうな顔で床にあぐらをかいたが、自分と同じくらい不幸な仲間ができてひそかに喜んでいるようにも見える。

ディミティがシドヒーグの悲しい身の上話を――〈将軍〉の部分を避けて――伝えた。その情報を伏せたのはスパイの勘だが、これにはソフロニアも同感だった。フェリックスにすべてを話す必要はない。彼の父親はピクルマン。あの一味が〈将軍〉の苦境を知ったら喜ぶに決まっている。

ディミティが話すあいだ、無視されるのに慣れないフェリックスはおずおずと近づき、小さなクッションに座って暖炉脇の輪に加わった。賢明にも口をつぐんではいたが、ソフロニアはフェリックスの心が手に取るようにわかった。〝人狼団に何が起ころうと知ったことか。いい厄介ばらいだ〟。でも、いまは自分が少数派だと知っている。それに、愛する人を失ったシドヒーグの心情を思いやるくらいの優しさはあるはずだ――そう願いたい。たとえその愛する人の身分は認めなくても。シドヒーグの嘆きを見れば、すべての異界族が悪いのではないと思うかもしれない。でも現にキングエア団は女王を殺そうとした。ああ、なんてややこしい。

どう考えればいいの？　こんなとき、アケルダマ卿ならなんと言うかしら？　吸血鬼と人狼は通常、たがいの事情には無関心だ——英国女王との同盟関係が揺るがないかぎり。彼らが英国議会に受け入れられたのは異例のことだ。世界でも法的地位をあたえられた異界族集団は英国の吸血鬼と人狼だけで、どちらもその立場をしっかりと慎重に守ろうとしている。だから〈将軍〉も見て見ぬふりはできなかった。〈将軍〉にはこの事態をただす責任がある。国家の安定がかかっているのだから。よくわかってるじゃない、ソフロニア。アケルダマ卿にたずねるまでもないわ。

全員が座ってお茶を飲みながら、こうしたら？　ああしたら？　と提案し、あれこれとシドヒーグをなぐさめた。

シドヒーグは短い言葉をつぶやくだけだったが、三杯目のお茶を飲んだあと、震えながら深く息を吸った。「みんな親切にありがとう。でも、やるべきことはわかってる。それはただひとつ……。ソフロニア、あんたの助けが必要だ」

「もちろんよ」ソフロニアは待ってましたとばかりに顔を上げた。友だちがこんなに苦しんでいるのに黙って見ているほどつらいものはない。

「キングエア団に戻りたい。いますぐ」シドヒーグは〝何も言わずに手を貸して〟と、すがるような顔で言った。

ソフロニアはうなずいた。最初からそのつもりだ。

「ナイオール大尉のあとを追うのね？」ディミティも、長身で骨張った友人とハンサムな人狼のあいだで交わされた親密な視線に気づいたようだ。

「団にはあたしが必要だ。キングエア団にはあたしが必要なんだ」

「あなたに人狼団を救えるの？」たずねながらソフロニアは考えをめぐらした。たぶん列車に乗るのがいちばん速い。うまく列車をつかまえられれば大尉たちより早く着けるかもしれない。明日の夜は満月——人狼は檻のなかだ。ソフロニアは頭のなかですばやく計算した。

「あたしはレディ・キングエアだ。この称号はだてじゃない」シドヒーグの声は自信に満ちていた。

「きみに何ができるの？」フェリックスがたずねた。フェリックス以外はみな一も二もなくシドヒーグを応援する気でいた——その選択がいかに非論理的で感情的なものであっても。シドヒーグは大切な友だちだ。いざとなればなんだってやる。

レディと子爵の会話が始まった。「あんたは何もわかっちゃいない。人狼団はただの集団じゃない。容器みたいなもんだ。水差しと同じで、割れ目がなければ水をたっぷりためられる。でもアルファがいないと水差しはひび割れ、水が漏れ出てしまう」

「きみに水漏れをふさげるとでも？」フェリックスは疑わしげにかすかに唇をゆがめた。

シドヒーグはふんと鼻であしらった。「いいたとえじゃないが、ある意味そうだ。あたしは生まれたときから小さなアルファみたいなもんだ。人狼たちはあたしを信頼してる」

「あなた自身がアルファになるってこと？　それとも人狼おじさんの誰かがアルファになるのを助けるってこと？」と、ソフロニア。シドヒーグは何をしようとしているの？

「そのどっちか、どちらもか、わからないけど、何かできるはずだ。精神的なささえになるだけでも何かの助けにはなる」

ソフロニアには無謀に思えたが、ほかにいい考えもない。シドヒーグの介入に人狼たちがどう反応するか、予測できるほど彼らの行動学に詳しくもない。でもこれでシドヒーグの気がすむのなら――イングランドを駆け抜けてスコットランドに向かうことで気持ちがなぐさめられるのなら――何がなんでも駆け抜けるつもりだ。

考えがまとまるより早くソフロニアは決断していた。「まず列車の駅へ向かうわ。いまごろ母さんはすべての馬をつながせてるはずだけど、いい考えがあるの」

シドヒーグは安堵の表情を浮かべた。シドヒーグもリーダーの資質は充分だが、今は、細かい算段はソフロニアにまかせたほうが安心だ。「いいね、列車は好きだ」

ソフロニアは先を続けた。「それから、あたしたちは男の格好をしたほうがいいと思う。そのほうがいろいろときかれずにすむわ」

「あ、あたしたち？」と、シドヒーグ。

「もちろん、あたしも一緒に行くわ」

「だったらわたしも！」ディミティがすぐに応じた。

「ぼくも」と、フェリックス。「なんだかおもしろそうだ。それに、お目付け役もなしにきみたちレディを田舎に向かわせるわけにはいかない。人狼がらみとなればなおさらだ」

「こいつが行くんなら、おれも」ソープの口調には問答無用の響きがあった。

ソフロニアは頭のなかで人数を数えた。

ただひとり無言のピルオーバーに全員の視線が集まった。

「ぼくはけっこう」ピルオーバーはそっけなく言った。「冒険なんかまっぴらだ。でもバンバースヌートは行きたがるんじゃないかな」

バンバースヌートは同意するように両耳から煙を吐いた。

「よかった、六人は乗れないから」

「乗れないって、何に？」北に向かうという願いにみんなが賛成したことでシドヒーグは少し元気を取り戻した。

「飛行艇よ、もちろん」

ディミティはすぐにぴんときた。「前に盗んで隠したやつ？　あれ、まだ動くの？」

「動くはずよ。母さんはまだ風船灯籠に点火してないから、それ用のヘリウムを盗めばいいわ」

そのとき扉をガタガタと揺らす音がした。

「ソフロニア！　いますぐ開けなさい」有無を言わさぬ女の声がした。

「うわ、まずい」男の子たちが隠れる場所はない。このままでは面倒なことになる。またしてもノブがガタガタ動いたかと思うと、ばりっと裂けるような音がして扉が開き、ディミティがバリケードがわりに置いた椅子がひっくり返った。

つかつかと入ってきたのは……バーナクルグース夫人だ。

バーナクルグース夫人はテミニック夫人の親友で、その迷いなき行動力と揺るぎなき持論と周囲を圧倒する存在感から、あらゆる年齢の紳士に大いに恐れられていた。そしてこの地方在住のレディは、はるかに細身の女性を想定してデザインされた最新流行のドレスを好む、根っからのゴシップ好きでもある。今夜のアンサンブルは広襟のついた青と白の格子柄のドレスで、襟からは大量の房飾りがぶらさがり、それが人を叱責するときに振り立てる指のようにあちこちに揺れていた。

いきなりの登場に誰もが震え上がった。バーナクルグース夫人には今にも罰をあたえそうな独特の雰囲気があった。この居間の状況を、あたかもらんちき騒ぎが行なわれているかのような強烈な言葉でソフロニアの母親に告げ口しそうなタイプだ。

「ああ、やっぱりここだったのね」夫人はほかの子たちを完全に無視し、ソフロニアに向かって穏やかに言った。

「こんばんは、ミセス・バーナクルグース。いつご到着に？　気づいていたらすぐにご挨拶申し上げましたのに」

「けっこうなご挨拶だこと。見てのとおり、仮面舞踏会の格好はしていないわ。そもそも来るつもりはなかったの。ここに来たのは届け物を頼まれたからよ。あら、かわいいちびワンちゃん！　こんばんは、バンバースヌート、ごきげんいかが？」

バンバースヌートはおとなしく革の耳を掻いてもらった。バーナクルグース夫人は胸を上下させ、危険なほどコルセットをきしませて身をかがめた。

「いい子ちゃんね」バーナクルグース夫人はバンバースヌートに話しかけ、それから背を伸ばしてソフロニアに細長い包みを手渡した。「言っておくけど、今回だけよ。あれほどの地位の人からの頼みでなかったら侮辱と思ったところだわ。まったく、わたくしに贈り物をことづけるなんて。お使い少年じゃあるまいし」

夫人はくるりと背を向け、ラベンダーの強い香りを残して歩きだしたが、ふと扉の前で立ちどまった。「くれぐれもあの人には気をつけて。彼は歳を取り過ぎているわ」

アケルダマ卿からの贈り物に違いない。ソフロニアはすかさずたずねた。「支援者《パトロン》の申し出は受けないほうがいいと？」

「そこまで話が進んでいるの？」

「正式にはまだです。だってあたしはまだ学生ですから。でも、いずれ声をかけられるような気がします」

「ほかに競争相手が現われるんじゃないかしら」バーナクルグース夫人があいまいにほのめかした。

「え？」ソフロニアはじっと見返した。バーナクルグース夫人はあたしをスパイの道に勧誘した。かつてトライフルまみれにしたこともあるが、ソフロニアはこの女性が好きだ。

「どういう意味でしょう？」

バーナクルグース夫人は今ようやく気づいたかのように集まった少年少女を見まわした。

「おもしろい集まりね、ミス・テミニック。そこにいるのはゴルボーン公爵のご子息？かつて彼とは婚約したことがあるわ。彼の政治的傾向を知る前に。もちろん、公爵のほうよ、ご子息ではなく。さあ、あなたたち、わたくしならこんなところでぐずぐずしていないわ。そろそろミセス・テミニックがレディ・キングエアの様子を確かめに別の娘を送りこむころよ。そしてあの人たちは」——そこで心得顔になり——「わたくしほど思慮深くはありません」

ソフロニアには意地悪そうに瞳を光らせるペチュニアの顔が見える気がした。「ありがとうございます、ミセス・バーナクルグース」そう言って深々とお辞儀した。

バーナクルグース夫人は扉を閉めて出ていった。

とたんに部屋には質問の嵐が吹き荒れ、ソフロニアはディミティの高い声にだけ答えた。

「いまのは誰？」

「ミセス・バーナクルグース？　あたしを学園に推薦した人よ」

「あなたが秘密候補生だってことを忘れてたわ。まさかあの人がマドモアゼル・ジェラルディン校の出身だなんて」

「そう見せないところが学園のすごさだ」いつものシドヒーグに戻ったような口調だ。

「彼女のパトロンは誰だと思う？」ディミティはやけに興味津々だ。きっとバーナクルグース夫人に将来の自分の姿を重ね合わせたのだろう。

ソフロニアが質問に答えたのは、自分にも選ぶ権利があることをフェリックスに知ってほしかったからだ。そしてフェリックス自身にも選ぶ権利があると気づいてほしかった。

「ヴィクトリア女王じゃないかしら。届け物は友人に頼まれたふりをしてたわ。あたしを学園に推薦したときもそうだった。直接たずねたことはないけど、彼女のパトロンはよほどの実力者よ。陛下とバーナクルグース夫人の性格は合ってるような気がする。とにかく、彼女の助言にしたがって損はないわ。あたしたちレディはまっすぐ下におりましょう。それから男子のみなさん、十五分後にレディ・キングエアが失神して、あたしたちは早めに舞踏会から引き上げるわ」シドヒーグはうなずき、茶番に参加する意思を表明した。「ディミティ、用意はいい？」

「もちろん」

ソフロニアはソープを見た。「あなたたちは十五分後に東屋で待ってて。場所はピルオーバーが知ってるわ。ソープは台所から必需品を集めてくれる？」

ソープがうなずいた。

「マージー卿は服を調達して。子ども部屋は左側の四つ先の扉よ。グレシャムの古い服がどっさりあるわ。双子の弟が大きくなったときのために母さんがとってるの。あたしたち全員のぶんをサイズを取りそろえて持ってきて。レディの服の見立ては得意でしょ？」

コール墨に縁取られたフェリックスの目が道化師の細い仮面の向こうで甘くとろけた。

「二人のズボン姿は前にも見たことがある。ミス・ディミティは別だけど」

ディミティが顔を赤らめた。「どうしても着なきゃだめ？」

「どうしても」ソフロニアはきっぱり言った。「そうすればあたしたちはふざけまわる男の子集団よ。若いレディが騒いでたら目立ってしょうがないわ」

ディミティは恥ずかしい格好を想像して顔をしかめた。

ソフロニアはすばやくチームを見わたした。みなやる気満々だ。シドヒーグもソフロニアの計画が動きだして悩みが少し軽くなり、元気づいていた。ピルオーバーはあいかわらず人生の重みにうなだれているが、これはどうしようもない。心配なのはソープだ。機関室からこんなに長く離れてクビにならない？ フェリックスの鼻をなぐったりしない？

ソフロニアはバンバースヌートを抱き上げ、アケルダマ卿からの贈り物を食べさせた。そうメカアニマルの貯蔵室に収まるには長すぎるように思えたが、なんとかのみこんだ。そうしてバンバースヌートを小脇に抱えると、ディミティとシドヒーグをしたがえ、決然と部屋を出た。

三人が舞踏室に戻ったちょうどそのとき、背後でホールの箱形大時計が午前十二時を告げはじめた。スピーチが始まり、さらなるごちそうがふるまわれ、いよいよダンスがたけなわになる時刻だ。エフレイムが拍手と祝福を受けるべく、カップケーキのフィアンセの手を引いて楽団の前の壇にのぼった。メカ使用人たちは決まった軌道をごろごろ移動しながら客をダンスフロアにいざない、シャンパンのグラスを配っている。ソフロニア、シドヒーグ、ディミティは小走りで前に出た。テミニック夫人からもよく見え、とつぜんの体調不良で最大限の騒ぎを引き起こすのに絶好の場所だ。三人はグラスを取った。宙を飛ぶグラスとこぼれたシャンパンが失神そのものと同じくらい場を混乱させることはよく知っている。

時計が最後の鐘を打った。楽団が演奏をやめ、全員が口をつぐみ、壇上で肩を寄せ合う誇らしげな両親と幸せなカップルを期待の目で見つめた。

準備はすべて整った。

ソフロニアがシドヒーグに合図を送った。

まさにそのとき、屋敷じゅうのメカが狂いはじめた。

授業その八　オペラふう調和の危機

いっせいにイカれた——そうとしか言いようがなかった。たった今までシャンパンを配っていたメカたちが軌道上でいきなり高速で暴れはじめたのだから。回転ベアリングを備えたメカはその場でくるくると回転し、そこまで器用でないメカはフクロウのように首だけくるくるまわした。それはさながら先進工学のシンクロナイズド・バレエ。はたまた狂気じみたつま先回転の饗宴とでも言おうか——軌道接地式円錐型装置《メカ》の動きをつま先回転と呼べるならば。いつもの静かな回転運動とはあまりに違う激しさに内燃機関が作動し、たちまち舞踏室の下半分は蒸気に包まれた。ソフロニアはこみ上げる笑いをこらえた。誰の脚も見えず、仮面の客たちが白い海にふわふわ浮かんでいるようだ。

やがてメカたちは始まったときと同じようにとつぜん——ビエーヴの妨害器を浴びたかのように——停止した。ちょっとした不具合だったようだと誰もが胸をなでおろした。が、そのショックも冷めやらぬうちに今度はみごとなコーラスが始まった。ソフロニアは驚いた。メカにこんなにも複雑なプロトコル群を組みこめるなんて。

メカたちは発声器が許すかぎりの大声で歌いだした。愛国精神に満ちた響きで。もっとも、あとから考えればあんな甲高いキンキン声の愛国歌『統《す》べよ、ブリタニア！』が特に感動を呼び起こしたとは思えない。借り物の新型メカたちは華々しく合唱に加わった。テミニック家でもっとも洗練されたメカ——フローブリッチャーも階段の最上段で声を張り上げている。あの威厳に満ちたフローブリッチャーがこんな愚行におよぶなんて！

ソフロニアの肩からレースひもでぶらさがるバンバースヌートも加わりたくてうずうずしていたが、メカアニマルには発声器も軌道もない。しかたなく歌のリズムに合わせ、ソフロニアの腰にしっぽをパタパタ当てはじめた。メカたちはフルコーラスを歌いあげ、最後の〝断じて奴隷とはなるまじ〟の〝なるまじ！〟の部分を長々と引きのばした。人間ではとても息が続かない伸ばしかただ。

やがてぱたりと声がやんだ。

メカたちはそれきり本来の業務に戻ることなく、凍りついたように動きを止めた。彼らの小さな蒸気機関もあとを追うように停止した。沈黙がおりた。バンバースヌートのしっぽだけがチクタクと動いている。広域動力切断に影響されなかったのはバンバースヌートだけのようだ。

一瞬、驚きの沈黙があたりを支配し、続いてどよめきが起こった。今回は人間たちのどよめきだ。いまだかつて、こんなものを見た者はいない。テミニック夫人の卓越したもてなしの才は喝采を浴びた。なんという趣向！　メカ会社に払う手数料だけでもいったいいくらかかることか！　しかしテミニック夫人はソフロニアではない。驚きを隠せず、なんの心当たりもないと正直に告げた。こうしていったんは賞賛に変わった驚きと畏怖は、たちまちこの光景が意図されたものではないという恐怖に変わった。

やがて、それすらたいした問題ではなくなった。屋敷内のすべてのメカが、それきり動きだす気配もなく完全に停止したことがはっきりしたからだ。

料理を運ぶ者がいなくなった。呼び鈴に応える者もいない。扉を開ける者も、ロウソクの芯をつまみ、取り替える者もいない。ガス灯を暗くする者もいなければ、寒い夜に薪を運び、暖炉を燃やす者もいない。何より問題なのはシャンパングラスを満たす者がいなくなったことだ。これではパーティは台なしだ。楽しい一夜は失われ、準備についやした一週間がそっくり無に帰したように思えた。いったいどうやったら動くのか？　何をどうすればいいのか？　使用人のいない生活など想像もできない。人間の召使もいるにはいる。誰でも数人は雇っている。でも、彼らは複雑な仕事を行なう存在だ。メカがやるような雑用には上等すぎる。そして言うまでもなく日々の生活はメカがやるような雑用だらけだ。

舞踏室に集《つど》うジェントリ階級はじわじわとパニックにおちいった。この誤作動がテミニック家だけの現象でなかったら？　わが家のメカ使用人も壊れていたら？　朝、誰が紅茶をいれるの？　レディ数人がヒステリーを起こし、紳士のなかにも動揺のあまり倒れる者が現われた。

ソフロニア、ディミティ、シドヒーグもしばし呆然とした。三人とて、こんな光景は初めてだ。だが、これが絶好のチャンスだと気づくのに時間はかからなかった。不可解な稼働停止による大量メカ反乱。この一大事に大人たちはすっかり気を取られている。抜け出すなら今だ。

こうして三人は失神の芝居をすることもなく舞踏会を抜け出し、東屋に向かった。

少年たちはすでに到着していた。ソープはいくつもの大型ピクニックバスケットに台所からくすねた食料を詰めこみ、フェリックスは枕カバーに男物の服を詰めこんで集結し、ピルオーバーがこれら強奪品の脇に立って二人が東屋に固定された飛行艇を引きはがすのを見ている。

飛行艇がどんなふうに東屋と一体化しているかをディミティが指さして説明するあいだ、ソフロニアとシドヒーグはロジャーを探しに走った。ロジャーなら母さんがヘリウムを保管している場所を知っているはずだ。

ロジャーは――ソフロニアが責任を取るという条件つきで――ヘリウムの流用にすんなり応じ、ヘリウムを積んだ荷馬車にロバをつないだ。まるで最初からパーティの飾りに使うつもりなどなかったかのような手際のよさだ。

ソフロニアは探るようにロジャーを見た。

「こんなに大量のヘリウムを風船灯籠に？　お嬢様《ミス》、無駄づかいもいいとこですよ」

「同感よ、ロジャー」

ヘリウムを引くロバを連れて戻ると同時に、飛行艇のゴンドラが東屋の屋根から転げ落ちた。さいわい壊れてはいないようだ。フェリックスとソープがゴンドラを立てて飛び乗り、四つの気球を外に放り投げた。二人が中央で帆を広げて帆柱を立てるあいだ、女性陣とロジャーは気球を広げてヘリウムを入れはじめた。どんなに焦っても入る速度は変わらないが、ソフロニアはそわそわとなんども屋敷を振り返った。あちこちに揺れる光だけが、いまも舞踏室が混乱していることを示すしるしだ。

ほどなく四個の気球がヘリウムでふくらんだ。ひもを引き上げて浮かばせると、ゴンドラは東屋の飾りの残骸をぱらぱらと落としながらゆっくり上昇した。フェリックスとソープがようやく中央の帆を立てた。ソフロニアは二人の手際のよさに感心した。残念ね――あんなにいがみ合わなければ最強のコンビなのに。

長いスカートをはいたディミティとシドヒーグが、はしごのないゴンドラにやっとのことでよじのぼった。ソフロニアがバンバースヌートを投げ入れ、ピルオーバーが大型バスケットを次々に投げ入れ、最後にロジャーが服の袋を投げ入れた。

「みんな、準備はいい？」何か忘れ物はないかしら？

四人はゴンドラの縁から顔を出し、うなずいた。ソープとフェリックスがソフロニアに腕を伸ばすと、ディミティとシドヒーグはゴンドラが傾かないよう反対側に移動した。

気球が風をとらえ、飛行艇がわずかにゆらりと浮き上がった。

ソフロニアが引き上げてもらおうとソープとフェリックスに両手を伸ばした、そのとき。

「こんなところでいったい何をしてるの？」驚いたような声がして、母さんの大事なシャクナゲの脇から魔法のようにペチュニアが現われた。

「ひもをほどいて、ピルオーバー！」ソフロニアはゴンドラの側面にぶらさがりながら叫んだ。フェリックスが両手でソフロニアの右の手首、ソープが左の手首をつかんでいる。

「ソフロニア・アンジェリーナ・テミニック、東屋に何をする気？」

ピルオーバーが東屋の柱に結んであったひもをほどくと、飛行艇はゆっくり浮かびはじめた。

「待って。いますぐ戻りなさい！　公爵の息子と飛んでいくなんて、ずるいわよ！」

フェリックスとソープがソフロニアをゴンドラのなかに引きあげ、ソフロニアは脚を振り上げて着地した。二股スカートをはいていてよかった。ソフロニアはペチュニアを振り返り、叫んだ。

「ごめんなさい、ペチュニア、緊急事態なの。子爵様はちょっと借りるだけよ」

ペチュニアは頭をのけぞらせ、ふわふわと飛んでゆく妹たちを見ている。隣にうなだれて立つピルオーバーが何ごとかささやいた。遠すぎて聞こえなかったが、意外にもペチュニアは納得したらしく、ピルオーバーの腕を取ると、揚々と屋敷に向かって歩きだした。

「イボイボくんにしてはやるじゃない」ディミティは得意そうだ。

「ついに天職を見つけたのかも」と、ソフロニア。「姉さんの目をくらますなんて、たいしたものだわ。うちは男きょうだいがうじゃうじゃいるから、男の子に何をささやかれても動じないはずなのに」

ディミティがくすっと笑った。「ピルにあんな芸当ができるなんて！　笑っちゃうわ」

シドヒーグは真顔だ。「ピルオーバーはマドモアゼル・ジェラルディン校のほうが向いてるのかもしれない。すごいスパイになれそうだ。あんなにスパイらしくないやつはいない」そう言ってゴンドラの内部を振り返り、操縦の様子を見つめた。

ソープはやりかたを知っているかのように帆の操作に集中している。

「何をやってるかわかってるの、ソープ？」

「いいや、ミス、でも誰かがやらなきゃならない」

「それで、北はどっちだ？」と、シドヒーグ。

ソフロニアはゴンドラから身を乗り出して闇に目をこらし、ウートン・バセットの光を探した。とたんにゴンドラが傾き、ディミティがあわてて反対側に移動した。

「あっちよ」ソフロニアが指さした。「いまは北というより東の方角ね。みんな、大きな時計盤を探して。そのそばに最寄り駅があるわ」

飛行艇にはプロペラがない。しばらく上下に浮遊しながら目的の方角に向かう風を探し、ようやくゆっくりと進む気流をとらえた。これならさほど高速でもなく、危険でもない。ソフロニアはなんども後ろを振り返ったが、ピルオーバーがうまくペチュニアの気をそらし、機能不全メカがほかの大人たちの気をそらしているらしく、飛行艇を追ってくる馬車も、馬に乗った人も見えなかった。

ディミティが小さく声を上げた。「あそこ！」

たしかに、街の建物群のなかに小さな時計台がぽつんと飛び抜けて立っていた。ソープが舵柄をつかむと、飛行艇は素直に時計台のほうへすべるように向きを変えた。こうして小型飛行艇は湿った夜気のなか、静かに駅に近づいた。

ソープとフェリックスが操縦法をぼそぼそ言い合う横でシドヒーグがたずねた。「あそこから北行きの列車に乗れる？」

がっかりさせたくはないが、ここは正直に言うしかない。「ウートン・バセットはさほど大きい駅じゃないの。いわゆる通過駅ね。停まる列車も少ないし、停まるとしてもロンドンかオックスフォード、そうでなければ西のブリストル行きか」

「今さらロンドンに戻りたくはない」と、シドヒーク。

「それを言うならブリストルもでしょ？　いったい誰がブリストルなんか」ディミティが気取った口調で断言した。

「だったらオックスフォード?」

ソフロニアはうなずいた。「オックスフォードで北行きに乗り換えればいいわ。朝になるまで列車が通るとは思えないけど、とにかく行ってみましょ。夜中に旅客列車がウートンを通ることはめったにないけど」

シドヒーグとディミティはうなずいた。高速で新型の一等車で目的地に着けるのに、わざわざ夜中に列車に乗る客はいない。吸血鬼は縄張りを離れられないし、人狼は四つ足になれば線路を走る列車より早く移動できる。

だがソフロニアには考えがあった。「でも、たまに港に着いた荷物を載せた貨物列車が通るの。それに飛び乗れば――たとえロンドン行きだとしても――途中で客車に乗り換えてオックスフォードまで行けるわ」

シドヒーグは疑いの目を向けた。旗を振って止めないかぎり、貨物列車がウートン・バセットに停車するとは思えない。「作戦があるの?」

「もちろん」答えたあとでソフロニアは不審げにつぶやいた。「でも、その必要はなさそうよ。見て」

飛行艇が駅の上空に近づくと、なんとびっくり、一台の貨物列車が一行を待っているかのように停車していた。

「なんだか珍獣みたい」ソフロニアはいぶかしげに首をかしげた。

「あたしにはきれいに見えるけど」と、シドヒーグ。鉄道には盲目の愛着があるようだ。

「マージー卿、ソープの邪魔をやめて、ちょっとこれを見て」ソフロニアが呼びかけた。

「誰が邪魔なんか!」フェリックスが操縦から離れ、ゴンドラの縁に立つソフロニアに近づくと、ディミティとシドヒーグはすばやく二人の真向かいに移動した。飛行艇が浮かんでからずっと、四つの気球のバランスを取るために続けているダンスだ。

「これまでにあんな列車を見たことある?」フェリックスは旅の経験が豊富なはずだ。

フェリックスは困惑して首を振った。「いや、ない。まるで一等車と貨物列車をくっつけたみたいだ。なんて変な列車だろう」

ソフロニアは小首をかしげた。「あたしもそう思った」

「なんなの?」ディミティがたずねた。

「旅客列車から車両を四つ取ってきて、そのあいだに貨物車両をふたつ割りこませたみたいなの」

「サーカス団か、そうでなければどこかの劇団とか?」

「特別輸送車かもしれない——軍関係の。ほら、貨物車両がまんなかにあるだろう? まるで客車で守るみたいに」フェリックスは車体の側面を見ようとゴンドラの縁から首を伸ばした。

「気をつけて」

「ああ、リア、心配してくれるんだね」

「バカ言わないで。あなたが落ちたあとの後始末なんてしたくないってことよ」

「ぼくだって落ちたくないよ、きみに会えなくなるから、かわいい人」

「お願いだからそんなに乗り出さないで！」冗談ぬきに心配だった。フェリックスはあたしほど高いところから落ちるのに慣れていない。

「片方の貨物車両に何か書いてあるようだけど読めないな。手がかりになりそうなんだけど」フェリックスはようやく身を引いた。

「とにかく」ソフロニアは冷静な口ぶりで、「正しい方角に向かっているようならやるしかないんじゃない？」

「もちろんだ」と、シドヒーグ。

飛行艇はゆっくりと、しかし目的をもってただよいはじめた。

だが、いかんせん小さな気流は動きが遅かった。列車はシュッと蒸気を吐いたが、お決まりの警笛は聞こえない。どうやらこのへんてこ列車は――列車にしては極力――人目につきたくないようだ。

「まにあいそうにないな」シドヒーグはあきらめ顔になったが、泣きそうなほどではない。よかった、いつものタフさが戻ってきたようだ。

フェリックスがソープに迫った。「もっとスピードは出ないのか？」

ソープはあきれて答えもしなかった。そもそも飛行艇はひそかに近づくためのものだ。スピードが目的ではない。

ソフロニアはホウレーを取り出し、引っかけ鉤の裏に飛行艇の係留ロープを一本、結びつけた。

ディミティは不安そうに目を見開き、ソフロニアの動作を見つめた。「あなたがやろうとしていることは、あまりいい考えとは思えないけど」

ソフロニアはフェリックスとシドヒーグを振り返った。「あなたたちも急いでほかの係留ロープに何か結びつけて」

フェリックスは〝本気？〟と言いたげな顔をしながらも、鋭く、湾曲したものを探してゴンドラ内を見まわした。

ディミティが雨傘を差し出したが、これでは強度が足りない。

「必要なのは碇《いかり》よ」と、ソフロニア。

飛行艇はいよいよ列車に近づいた。手を伸ばせば届く距離だ。

列車は蒸気を上げ、静かにシュッシュッと音を立てて駅から離れはじめた。

ソフロニアがねらいをさだめて引っかけ鉤を放った。

フェリックスはゴンドラから身を乗り出し、まにあわせの投げ縄を投げたが、縄はねらった出っ張りをそれた。

シドヒーグが舌打ちし、投げ縄を奪って再度こころみた。フェリックスは紳士らしく譲ったものの、せっかくの見せ場をレディに奪われて不満げだ。それでもシドヒーグは一発で最終客車の最後尾に縄を引っかけた。

いっぽうソフロニアが投げたホウレーは同じ最終客車の屋根をこすり、車両の先端部に引っかかった。これで飛行艇は同じ車両の二カ所に碇を下ろしたわけだ。

駅を出ると列車は速度を上げ、二本のロープがぴんと引っ張られた。ソフロニアは念のためにホウレーをはずし、ゴンドラの手すりにしっかり結びつけた。ビエーヴの設計だから、あたしの体重には耐えられるはずだが、五人が乗った飛行艇を引っ張る状況を想定してあるとは思えない。

走る列車に引っ張られて、飛行艇は大きく傾いた。それほど高速ではないが、もともと飛行艇は地上の大きな物体に引っ張られるようにできてはいない。

「ソープ」ソフロニアが風に向かって叫んだ。「高度を下げて、列車の屋根に着陸させて」

「ああ、ミス、それはいい考えとは思えない」

「大丈夫だって」

「きみは楽観的すぎる！」このときばかりはフェリックスもソープに同意した。

ゴンドラが大きく片側にかしいだ。ディミティが悲鳴を上げてあやうく縁から落ちそうになり、シドヒーグがディミティと手すりを同時につかんだ。ソープは舵柄を必死にあやつったが、すぐに無駄だと気づいた。もはや帆はなんの役にも立たない。

列車の速度が落ち、飛行艇は少し体勢を立てなおした。

ソープが帆を引き立てた。

「みんな、ゴンドラの四隅についてヘリウムを放出して。ゆっくり。急がないで」

「ああ神様ああ神様ああ神様」ディミティがつぶやいた。このときまでディミティがこれほど信心深いとは知らなかった。「これはまずいんじゃないかしら」

シドヒーグもうなずいた。「ひもを切ろう、ソフロニア。このままじゃ列車に傷がつく。じきに次の列車が来るはずだ」

でもソフロニアには自信があった。それに、このへんてこ列車には大いに興味をそそられる。「衝撃に備えて、しっかりつかまって！」

ゴンドラの四つ角にシドヒーグ、ディミティ、フェリックス、ソフロニアがしがみつき、ソープは中央の制御装置にしがみついた。

四個の気球からはそれぞれひもが何本も垂れさがり、そのなかに一本だけ、小さな赤い旗がずらりと並ぶひもがあった。気球下のヘリウム放出弁につながるひもだ。

ソフロニアがうなずき、四人はいっせいに赤い旗のひもを引いた。

とたんに飛行艇は大きく揺れ、石のように降下した。

「うわ、ストップ、速すぎる！」ソープが叫んだ。

下を走る列車がスピードを上げ、それに合わせてゴンドラが傾いた。

いちばん力の強いソープだけはなんとかこらえたが、それ以外はみな悲鳴とともに倒れこんだ。シドヒーグはディミティの頭の横まですべり、ソフロニアはフェリックスの上に乗っかり、ピクニックバスケットのひとつがシドヒーグの足の上、もうひとつがソープの上に落ちた。ソープはバスケットの取っ手をつかみ、余ったロープで舵柄の根元にすばやく数回くくりつけた。シドヒーグは痛みにうめいたが、打ち身程度ですんだようだ。

「やあ、リア、なかなか悪くないね」

フェリックスにぴったりくっついていたソフロニアは転がって離れようとしたが、フェリックスは細い腕をまわして引き寄せた。

その感触にソフロニアは思わずうっとりし、取り乱した頭で思った。フェリックスってイチジクプディングみたい。濃厚でおいしいけど、たまに味わうくらいがちょうどいい。季節限定のごちそう。フェリックスはすばらしいにおいがした。

ソフロニアは上体を起こして身をほどいた。「みんな、もういちど行くわよ。こんどはもう少しゆっくり」

背の高いソープが身を乗り出して四隅の放出ひもを二本、同時に引っ張った。ソフロニアとディミティが残る二本の旗つきひもを引きながら、それぞれ反対方向に転がると、ゴンドラはまた少し降下した。フェリックスとシドヒーグは係留ロープのなかの歯止めをまわしはじめた。列車に引かれながらやるのは楽ではないが、必死にがんばった。

よし、その調子。飛行艇はゆっくり、そろそろと、少しずつ高度を下げながら列車に近づいた。沈みすぎると列車の後尾で引きずられ、線路に落ちる恐れがある。係留ロープのてっぺんには巻き上げ機がついており、シドヒーグとフェリックスが必死にレバーをつかんだ。

次の瞬間、ゴンドラはどすんと後尾客車の屋根に着地した。横倒しのままの、なんともぶざまなランディングだ。最後のヘリウムが抜け、気球の半分が列車の屋根に、半分がゴンドラとみんなの頭にへなへなと落ちかかった。五人の無銭乗客はあわてて気球から身をほどき、気球の下から這い出した。〝飛行艇着陸〟はさぞうるさかったはずだが、屋根の物音には関心がないのか、誰も調べにはこなかった。

みな身体をぶつけ、衝撃でふらついていたが、たいしたケガはなさそうだ。ディミティは顔面蒼白ながら、なんとか機能している。さいわい流血の事態にはならなかった。シドヒーグはかえって今回の荒業《あらわざ》で元気づき、ソープは平然と無表情で、フェリックスはにやりと笑って言った。

「やったね」街のしゃれ男のような口調だ。

ソフロニアはたしなめるような視線を送り、フェリックスとくっつき合った場面を頭から追い払った。

短い相談のあと、飛行艇はこのまま放置することにした。飛行艇は役に立つ。屋根にあると無銭乗車がばれる危険があるが、それでも持っておく価値はある。

「あとは列車がトンネルを通らないことを祈るだけね」と、ソフロニア。

五人は荷物を集めはじめた。さいわいピクニックバスケットの留め金は着地のあいだもしっかりはまっていたが、ソフロニアはなかみを見るのが怖かった。さっきの衝撃で固ゆで卵は今ごろ半熟卵になっているに違いない。あたりに散らばった服を集めて袋に詰めこんだ、そのとき。

心臓が飛び出しそうになった。「やだ、バンバースヌート！」

ソフロニアは狂ったようにつぶれた気球のなかを探しまわった。ああ、どうしよう！ゴンドラから外に落ちたの？壊れて荒れ地のまんなかにぽつんと横たわってるの？

すぐにソープがピクニックバスケットからバンバースヌートを取り出した。「最初の急降下のとき、落ちないように入れておいた」

ソフロニアは大事なメカアニマルをひしと抱きしめ、「ああ、よかった！」ソープを抱きしめたい気持ちを必死にこらえた。

バンバースヌートはしっぽを振り、うれしそうに両耳からぷっと煙を吐いた。

さいわい列車の速度はカタツムリなみだ。五人はゴンドラを屋根に結びつけ、できるだけ気球を丸めると、そろそろと屋根の端に寄って下をのぞきこんだ。ふつうの一等車と同じように乗降扉が側面に三つ、ひとつの車室にひとつずつついている。屋根から下りるためのはしごのようなものはなく、車室の扉下に乗降用の踏み板があるだけだ。

列車を上空からしか見たことのないソープが目を輝かせた。「まるで馬車を三つ、くっつけたみたいだ」

ソフロニアはほほえんだ。「おそらくそんな発想で設計されたんだと思うわ」

「つまり、五人でひとつの車室を使うってこと、ミス？」

「たしかに不謹慎ね――男の子と女の子が付き添いもなしに旅するなんて」ソフロニアはソープのきまじめさをやんわりとからかった。ついさっき全員が気球のなかで転げまわったあとで、いまさら礼儀も何もあったものじゃない。

「まあ、つねに連絡が取り合える場所にいたほうがいいけど」ソープは納得させるようにつぶやいたものの、隣の扉の踏み段をあきらめられない様子で見ていた。今夜一晩、女の子とは別の車室でフェリックスと二人きりになりたかったとでもいうように。

本来ならこうしたルールはソープよりフェリックスのほうが気にするはずだが、フェリックスはソープをさげすむように見ただけだ。

ソフロニアは三つのうち、最後尾の扉を選んだ。

バンバースヌート・バッグを首にかけ、当然のように先陣を切って屋根の手すりをつかみ、慎重に手すりを越え、ゆっくりと下りはじめた。ソフロニアの身長だと、両手をいっぱいに伸ばせば飛びおりる距離はほんのわずかだ。それでも踏み板の幅は狭く、着地と同時に大きくよろけ、もう少しで転げ落ちそうになった。長身のシドヒーグとソープなら難なく足が届きそうだが、フェリックスとディミティは注意が必要だ。車室の小窓からなかをのぞいた。暗く、乗客はいない。ソフロニアは屋根で待つみんなに〝待ってて〟と手ぶりし、ポケットからピックを出して鍵穴に差しこんだ。錠はあっさりとはずれた。踏み板に沿って移動し、取っ手をつかんで引くと、扉は簡単に開いた。

なかは不気味だった。扉の反対側にある窓から月光がななめに射しこみ、向かい合うふたつの青いビロード地の座席と空中のほこりを浮かびあがらせている。車内は空っぽで、ほかのふたつの車室も無人のようだ。一等車全体に人の気配がなかった。荷物もなければ、これから客が乗りそうな雰囲気もない。変なの。まるで幽霊列車みたい。

ソフロニアは疲れた友人たちのことを考え、即座に決断した。あたしたちのほかに誰かが屋根から下りてくるとは思えない。次の駅に着くまではおそらく安全だ。この車室が空っぽなら、ふたたび屋根によじのぼって隣の踏み段に下りて確かめる必要もないだろう。あたしも疲れた。ソフロニアはバンバースヌートを床に下ろし、暗闇のなかを嗅ぎまわらせた。何かにぶつかったら、のみこんでボイラーで燃やすか、貯蔵室にしまっておくはずだ。そこでソフロニアはバーナクルグース夫人からの届け物を思い出したが、背後でガタガタと音がして、そちらに気を取られた。

ソープが勢いよく入ってきた。扉が開いていれば、踏み段の狭さはさほど問題ではない。屋根から車室側を向いて下りれば車両に入るのは簡単だ。現にソープはそうやって入ってきた。

「あら、よく下りてこられたわね」と、ソフロニア。

ソープはむっつりと見返した。

「あたしたち女の子と一緒なのが嫌なんでしょ?」

ほかのメンバーが屋根から身を乗り出し、荷物を渡したり、投げ入れたりしはじめた。隠密行動を訓練されているシドヒーグとディミティはフェリックスが音を立てないよう、気を配った。ほかの車両には人がいるはずだが、よほどぐっすり眠っているのか、それとも列車の音にかき消されて、一等車に新たに五人――バンバースヌートを入れたら六人――が乗りこんだ音には気づかなかったようだ。

こうして全員がひとつの車室に収まった。ソープが恐れたとおり、社会常識からすると少し親密すぎた。ソフロニアは扉を閉めてカギをかけ、扉と反対側の窓のカーテンを――いざとなったら隅からのぞけるように――引いた。知らない人が外から見れば、いいかげんに引いて角に隙間があるようにしか見えないはずだ。

五人は腰を下ろし、心からほっとして顔を見合わせた。女子三人が進行方向の座席、男子二人が反対側に座った。これなら男女間に充分な距離ができる。母さんも認めるかもしれない。一等車は豪華だが、ついさっき飛行艇のなかでもみくちゃになったあとでは、そんなことはどうでもよかった。ソープはまだこの状況に居心地が悪そうだ。

シドヒーグ以外はみな——仮面ははずしていたが——まだ仮装のままで、髪はぐしゃぐしゃか、だらりと垂れさがっている。

「わたしたち、きっとひどい格好ね」ディミティが疲れきった沈黙のなかでつぶやいた。

ソフロニアは気力を振りしぼった。「そうね、着替えましょう。まんいちつかまったときのために無銭乗客らしく見えたほうがいいわ」

少年二人が立ち上がり、車室を出ていこうとした。

どこへ行くつもり？　外の踏み板の上でぐらぐらしながら立ってるの？　それとも屋根の上に戻るの？　ソフロニアは首を振った。「離ればなれにならないほうがいいわ。あなたたちは背を向けて、こっちを見ないで」

ディミティは顔面蒼白になった。さっきの身の毛もよだつような着陸より、よほどこっちのほうが怖そうだ。「どうしても？　誰かに知られたら、わたしたちの評判はずたずたに……」

「じゃあ知られないようにすりゃあいい」シドヒーグは早くもみっともないツイードドレスのボタンをはずしはじめた。

シドヒーグの動作にソープはビーツのように真っ赤になり、あわてて自分たちの席のほうを向いてぎゅっと目をつぶった。

フェリックスは驚いて目を見開き、同じように背を向けたが、こちらはさほどとまどったふうでもない。

シドヒーグが着替える横でソフロニアは服の袋をひっくり返し、シドヒーグに合いそうな服を探した。ベルトがわりに車室のカーテンのひもを盗む必要がありそうだ。ディミティはいかにも嫌そうに唇を曲げ、シドヒーグがコルセットをはずすのを手伝った。ソフロニアは、コルセットをつけなくてもいいやせ型のシドヒーグをうらやましく思った。シドヒーグがシャツとベストとズボンを着こんだ。ブーツはもともと男物といってもいいほど実用的なデザインだ。ドレスを脱いだシドヒーグは、男っぽい顔立ちとやせた体型のせいでほとんど男の子のように見えた。これで髪が短ければ難なく男で通りそうだ。

「いっそ切っちゃう?」ソフロニアはペチコートから胸を押さえる布を切り取ろうと裁縫バサミを取り出した。

シドヒーグが外見を気にするとは思ってもみなかったが、ソフロニアの提案には心底うろたえた。

「長い髪はシドヒーグのチャームポイントよ」ディミティが反対した。

「ナイオール大尉は長い髪が好きなんだ」シドヒーグが聞こえないほどの小声で言った。

「あら、そうなの？」ソフロニアはなんとか真顔を保った。「だったらそのままでいいわ」

「どうして好きだとわかったの？」ディミティがささやいた。

それには答えず、シドヒーグは長い髪を三つ編みにして頭頂部でまとめ、その上に縁なし帽をかぶった。なかなかかっこいい若者だ。次にシドヒーグがディミティの美しい金色ドレスを脱がせ、ソフロニアが無造作に袋に突っこんだ。ディミティはいまにも泣きそうだ。コルセットをはずすのを拒み、いちばんぶかぶかの服を選んだ結果、頭でっかちのならず者みたいになった。三つ編みにしてもディミティの髪はふわふわで縁なし帽が異様にふくらんでしまう。どう見ても歩いてしゃべるキノコだ。女らしい丸顔のせいで、よほど目をすがめないと男には見えない。

相談のすえ、バンバースヌートの貯蔵室から石炭のかけらを取って唇の上に口ひげを描いたが、あまり効果はなかった。

ソフロニアは視線を気にしながら服とコルセットを脱ぎ、シャツと乗馬ズボンを身につけた。それなりに女らしい体型だが、豊満というほどではない。ベストのかわりに仮装エプロンをつけ、その上にツイードのハンティングジャケットをはおると、〝ポケットマニアの肉屋の少年〟といった風情だが、このエプロンは便利だ。使わない手はない。

「こっちを向いていいわよ」

二人が振り向いた。フェリックスはディミティの格好に吹き出したが、ソープは恥ずかしそうに視線をそらしている。

「あれ、何やってるの?」フェリックスが指さすほうを見ると、扉の近くでバンバースヌートがそわそわと小さく円運動をしていた。

「あら、いやだ。どうか見ないで」と、ディミティ。

だが、ほかに目を向ける場所もなく、フェリックスはバンバースヌートがしゃがんでお尻のほうからバーナクルグース夫人が届けた贈り物を出すのを見つめた。最高にみっともない行為だが、構造的には最高に正しい排出機構だ。

「あ、そうだ」ソフロニアは手を伸ばした。

しこみ扇子! それは学園の訓練で使ったものよりはるかにしゃれていた。鋼鉄製で、持つところには金の透かし細工がほどこされ、そのぶん軽く、見た目も繊細だ。革ケースには美しい型押しがあり、房飾りのついた小さなひもから下げると、どこか謎めいた、精巧な大型宝飾品のように見える。

「きれいだね」と、フェリックス。「崇拝者からの贈り物?」

「ロンドンにちょっとした知り合いがいるの」ソフロニアは少しばかり悩ませてやろうと、支援者《パトロン》候補ではなく、求婚者と思わせるような言いまわしで答えた。

フェリックスはかすかに顔をゆがめた。ロンドンのライバルに敵意を抱いたようだ。すでに学業を終え、自由に使える財産を持つ、都会暮らしの男。

それにしてもアケルダマ卿はどうしてあたしがほしいものがわかったのかしら？　どうしてバーナクルグース夫人に頼めばあたしに届くと知ってたの？　あのおしゃれな吸血鬼は、そのあたりを嗅ぎつける秘訣を少なからず知っているようだ。それでもくやしいことに恋に落ちたことは認めざるをえなかった。もちろん恋の相手は扇子だ。間違ってもアケルダマ卿ではない。ソフロニアは先端のみごとな鋭さを確かめると、そっとカバーに収め、大型ポケットにしまった。

「どんな知り合い？」

「鋭い知り合いよ」ソフロニアははにかんでみせた。

「ぼくと一緒にロンドンに行けば、リア、こんなものいくらでも買ってあげるのに」

ソープがむっとし、うなるように口をはさんだ。「ミス・テミニックがピクルマンの息子の支援なんかほしがるもんか」

「ぼくがいつ支援するなんて言った？」

ソフロニアはため息をついた。「お願いだから、けんかはやめて、服を着替えて、二人とも」

今度は男の子二人が着替えるあいだ、レディたちが背を向ける番だ。それでもソフロニアはこっそり盗み見した――どうして見ずにいられよう！　ほかの二人も、当然ながらこっそり見ていた。人狼に育てられたシドヒーグは裸の男性を見慣れているが、これは同世代の男の子だ。誘惑に勝てるはずがないし、そもそも恥ずかしがり屋でもない。ディミティはそれほど見たがりでもなければ恥ずかしがりでもないが、異性には大いに興味がある。ソープの身体は予想以上に筋肉質だった。煤っ子と並ぶと、フェリックスは華奢で、色白で、ほっそり見える。はしたないと思いながらもソフロニアは特徴をあれこれ記憶にとどめた。記憶法はみっちり訓練されている。ディミティと二人きりで話すのは少し先になりそうだ。のちの意見交換のためにもできるだけ細かいところまで知っておきたい。

やがてソープのダンディ服とフェリックスの道化師コスチュームが布袋に加わった。いまや一等車は郵便詐欺かミートパイ泥棒をたくらむ、むさ苦しいギャングの一味に乗っ取られたかのようだ。

長い夜で、みな目がどんよりしていた。気球旅行の前にロンドンからずっと狼の背に乗ってきたシドヒーグはなおさらだ。そこで交替で見張りに立つことにした。列車追跡の興奮がいまだ冷めず、夜中の徘徊にも慣れっこのソフロニアが最初の見張りを買って出た。そしてつまらぬ言い争いを避けるため、相棒にソープを選んだ。ディミティが片側の座席、シドヒーグが反対側の座席に横になり、フェリックスは殊勝にも服の入った袋を枕がわりに座席のあいだの床に横たわり、バンバースヌートが足もとにちょこんと丸くなった。フェリックスは喜んだに違いない――メカアニマルは最高の湯たんぽだ。

やがてガタゴトという列車の音に規則正しい寝息と小さないびきが混ざりはじめた。ソープは扉のそばに立ち、窓から夜を見つめている。ぎこちない沈黙のあと、ソフロニアはフェリックスの脇をそっと通り、オックスフォードの駅までどれくらいだろうと反対側の窓から外を見た。目印になるようなものは何もない。いつのまにか雲が出て、満月まぢかの月を隠していた。これといったものは何も見えず、あるのは湿った暗闇だけだ。

ソフロニアは扉に戻り、扉をはさんでソープの反対側に立った。気まずい雰囲気なのは、ソープが気まずく思っているせいだ。ソフロニアはソープの顔をのぞき見たが、表情はまったく読めない。話したくても、ここでは話したくないのだろう。三人のうちの誰が寝たふりをして耳をそばだてていないともかぎらない。ソープは怒っているというより寂しそうで、ソフロニアはそれが気になった。

あちらを立てればこちらが立たず。シドヒーグが落ち着いたと思ったら、こんどはソープが感傷的になっている。

ソフロニアはソープに向かって小首をかしげ、小さく笑って見せた。

ソープは唇をゆがめ、ゆっくりまばたきして目をそらし、それからちらっと見返した。

ソフロニアはもういちどほほえんだ。

ソープは小さく、喪失とあきらめ混じりのため息をつき、それから気力を振るい起こすかのように笑い返した。昔と変わらぬ満面の笑み。でも、そこに瞳の輝きはなかった。

こんどはソフロニアが喪失感と心細さに襲われた。ソープはあたしから距離を置いている。そして、そうしむけたのはあたしだ。クラヴィジャーになりたいと言ったソープを責めすぎたの？　あたしはただ心配だっただけ。そのくらいソープもわかってるはずなのに。この旅のあいだに何か起こったの？　あたしたちが着替えたことがそんなに気まずかったの？　それともフェリックスのせい？　そう思ったとたんソフロニアは確信した。少しでもチャンスがあれば、ソープはクラヴィジャーになって、あたしから離れてゆくに違いない。そうでなくても――義理がたいソープのことだから――あたしが卒業するのを見届けてから学園を去って人狼団の門を叩くつもりだろう。ソープならキングエア団に入っても不思議はない。今回のごたごたが落ち着けば、レディ・キングエアがソープの保証人になってくれるかもしれない。

どうしてそこまでソープの考えがわかるのかときかれても説明できない。でも、あたしにはわかる。どうしてそれがこんなにもつらいのかときかれても説明できない。でも、つらいのは事実だ。

二人は無言で見張りを続けた。沈黙があまりに息苦しくて、ソフロニアは目の奥が熱くなった。

授業その九　列車のなかの発信器

ソフロニアは無言でぎゅっと肩をつかんでディミティを起こした。二人が〝スパイの常識〟と教わる前から使っていたテクニックだ。

ディミティは静かに目を覚ますと、反射的に枕の下に手を入れて武器を探るしぐさをした。ディミティには似合わない――まるでアヒルがカスタードを食べるところを見るような――反応だが、ときにディミティは驚くほど人目を盗むのがうまい。将来、正真正銘のレディになるとしたら、身体にしみついたたくさんのスパイ癖を捨て去るのにさぞ苦労するだろう。

「あなたの番よ。もうすぐ日が昇るわ」

ディミティはこぶしで目をこすった。四時間しか寝ていないが、見張りを替わるべく身を起こした――それでこそ真の友情だ。

扉の脇に立つソープが疲れきった表情で、ものうげに伸びをした。

ソフロニアがシドヒーグを起こそうとすると、「寝かせてあげて」床からフェリックスの声がした。「ぼくが替わるよ。彼女には休息が必要だ」

「さすが紳士ね、マージー卿」そう言ってディミティはフェリックスに手を差し出した。

フェリックスは目を丸くした。〝レディに引き起こしてもらうなんてとんでもない！〟とでも言いたげに。たしかにそこまでひどい状態ではなさそうだが、さぞ寝ごこちは悪かったに違いない。目のまわりのコール墨はにじみ、髪はあどけなく乱れている。まずいわ――こんなときのフェリックスは気取りがなくて親しみやすく、魅力的だ。

「だったらお願い。でも、本当に見張れる？〈バンソン校〉では、こんな実用的なことも教わるの？」

フェリックスはじろりと見返した。「どうやるかはミス・プラムレイ＝テインモットを見ればわかる」

「あたしは屋根にのぼって夜明けを見たら、飛行艇の状態と周囲の地形を調べてくるわ」

ソフロニアの言葉にソープは一瞬、動きを止め、それから大儀そうに床に丸まった。あら――ソフロニアは首をかしげた――てっきり一緒に来たがると思ったのに。

反応したのはフェリックスのほうだ。「正気？」

「正気な人はそもそも舞踏会から抜け出したりしない」と、ソフロニア。「すぐに戻るわ。ホウレーを取ってきたいの――あれがないと手首がすかすかして不安で」

フェリックスは同意を求めるようにソープを見た。「止めないの？」

「おれに止められると思うなんておめでたいね、子爵様」

フェリックスがにらむと、ソープは頭を窓の下に向けて服の袋に寄りかかり、薄目で扉を見ながらメカアニマルを指さした。バンバースヌートは座席下の隅で何かを期待するように座っている。「心配ないよ。重大事ならバンバースヌートを連れてゆくはずだ」

ソフロニアの胸に誇りがこみあげた。やっぱりソープはあたしをわかってる！　あたしを信頼してる。どうしてフェリックスにはそこがわからないの？

意外にもフェリックスは素直に納得し、それ以上、反対しなかった。

ディミティとフェリックスが扉の見張りに立った。ソフロニアは扉を小さく開いて外に出ると、車体にへばりつきながら少しずつ踏み板に近づいた。

板は濡れて見るからにすべりそうだ。〈ジェラルディン校〉の湿った外壁で訓練していなかったら、確実に足をすべらせていただろう。

なんとも無防備で、心もとない気分だ。ソフロニアは屋根の手すりめがけて飛び上がり、つかみそこねて板の上ですべりかけた。ああ、こんなときにホウレーがあれば。神経と力を集中させ、もういちどジャンプして手すりをつかみ、屋根によじのぼった。不思議と屋根の上のほうが安心できる。学園の壁をよじのぼった経験から、人はめったに上を見ないことを学んだ。

太陽が昇って少し雲が晴れ、はるか遠い地平線のかなたに高い分岐接続塔が見えた。あたしの勘違いでなければ、これは運行表にない列車だから事前にポイントを操作する者はいない。ポイントの手前でいったん列車を止め、列車に乗っている誰かが行きたい方向に線路を切り替えなければならないはずだ。だとしたら、もうじき運転士か誰かが列車から降りてくるに違いない。その人が振り返ったら、屋根の気球に気づかれるんじゃない？

車両の屋根を這って近づくと、飛行艇は昨日のまましっかり結んであった。突き落とそうかとも思ったが、いま落としたら早朝の静けさのなかに音が響きわたる。そこでホウレーだけをはずし、手首につけた。

ここで戻ってもよかったが、心おきなく列車を探検できる初めてのチャンスだ。好奇心がむくむくと頭をもたげた。中央の貨物車両にはどんな貴重品が積んであるのだろう？

ソフロニアは今いる車両の先頭まで来ると、連結器を飛び越え、隣車両の屋根に渡った。どこにいるともしれない乗客に足音を聞かれないよう、忍び足でゆっくりと。この車両も後部車両と同じように人気《ひとけ》がないが、無人である確証はない。ひとつめの貨物車両に近づいた。上から見たときは家畜輸送車かと思ったが、近づいてみて驚いた。

貨物車両の屋根は空に向かって完全に開かれており、馬小屋のような――それ自体に木製の屋根のついた――建造物を運んでいた。車両の正面には入口があるはずだが、そこに行くには馬小屋もどきの屋根を縦断しなければならず、この屋根が体重に耐えられる保証はない。でも、結局は好奇心が勝った。

慎重に小屋の屋根を這いながら、何か手がかりはないかとしげしげと観察した。木製の屋根からは奇妙な物体が突き出ていた。ひとつは金属製の大きな痰壺《たんつぼ》のような形で、もうひとつはチューバの朝顔のような形だ。やがてハッチが見つかった。望遠鏡のように内側からのぞけるようになっており、人が通れるほど大きくはないが、頭だけは入りそうだ。

ソフロニアはハッチを小さく開け、身体で隙間を覆った。早朝の弱い光でも、漏れたらなかにいる人に気づかれる。隙間に目を当て、瞳孔が暗闇に慣れるのをじっと待った。誰もいない。ハッチのふたを完全に開け、頭をすぽっと突っこんだ。いまやソフロニアは走る列車の屋根の上でアヒルのように逆さまになっていた。両肩で開口部をふさいで光を遮断すると、目が慣れて内部がよく見えてきた。

そのとたんソフロニアは息をのんだ。人がいる！　さいわい男は眠っていた。椅子の肘かけにだらりともたれ、軽く口を開け、小さくいびきをかいている。ウエーブした長い髪。卵形の顔。かなりのハンサムだ。しかも身なりがいい。よすぎるほどに。ソフロニアはアケルダマ卿を思い出しながら室内の様子に目を転じた。

内部は妙に見覚えがあった。

これより小さいが、似たようなものを見たことがある。〈ジェラルディン校〉に入学した年に、〈バンソン&ラクロワ少年総合技術専門学校《ポリテクニック》〉の屋上で。ビエーヴは〝通信装置〟と呼んでいた。そのときは園芸小屋と大型旅行かばんを不細工にかけ合わせたようだと思ったが、あのころから外見はあまり進歩していない。〈バンソン校〉にあったのは人が立てる大きさのふたつの部屋に分かれており、どちらもごちゃごちゃにからみあった器具であふれていた。目の前にあるのはその大型版で、ふたつの貨物室に分かれているようだ。こちらの部屋はおびただしい数のチューブとダイヤルで埋め尽くされ、居眠り男の正面に黒い砂が詰まった縦型のガラス箱が置いてある。いまは何も動いていないが、見たとたん、エーテル発信器の受信装置だとわかった。エーテル発信器が列車のなかに。あらまあ、なんてこと。

ああ、ここにビエーヴがいてくれたら！　どうしてあたしが連れてきたのは、しゃれ男と煤っ子とレディと人狼の娘で、発明家じゃないの？　今こそ発明家の出番なのに。ソフロニアは〈バンソン校〉のエーテル発信器についてビエーヴが言っていたことを思い出した。小さな発明家は二点間長距離通信システムに興奮していた。ひとつ確実なのは、列車が動いているときは機能しないことだ。装置が作動するには静寂が必要だとビエーヴは言った。そしてもうひとつ重要なのは、遠隔交信にはエーテルが必要だということ。これで貨物車両に屋根がないのもうなずける。つまりこれは通信列車みたいなもの？　でも、いくら屋根がなくても列車がエーテルに近いとはとても思えない。もしこれで通信できるとしたら、よほど試作品が改良されたのだろう。ビエーヴは最初の試作品を持って〈バンソン校〉に忍びこんだ。あの子が自力で改良した可能性は大いにある。だとしたら、これは

〈バンソン校〉の列車ってこと？　そう考えればウートン・バセットにいた理由も説明がつく。だったらピクルマンも乗車してるの？

ソフロニアは目を細めて焦点を合わせた。

もしかしてあれは……？　そうだ、間違いない。受信器の隣の架台に、何かと争いの種になる水晶バルブの試作品がそっけなく、何食わぬ顔で置いてあった。発信器の技術が進歩し、この時点で試作品が必要になったようだ。いや、正確には試作品ではない。いまや公式に生産されている。吸血鬼はなんとか阻止しようとしたが、水晶バルブ争奪戦ではピクルマンが勝利した。それがいま実際に使われ、光を放っている。

ソフロニアはもういちど内部をざっと見まわしてから頭を引き抜き、ハッチを閉めた。そして屋根に寝そべって目を閉じ、顔に弱い太陽の光を浴びながら考えた。

ビエーヴは手もとの制御盤からプスプスケートに命令を送るのにふたつの水晶バルブを使った。それと同じように、ここにある発信器が列車を操作しているの？　エンジンとつながってるの？　どうしてわざわざそんなことを？　もしそうなら、どうして受信器を男に見張らせてるの？　まったくわけがわからない。

そこでソフロニアはぎくりとした。フェリックス！　フェリックスはこのことを知ってるの？　あたしたちについてきたのはピクルマンがからんでいると知ってたから？　駅にピクルマンの列車があると知ってたの？　ソフロニアは怒りと、裏切られたという強い思いを押し殺した。ここは論理的にならなければ。これを誰があやつっているのか、はっきりとした証拠は何もない。〝政治的立場が気にくわない〟というだけでフェリックスを疑ってはならない。

列車が接続塔に近づいた。ソフロニアは屋根にぴたりと身を伏せ、いまにも緑色のリボンを巻いたシルクハットの男が現われるのではないかと息を詰めた。列車はポイントの手前で止まり、運転室の扉がぽんと開いた。もじゃもじゃ口ひげの、がっちりした運転士が降りてきてどすどすとポイントに近づき、装置をいじりはじめた。シルクハットはかぶっていない。緑のリボンもない。確信はないが、どうやら行き先をロンドンに変えているようだ。

「だめよ」運転室の奥から厳しい女の声がした。「まだ戻る気はないわ」

もじゃもじゃ運転士が不満そうに見上げた。「でも、ミス、石炭があまりありません。補充しなければ」

「補充ならオックスフォードでもできるわ」見えない女が命じた。

ソフロニアは眉をひそめた。どこかで聞いたような声だ。

「なぜです？　これはロンドン行きの列車ですぜ。ほかの路線ももうじき動きだす。危険な真似はできません――こんなに行き来の多い路線で、しかも明るい時間に。いまに気づかれ、悪けりゃ衝突だ。こんなのろい速度で走ったら、ほかの列車はみな立ち往生しちまいます」

「ごたくはけっこう」女がぴしゃりと返した。「命令は命令よ。おとなしくオックスフォードに向かって。この路線は午前中は空いてるわ。時刻表で確かめた」

運転士はぶつぶつぼやきながらも、軽々とポイントレバーをもとに戻した。よかった――オックスフォードに行きたいのはあたしたちも同じだ。

それにしてもあの声。たしかに聞き覚えがある。残念ながら女は運転室から出てこなかった。

さいわい運転士は屋根を見もせず、ソフロニアと飛行艇は気づかれずにすんだ。列車に乗っているのはこれだけ？　ソフロニアは首をかしげた。発信器のそばで眠る男。運転士。火夫。そして謎の女。たった四人とエーテル発信器のために車両を六つも引いてるの？

運転士はそのまま運転室に戻り、列車はふたたび動きだした。

ソフロニアはほっとして、安全な後方の一等車に戻った。

ディミティとフェリックスが不安げな顔でいまかいまかと待っていた。

ソープも起きていたらしく、ソフロニアが戻ったとたん、うなだれた姿勢から顔を上げ、頭のてっぺんからつま先までまじまじと見てから安心したように眠りに戻った。

「どこに行ってたの？」ディミティが小声でなじった。「ソフロニアったら、ときどきどうしようもなく心配させるんだから」ほっとしたせいか、やけにつんけんした口調だ。まるで……。

そのときソフロニアは誰の声かを思い出し、ばらばらだったピースがかちっとはまりはじめた。

「夜明けを見るのにやけに時間がかかったね」と、フェリックス。

「みんな起きて、話があるの。貨物車両に何が積んであるか、誰が運んでいるかがわかったわ。あとは運んでいる理由を突きとめるだけよ」

ソープが身を起こし、シドヒーグを揺り起こした。

シドヒーグが眠そうにまばたきした。「なんだ？」

ああ、いまここに紅茶があったら、みんなどんなに元気づくことか。でも、紅茶がなければ、おしゃべりするしかない。

「いい情報としては、列車は間違いなくオックスフォードに向かってるわ、シドヒーグ。オックスフォードに運よく北行きの列車がいれば乗り換えられる。でも悪いことに、この列車は吸血鬼がからんでるみたい。どういうわけか新型の水晶バルブを備えつけたエーテル発信器を手に入れて、どこかに運ぼうとしてる」

「なんとまあ」フェリックスが気取った口調で、「いったいどこでそんな話を？」

「女が運転士に命令するのを聞いたの。どこかで聞いた声だった。前より少し大人びて、洗練されていたけど、あれは間違いなくモニク・ド・パルースよ」

シドヒーグが息をのんだ。

「あらまあ」と、ディミティ。

驚くのはまだ早いわ、ディミティ。ソフロニアはひそかに毒づいた。これにはアケルダマ卿も関係してるの？　まったく吸血鬼というのは油断ならない。

それでもソフロニアはそっけなく、「少なくともあたしたちはモニクのやりかたを知ってるわ」そう言ってフェリックスに説明した。「あなたもモニクとはロンドン旅行のときに会ったはずよ。年上で、無理やりあたしたちのテーブルに座らされた人。いまはウェストミンスター吸血群のドローンになってるの」

フェリックスは唇をゆがめた。「なんと嘆かわしい」

ソフロニアはフェリックスの偏見にかちんときて、心ならずもモニクを弁護した。「あたしたちの世界では堅実な選択よ。賞賛すべき選択ではないにしても。誰もがあなたと同じ道を選ぶわけじゃないわ、マージー卿」

「問題はモニクもあたしたちとまったく同じ授業を受けてるってことだ」シドヒーグがぶっきらぼうに言葉をはさんだ。「あたしたちはモニクのやりかたを知ってるけど、モニクもあたしたちの手のうちは知りつくしてる」

「あたしたちが列車に乗ってることは知らないわ。でも、顔を知られてるから、どんなに変装してもモニクの目はあざむけない」

「列車が駅に着いたら、この車両も調べに来るかしら?」ディミティはおびえた目で車室を見まわした。隠れる場所はどこにもない。

「どうかしら。ほかにドローンがいるかどうかはわからないけど、発信器の横で男が一人、眠ってた。いかにもドローンふうのハンサムだったわ。おそらく二人くらいにしか託せないほどの極秘任務なのよ」

「吸血鬼ってやつはいつだって物ごとをめちゃくちゃにする」フェリックスがうなるように言った。

「〝ピクルマンと同じように〟ってこと? 誰にもそれぞれもくろみがあるわ、マージー卿。大事なのはそうしたもくろみに取りこまれずに、それぞれの動機をうまくあやつることよ」ソフロニアはフェリックスを鋭く見た。これを示唆と受け取って、自分の立場を考えなおしてと願いながら。

だが、フェリックスはソフロニアの口調に顔をしかめただけだ。

「〝スコットランド逃避行〟もこれまでか」シドヒーグはどさりと座席に座りこんだ。睡眠不足がこたえているようだ。

「やっぱり吸血鬼か」フェリックスはさほど驚いたふうでもない。吸血鬼に対する偏見だけが理由ではなさそうだ。

ソフロニアはフェリックスを見すえた。「あたしたちに何か隠してない?」

フェリックスは肩をすくめた。「飛行艇で接近したとき、貨物車両のマークに見覚えがある気がした。でも、今の今までそれがどういう意味かわからなかった」

「何か関係があると思わなかったの？」

「吸血鬼のドローンが乗っているのと聞くまでは思わなかった」

「そうじゃなくて。少しでもあやしいと思ったら、その場で言うべきだったんじゃないかってことよ！　それで何が描いてあったの？」ソフロニアは迫った。いまいましいピクルマンの秘密主義。あたしたちはいったい何に巻きこまれたの？

「あのときはわからなかった」フェリックスはむっつりと答えた。「よく見えなかったから。でも今ならわかる。あれは東インド会社のマークだ」

「〝血まみれジャック〟の異名を持つ？」ディミティが反応した。ディミティはいつか異国を訪れることを夢見ている。女の子の多くは結婚式のあとにヨーロッパを旅したがるが、ディミティはもっと色あざやかな場所に憧れていた。もちろん、分別ある旅好きの夫をつかまえたらの話だ。

「まさしく。父はつねづね東インド会社は吸血鬼とつながりがあるんじゃないかと疑ってる」

ソフロニアは唇を嚙んで考えた。「もしかして東インド会社が最近、水晶バルブを注文したとか？」

フェリックスはソフロニアの質問を軽くいなした。「どうしてぼくにわかる?」

「あなたのお父様はピクルマンだから」ソフロニアはフェリックスの考えがいかに偏見に満ちているかをわからせようと、またしてもやんわりと指摘した。

「しかも世襲貴族だ。商業に手を出すはずがない! それは〈耕作者〉階級の管轄だ」

「ピクルマンには階級があるの?」初耳だ。ソフロニアは〝諭《さと》し〟から〝探り〟に戦法を変えた。

「しまった。失言だ」フェリックスは顔をしかめ、それからはどんなにソフロニアが大きな目でせがむように見ても貝のように口を閉ざした。

ソフロニアはフェリックスににじり寄って首をかしげ、まつげの下から見上げた。かわいく見せれば、もっと話すかもしれないし、ピクルマンの考えがいかに間違ってるかもわかるかもしれない。

そこでシドヒーグがソフロニアの色じかけをさえぎった。「ピクルマンが東インド会社にバルブを売ると思う?」

「もちろん」フェリックスはうなずいた。「別に、ぼくたちはあの会社に吸血鬼の後ろ盾があるという証拠をつかんでるわけじゃない」

またもフェリックスは口をすべらせた。いい、いまぼくたちと言ったわね。だからマージー卿は憎めない。はっきり言ってかわいらしい。でも、〈ピストンズ〉が本当にピクルマン候補生のクラブだとしたら、あたしとフェリックスは不似合いだ。ソフロニアはくやしげに唇を噛んだ。

フェリックスはソフロニアを探るように首をかしげ、〝許して〟と言いたげに口角を上げた。

ああ、どうしてこんなにすてきなの？「いいこと、マージー卿、あたしが知るかぎり、異界族にもいい人もいれば悪い人もいるわ。人間と同じように」

フェリックスはむっとした。「じゃあ、彼らが人間を食料にしている事実はどうでもいいの？」

「時と場合によるわ。でも、あたしは食習慣で人格を判断しない。あたし自身、ひき肉を偏愛してるもの」

フェリックスはつい笑みを誘われた。下手《したて》に出たときのソフロニアはたまらなくチャーミングだ。「じゃあ、ぼくたちが吸血鬼列車のなかで身動きとれなくてもかまわないわけ？」

「それは問題だけど、そもそもあたしたちが勝手に乗りこんだのよ。誰にだって腹を立てる権利はあるわ」

「じゃあ吸血群がミス・プラムレイ＝ティンモットを誘拐したことは？」

いきなり話題に引き出され、ディミティは驚いて目を上げた。「あら、今ごろなんの話？」

「あれはピクルマンの独占主義に対抗するためよ。はっきり言って、あんな状況になればピクルマンだってやるんじゃない？」

「こんな言い合いは意味がない。ぼくが何を言おうと、きみは吸血鬼の肩を持つ。いまだってそうだ！」フェリックスはソフロニアの辛辣な言葉に得意の倦怠ポーズを失いかけたが、考えを変える気はなさそうだ。

「あなたがいつも異界族を人間以下で、信用できない相手で、良識もないと見なすのと同じよ」

「やつらは怪物だ」フェリックスは歯の隙間からしぼり出すようにつぶやいた。

今度はシドヒーグが気色《けしき》ばんだ。人狼を侮辱されたも同然だ。

あわやとっくみあいのけんかになるかと思ったとき、「あの、ちょっといいかな？」ソープが口をはさんだ。

「なあに、ソープ？」ソフロニアはほっとして振り向いた。

「この会話がおもしろくないわけじゃないけど、ミス。いや、ほんと。きみが子爵をしかりつけるのを見るのは初めてだ」

「ソープ！」

「雲が少し切れてきた。前方上空にあやしげな飛行船が見える」

「なんですって？」

「中くらいの大きさで、ちょっとみすぼらしい」

「攻撃してる？」と、シドヒーグ。

「いや、むしろこっちが追いかけてるのかも」

「どういうこと？」全員が駆け寄って窓を引き下ろし、首をひねって空を見上げた。

ソープの言うとおり、飛行船が見えた。長いあいだ屋根裏部屋にほったらかしにされた毛皮マフのような、ちょっと薄汚い飛行船だ。列車が線路上にいなかったら、たしかに〝追いかけてる〟と言えなくもない。列車は飛行船のあとを追うように進んでいたが、やがていやおうなく線路に沿ってカーブし、飛行船はそのまままっすぐゆらゆらと飛んでいった。

「変ね」

「偶然？」シドヒーグが疑わしげにたずねた。

「偶然はありえないわ——あたしたちの業種にかぎって」と、ソフロニア。

「だったら護衛？」と、ディミティ。

「列車にドローンが数人しかいないのはそのせい？」シドヒーグが言った。「ほかはみんな上空にいるのかも」

「だとしたらまずいわ。飛行艇に気づかれたに決まってる」ソフロニアはフェリックスをにらんだ。「飛行船に見覚えは？」

フェリックスは首を振った。信じたいけど、今となっては信用できない。

しばらくしてディミティが言った。「わたしたち、いったいどんな騒動のさなかに降り立ったのかしら？」

シドヒーグがすまなそうに顔を曇らせた。「みんな、ごめん。こんなことになったのはあたしのせいだ。あたしが家に帰りたいなんて言わなけりゃ……」

「バカ言わないで」と、ディミティ。「そうじゃないわ、シド、わたしたちみんな、あなたと一緒に行きたくてついてきたんだから」

二人の少年もうなずいた。

「それに、忘れた？」ディミティはにやりと笑い、「こんなことになるのはいつだってソフロニアのせいよ」

「そのとおり」ソフロニアはうなずいた。


それから列車は何ごともなくオックスフォード地区に入った。途中、何度か止まったが、後尾車両をのぞきに来る者もいなければ、屋根の飛行艇に気づかれた様子もない。ほかの三人がまじめに見張りに立つ横で、ソフロニアとソープはようやくひと眠りした。ソープは床にごろりと横たわり、ソフロニアが眠る座席の下に頭をすべりこませた。

〝反対側の座席に寝たら〟というまわりの声にも、ソープは「慣れてるから」と床を選んだ。

うとうとするうちにソフロニアの手が座席から落ち、ふと気づくとソープの頭の上にそっと載っていた。縁なし帽はすでに落ちていて、指先が短くてごわごわした髪に触れた。太陽で暖まった秋の荒れ地のヒースのような手触りがここちよく、知らぬまに指が髪をなでていた。ソフロニアはあわてて手を止め、後ろめたそうにあたりを見まわした。ディミティは窓の外を見つめ、シドヒーグは扉の脇に立っている。さっきのしぐさを見ていたのはフェリックスだけだ。

フェリックスは目を細め、いかにも気まずそうに目をそらした。

罪悪感が押し寄せた。

ソフロニアはやけどをしたかのようにさっと手を引っこめて上体を起こし、無言で反対側の座席に朝食を広げはじめた。ソープを起こすと、ソープは小さく笑った。

五人は直接ピクニックバスケットから食べた。ソープが調達したのは、もっぱらミートパイだった。賢い選択だ——これだけで完結し、しかもおなかがいっぱいになる。飲み物はポット入りの大麦湯。持ち運び可能で、あの短時間に見つけられたのはこれしかなかった。みな大麦湯は嫌いだが——好きな人がどこにいる？——何もないよりましだ。たくわえはたっぷりあるが、永遠にもつわけではない。それから一時間ほどでオックスフォード駅に着いたときは心からほっとした。

しかし、駅は朝の列車や乗客で混み合い、予定外の隠密列車はプラットホームの最後尾に押しやられた。列車が駅に入ると、開いた窓からグラスゴー行き〈高速十二星〉の乗車案内の声が聞こえた。

シドヒーグが興奮して扉から顔を出したが、乗り換える時間はない。グラスゴー行きの列車とはホームが四つも離れており、いまいる列車からこっそり降りる方法を考えつくまもなく〈高速十二星〉はホームを出ていった。と同時に運転室からモニクが飛びおり、ソフロニアはシドヒーグを車室に引っ張りこんだ。

モニクはあいかわらず最新ファッションに身を包んでいた。段《ティアード》つきの旅行ドレスはラベンダー色のタフタ地で、たっぷりひだを取った裾には黒いサテンリボンの縁取り。冬の旅行にふさわしいドレスだ。ブロンドの髪は完璧で、どこから見ても美しい。ほとんど寝ていないはずだが、寝不足が少しも顔に出ておらず、そこがソフロニアにはひどく癪《しゃく》にさわった。吸血鬼と暮らすようになって、一晩じゅう起きているのに慣れたのだろう。

続いてエーテル受信器を見張っていたハンサム男が現われ、無人のホームの端に向かって合図すると、人間のポーターがゲートを押し開けて駆けてきた。ポーターはカネを受け取り、ふたたび小走りで立ち去った。

「メカがいない」ソフロニアは遠くに見える駅構内の混雑に目をすがめた。

「ホームに軌道はあるのに」と、シドヒーグ。「そう、でもひとつも動いてないわ」

フェリックスが身を乗り出した。「失礼、レディーズ、ちょっと見せて」

二人が場所を空けると、フェリックスはソフロニアの隣に割りこんだ。温かくて、甘いにおい。またもやソフロニアはイチジクプディングを連想した。

「変だね」フェリックスはひとこと相づちを打っただけだ。

やがてポーターが紅茶カップふたつと《オックスフォード・ホイッスラー》を一部持って戻ってきた。モニクと連れの男は誰もいないプラットホームの張り出し下のベンチに近づき、新聞と紅茶を持って腰を下ろした。なにやら上品に話しているようだが、ソフロニアの耳あてらっぱとディミティの読唇術をもってしても内容はわからない。

「ソープ、ちょっと思ったんだけど、モニクはあなたの顔を知ってる？」と、ソフロニア。

「いや。煤っ子とつきあうようなタイプじゃないよ。あの〝ミス高慢ちき〟は」

「じゃあ、列車から降りて、あそこの大きなホウキを失敬してみない？　掃除メカがいないのなら、掃除人はきっと歓迎されるわ」

ソープはすぐにぴんときた。「ホーム掃除人のふりをするってこと？　なるほど名案だ。二人の前を掃きながら通ってみるよ。この肌の色とぼろ服なら、まずあやしまれない」

ソープは車室の端の窓から這い出すと、線路近くまで身をかがめ、それから一気に駆けだした。

フェリックスは困惑顔だ。

「どうしたの、マージー卿？」と、ディミティ。

「屋敷の使用人や周囲の召使にいかに無頓着だったか、初めて気づいた」

ディミティがにっこり笑った。「怖い、でしょ？」

「まったくだ」フェリックスはうなずいた。「父上に彼らの給料を上げるよう話したほうがよさそうだ」

ソフロニアはけげんそうに首を傾けた。「オカネで忠誠が買えると思う？」

「違うの？」

ソフロニアは友人たちのことを考えた。あたしたちがオカネをやりとりしたことは一度もない。そう考えるとフェリックスがかわいそうになった。

「統治者、統治者たち、さもなくば誘惑」

ソフロニアが止めるまもなくシドヒーグが淡々と言い、ディミティがうなずいた。「学園のモットー——ウト・アケルブス・テルミヌス——に次ぐ、二番目の教えよ」

フェリックスは眉を寄せた。「どういう意味？」

「〝とことんまで〟」ソフロニアが答えた。

「そうじゃない。ラテン語くらいわかるよ、おかげさまで。ぼくはそこまでバカじゃない。

知りたいのは〝統治者、統治者たち、さもなくば誘惑〟の意味だ」

「人を目的に向かわせる三つの方法よ」と、ディミティ。

「どんな目的？」フェリックスが不安げにソフロニアを見た。

「あ、ソープよ」言いながらソフロニアは思った。フェリックスはあたしに将来ピクルマンになるのを断念させられるんじゃないかと恐れているようだ。たしかにあたしはそうしむけている。それはうまくいってるの？　ソフロニアがわざと脇をフェリックスに押しつけると、おもしろいようにフェリックスの息が荒くなった。

四人はソープがホームの端——列車の先頭ちかく——に現われ、ホームに飛び上がるのを見つめた。ソープは大きなホウキをつかんで帽子を目深にかぶり、小さく口笛を吹きながらホームを掃きはじめた。モニクがいるベンチの真後ろに近づくと、少し歩みを遅め、念入りにホウキを動かした。

「やりすぎないで」ソフロニアは窓ガラスに鼻を押しつけ、心配そうにつぶやいた。「モニクに気づかれるわ。さっさと離れて、離れて！」

紅茶と会話と新聞に気を取られていたモニクが身じろぎし、掃除人をじろりとにらんだ。ソープはソフロニアの命令が聞こえたかのように、ホームを掃きながらベンチから離れた。

連れのハンサム男が顔を上げて掃除人に気づき、強い口調で呼びとめた。

逃げて！　ソフロニアは叫びたい気持ちを必死に抑えた。

ソープは振り向き、ホウキをさりげなく引きずりながらモニクと男のほうにぶらぶらと近づいた。

列車で見守る全員が固唾《かたず》をのんだ――ソープがつかまってもかまわないはずのフェリックスさえも。おそらくフェリックスは、ソープがあたしたちのことをばらすのではないかと心配になったのだろう。煤っ子には自尊心がないと思ってるんだわ。

男はソープをつかみもしなければ、警官を呼ぶような様子もない。おどすようなそぶりは何も見せず、そばに来るよう手招きした。

モニクはソープを完全に無視している。

男が両手を広げ、何かを頼んだ。

ソープが首を横に振ると、男は怒って新聞を地面に投げつけた。

ソープは二人に礼儀正しく帽子をひょいと上げ、掃除に戻った。

やがてモニクと男は紅茶カップをベンチに残して列車に戻りはじめた。

「しゃがんで!」ソフロニアがささやいた。

車室扉の窓から見ていた四人がいっせいに首を引っこめると同時に、モニクが一瞬、こちらを見た。屋根のゴンドラに気づかれた?

さいわい気づかれなかったようだ。

ふたたび四人がひょこっと頭を出すと、ちょうど男がモニクに手を貸して運転室に乗せ、自分は発信器の車両に戻るところだった。

ホームを振り返ると、ソープが紅茶カップに手を伸ばし、残りの紅茶をぐいっと飲むのが見えた。

フェリックスとディミティが不快そうな声を漏らした。人の飲み残しを飲むなんて。みっともないにもほどがある！

ソープはホームの残りを掃き、先頭車両をまわって視界から消えた。

授業その十　列車強盗

ソープのことだから無事に戻って来るとは思ったが、そのすばやさには驚いた。ほんの数分後には姿を見せ、身をくねらせて窓から列車に乗りこんだ。意気揚々とした、満足げな表情だ。こっそり飲んだ紅茶で元気づいたのかもしれない。

ソフロニアは思わずフェリックスを見やった。フェリックスの目には、人が残した紅茶を物乞いのように飲む肌の黒い少年と映っているに違いない。耳の後ろがカッと熱くなった。どうしてソープはみんなが見てる前であんな真似をしたの？

そこで思いなおした。あたしだって、誰も見ていなかったら飲んだかもしれない。それほど紅茶に飢えていた。

「何かわかった？」

「二人は朝刊の内容について言い合ってた。モニクが〝もっと広い有効範囲《レンジ》が必要だ〟とかなんとか言うと、男は〝レンジは問題じゃない〟と答えた。モニクが〝そうだとしても、いずれにせよあたしたちが責められる、彼らにはあなたのせいだと言うから〟と言うと、男は新聞を振って〝ここまで来られたのはわたしの力だ〟と答えた。するとモニクが〝あたしたちは命令に楯つく立場じゃないし、やりつづけるしかない〟と言った。そんな話だった」

「あなたが直接、話しかけたとき、男はなんと言ったの？」

「おもしろいのはそこだ。男はオックスフォードのメカについてたずねた」

「メカ？　どうして？　オックスフォードのメカも動いてないの？」

「そうきかれただけで、それ以上は何も」

「それでなんと答えたの？」

「〝おれがメカを使うような家の出に見えますか？〟って言ったら、男は顔を真っ赤にして、〝おまえなら世間の事情をよく見てるんじゃないかと思っただけだ〟と言って新聞をホームに叩きつけた。それから運転士が二人に列車に戻るよう合図した」

ソフロニアは唇を噛んで考えこんだ。

ソープはほめてもらえると思ったのに唇を噛むだけか、とでも言いたげながっかりした表情を浮かべたが、そこで思い出したように……。

「プレゼントを持ってきた」シャツの下から大げさな身ぶりで新聞を取り出した。紅茶を飲んでいるあいだに失敬し、みんなが窓から頭を引っこめていたときにこっそり服の下に隠してきたようだ。

　ソフロニアはにっこり笑った。紅茶の残りを飲んだことは、これで帳消しだ。

「さすがだ！」シドヒーグが親しげにソープの背中を叩いた。

　フェリックスとディミティは二人のなれなれしい態度を横目でにらんだ。ディミティはシドヒーグの威厳を案じ、フェリックスは貴族の威厳を案じたようだ。レディ・キングエアが軽々しく煤っ子に触れるなんて！

　だが当人はいっこうに気にする様子はない。「なんて書いてある？」

　ソープは無言で《オックスフォード・ホイッスラー》をソフロニアに渡した。

　ソフロニアは急いで新聞を開き、見出しを読んだ。ジマイマ・スマカディとウィルフレッド・コールキンの結婚通知。ドナウ川流域諸公国に迫る侵略。そして使用人メカの修理に関する懸念。ああ、もどかしい。ソープが盗み聞きした会話に直接、関係する記事も、列車に積んだエーテル発信器に関する話題も見当たらない。

　ディミティが隣に座り、紙面に顔を近づけた。フェリックスとシドヒーグは新聞の反対側に座っている。ソフロニアはみんなが同時に読めるように新聞をかかげ、有益な情報がないかと目を走らせた。ソープは言われるまでもなく扉の脇で見張りに立った。ソフロニアとの勉強会で少しは字が読めるようになったが、あまり上達していない。まだ初歩読本の第二レベルだ。

　列車がごとりと揺れ、駅を出て走りはじめた。

ソフロニアはシドヒーグの目を見た。これが北に向かわなければ、いずれはロンドンに向かう。北行き列車に乗り換えなかったのを責められてもしかたない。ソフロニアはそれを承知で乗り換えなかった。本来ならシドヒーグの望みを最優先すべきだった。ソープと一緒に列車から降りて、エーテル装置のことはモニクたち吸血群にまかせておくべきだった。みんなの手持ちを集めて北行き列車の切符を買い、シドヒーグだけでもスコットランドに向かわせることだってできた。でも、いま？

自分でもわかっていた。あたしがこの新たな陰謀にこだわるのは、シドヒーグの出発を遅らせられるかもしれないからだ。考えれば考えるほどシドヒーグの選択には賛成できない。反逆的な人狼団とともに引きこもるのが本当に正しいの？　エーテル発信器を載せた列車で郊外をガタゴト走るうちに、もしかしたら考えが変わるかもしれない。でも、あたしがシドヒーグの立場なら誰にも邪魔はされたくないし、自分の決断を問いただされたくもない。ますます負い目を感じながら、ソフロニアは新聞に視線を戻した。

向かいに座るフェリックスが細かい字を読もうと、ぐっと顔を近づけた。もしかして目が悪いのかしら？　フェリックスならメガネも似合いそうだ。新聞の端を伸ばそうとしたフェリックスの指がソフロニアの指先に触れた。横目で視線をとらえると、フェリックスはいつもの半笑いを浮かべた。どう反応しようかと考えている横でフェリックスは新聞記事に注意を戻し、とたんに青ざめた。

「どうしたの、マージー卿？」

「いや、たいしたことじゃないけど……」フェリックスは新聞をめくり、お知らせ欄を指さした。シドヒーグもソフロニアの隣に座り、三人は顔を寄せて小さな欄に目を凝らした。

「なんて書いてあるの？」扉に立つソープがうながした。

ソフロニアが読み上げた。「〝昨夜、ウィルトシャー北部住人の皆さまには使用人メカの軽度の誤作動により多大なるご迷惑をおかけいたしました。問題の期間に発生した蒸気税につきましては次期決算期で各家庭ごとに返金いたします。今回のご不便に深くお詫び申しあげます。〈メカ製造会社ブライン・ブートル・フィップス〉〟」

「メカたちがこぞって『統べよ、ブリタニア！』を歌ってぱたりと動かなくなった事件がこれ？　軽度の誤作動？」ディミティがあきれ声で言った。

「故障はオックスフォードにも広がって、それで駅のメカが一体も動いてなかったんじゃないかしら」と、ソフロニア。「オックスフォードの故障が昨夜の事件のあとに起こったとすれば、今朝の新聞にはまにあわない。次の謝罪広告が出ていないか夕刊を調べる必要がありそうね」

「ここにもっと詳しい記事があるわ」ディミティがお知らせ欄の下を指さした。

フェリックスは座席に戻って腕を組み、いつものけだるい表情を浮かべている。

ソフロニアはソープのために記事を読み上げた。「〝北ウィルトシャーの複数の街で多くのジェントリと上流の家庭が予期せぬ真夜中のパフォーマンスを経験した〟」そのあとは要点をかいつまんで話した。「舞踏会で目撃したできごとが正確に書いてあるわ――曲名までは出てないけど。どうやらどの家のメカも同じ行動を取ったようね。影響を受けなかったのは古い型や、ここしばらく更新されていないメカだけ。製造会社は明言しなくても、内部情報は妨害工作の可能性を示唆してるわ」

ソフロニアは新聞をディミティに渡した。「たしか母さんはフローブリッチャーを点検に出したばかりだって言ってた。そのときに想定外のプロトコルが追加されたのかもしれない」

ソフロニアはフェリックスを見つめた。動揺しているようだ。なぜ？　あたしたちは全員、舞踏会でメカ誤作動を目撃した。忘れるはずがない。新しい情報といえば、誤作動があたしの家だけでなく、もっと広範囲に広がっていたことだけだ。それのどこが問題なの？　ほかに何がわかった？　メカ製造会社の名前。フェリックスの動揺の原因はたぶんそれだ。

「誰かブライン《Brine》・ブートル《Bootle》・フィップス《Phipps》社について何か知ってる？」ソフロニアがさりげなくたずねた。

みな無言だ。

ソフロニアは社名のイニシャルを考えた。ＢＢＰ。どこかで見た気がする。そのとき、朝の騒動にまぎれてすっかり忘れられていたバンバースヌートがぷっと煙を吐いた。

「あ、そうだ、かわいそうなバンバースヌート、朝食がまだだったわね。誰か燃やせるものを持ってない？　このままじゃボイラーが消えちゃうわ」

ソープが石炭のかけらを取り出した。バンバースヌートのためにつねに持ち歩いている。

ソフロニアはバンバースヌートを抱え上げ——メカは感じないとわかっていても——いとおしげになでた。みんなが広域誤作動の意味について話すあいだ、ソフロニアはバンバースヌートに石炭を食べさせ、こっそり片耳をめくった。革の耳に文字が型押ししてある。見るたびにどこかの違法製造者のものだろうと思っていたが、どうやらＢＢＰのようだ。バンバースヌートを送りこんだのは空強盗《フライウェイマン》だが、もとはピクルマンによって作られたものに違いない。その証拠に、あたしがバンバースヌートを手に入れたときはピクルマンがそばにいた。これまでの経験から、彼らは大のメカ好きだ。フェリックスの反応からして、ブライン・ブートル・フィップス社はピクルマンの隠れみのに間違いない。でも、それが『統べよ、ブリタニア！』事件となんの関係があるの？　吸血鬼がＢＢＰ社の製品の評判を落とそうと誤作動を引き起こしたの？　会社規模の中傷？　もしそうなら、妨害工作はまさにこの列車から行なわれたのかもしれない。そう考えれば、あたしの家に近い北ウィルトシャーの駅に停まっていたのもうなずける。

貨物室にあるエーテル装置は、〝『統べよ、ブリタニア！』を歌え〟というプロトコルを大量のメカに同時に送るために使われたの？　でも吸血鬼がこんなふうにピクルマンに手のうちを見せるかしら？　妨害工作は本来、ひそかにやるべきものだ。水晶バルブは二点間でしか作動しないとビエーヴは明言した。これが正しければ、すべてのメカに歌えと命令するにはそれぞれのメカに水晶バルブがひとつずつ、そして命令を送る対《つい》のバルブが同じ数だけ列車に搭載されていなければならない。ソフロニアは指折り数えた。兄さんのパーティだけでも十二体のメカがいた。つまり、列車には少なくとも十二個の対バルブが載っている計算だ。でもあたしが見たのは貨物室のひとつだけ。ということは、もうひとつの貨物室にバルブがびっしり詰まってるの？

　ソフロニアの頭はうなりを上げて回転した。「メカ大混乱の原因はこの列車かもしれない」

　シドヒーグが新聞を振りまわした。「どうしてわかる？」

「あまりにも場所とタイミングがよすぎるからよ。それに吸血鬼はメカに対する不信を公言してる。あのオペラふうパフォーマンスは一種の実験だったのかも」

「吸血鬼があんなふうに大勢の前で実験するかしら？」と、ディミティ。

「それはあたしも思った。だとすれば、実験は何かの手違い？」

「たしかにモニクはレンジについて話してた」ソープが口をはさんだ。「本当はもっと多くのメカを壊すつもりだったのかな。それとも予想以上に壊れすぎたとか？」

全員が無言で長々と見つめ合った。

「吸血鬼が英国じゅうのメカを支配するなんて考えられる？」ソフロニアはフェリックスを見た。

「もちろん」フェリックスは穏やかに答えた。「吸血鬼にかかればなんだって可能だ」

ソフロニアは吸血鬼からの贈り物――しこみ扇子――に思いをめぐらした。アケルダマ卿はあたしの協力を買うつもりだったの？　アケルダマ卿は群に属さないはぐれ吸血鬼だけど、吸血鬼全体の利益のためなら一肌脱ぐかもしれない。「別の可能性もあるわ。吸血鬼はメカを故障させて新型水晶バルブの信用を落とそうとしているのかも。ほら、吸血鬼は専売権を取りそこねたから」

フェリックスがうなずいた。「たしかに彼らは政治家を味方につけている」

「味方？」ディミティがつぶやいた。「わたしたちは誰の味方なの？」

「そりゃ人狼だ」シドヒーグが即答した。

「あら、人狼もからんでるの？」もしそうだとすると、どんなふうに？

シドヒーグは思案顔で、「吸血鬼と人狼は仲がいいわけじゃないが、異界族反対主義に対抗するためなら協力する」そう言ってフェリックスに釘を刺してからソフロニアの質問に答えた。「でも、今回はそうとは思えない。人狼は吸血鬼ほど産業界の駆け引きに関心はない。それに、いまは自分たちの一大事だ。そんなときにどうして機械がらみの抗争に加わると思う？」

フェリックスが反論した。「でも、吸血鬼が権力争いをしかけたのが、英国でもとくに勢力の強い人狼団が存亡の危機におちいった直後だってことはただの偶然とは思えない。だろう？　吸血鬼たちは〈将軍〉の関心がほかに向いている状況をねらったんじゃないかな」

「つまり今回の騒動は吸血鬼のしわざってこと？　それはどうかしら」

「レディ・リネットがいつも言ってるわ。偶然はない、あるのは機会だけだって」ディミティが場をなだめた。

「こんな状況を利用する人がいるとしたらピクルマンしかいないわ」と、ソフロニア。

「どういう意味？」フェリックスは声を荒らげた。「きみはピクルマンより吸血鬼を支持するの？」

あからさまに――しかもようやく自分の考えを確信したときに――忠誠のありかを問われてソフロニアはいらだち、これまでになくはっきりと立場を口にした。「あたしが支持するのは権力の均衡よ。あなたも、もっと幅広いものの見かたについて考えたらどう？」

「吸血鬼はすでに充分な権力を持っている」フェリックスが吐き捨てるように言った。

「頼むから偏見を捨てて、論理的になってくれない？」ソフロニアはフェリックスの短絡的な考えかたに我慢できず、思わずなじった。どうしてフェリックスはあたしたちみたいに動機と人心操作を考えるように訓練されてないの？　そんな態度があたしの心証を悪くすると、どうしてわからないの？

フェリックスは少しも動じず、「まるできみはピクルマンに偏見がないかのような口ぶりだね」声を落として言った。

かんしゃく持ちならカッとなっただろうが、ソフロニアはフェリックスに憐れむように笑いかけた。「ピクルマンはうちの東屋を壊し、巨大メカアニマルであたしを殺そうとした。かたや吸血鬼はディミティを誘拐し、もう少しで殺すところだった。それを言うなら人狼だって反逆をくわだてた。誰の手も血にまみれてる。あたしが言いたいのはそこよ」

「ソフロニア、言葉に気をつけて！」ディミティがたしなめた。

「それで、結局おれたちは誰の味方なの？」ソープがやんわりとたずねた。なぜか旅の仲間たちの不和が楽しいらしく、ソフロニアとフェリックスの言い合いをうれしそうに見ている。

あたしは誰の味方？　ソフロニアはソープの質問を考えた――ミセス・バーナクルグースのように、あたしは女王の庇護を受けるのがいいのかもしれない。でも、今はそれどころじゃない。あたしはこの急ごしらえのチームをひとつにまとめなければならない。今もあたしたちは敵の列車に潜伏の身だ。いまこそみんなが支援者《パトロン》を必要としている。ソフロニアは背筋を伸ばし、断言した。「あたしたちはシドヒーグの味方よ」

「ありがとう、ソフロニア。でも、そこまで言われると正直、荷が重い」

「だったら、好奇心と公正さの味方ね。事件の全貌がわかったら、そのときに選べばいいわ」

「なんとあいまいな」と、フェリックス。

「天気と同じね。でもここは英国よ。不確かなものと生きてゆくすべを学ばなきゃ」

列車はロンドンには向かわず、速度の速い機関車に道を譲りながら使用頻度の低い支線をおおむね北に向かってゴトゴトと進んだ。シドヒーグはときおり遠くをながめ、黒煙を吐いて進む速い列車を羨望の目で見たが、文句は言わなかった。この列車も——カタツムリの速度とはいえ——スコットランドの方角には進んでいる。ときおり停止し、動きだすところを見れば、止まっているあいだに発信器を使っているのだろう。

正午ごろ、とある駅に二十分ほど停車した。シドヒーグが飛びおりて乗り換える気にもならないほど小さい駅だ。ここを通るのは、このカタツムリ号より遅い列車くらいのものだろう——そんなものがあるとすれば。ひとつ気になったのは、この駅にもメカの姿がないことだ。また動かなくなったの？それとも人間がメカを使うのを恐れているの？

「この状態が多くの駅や富裕層の家で長く続いたら、抗議の声が上がるんじゃない？」と、ディミティ。

一団は見張りに関して少したるんできた。扉には必ず誰かが立ったが、ほかに乗客がいるとは思えない。停車のたびに見えるのは——もちろん火夫はいるだろうが——モニクか、発信器見張り役のドローンか、運転士だけだ。誰も後部車両を見まわりには来ない。なぜわざわざこの車両を引いているの？　列車を大きく、重要そうに見せるため？

ソフロニアはディミティにうなずいた。「フローブリッチャーが動かなくなったら、母さんは家事をこなせないわ。それこそなんにでも使ってるから。だからこそ保守点検だけは手を抜かなかったのに。フローブリッチャーが今日も動いてないとしたら、家はきっと大混乱よ」

「頼りきってるんだな」と、シドヒーグ。

ソフロニアは肩をすくめた。

「キングエア団にメカはいないの？」ディミティがたずねた。

「いない。雑用はクラヴィジャーの仕事だ。キングエア城は軌道を敷くには古すぎる」

シドヒーグの言葉にフェリックスは顔をこわばらせた。

きっとゴルボーン公爵の住まいは——郊外の屋敷も街なかの屋敷も——いたるところ軌道だらけに違いない。フェリックスはどんな言いつけにも応じるメカがいる環境で育ったタイプで、その理想は思った以上に凝り固まっている。これこそあたしの説得力をためす願ってもないチャンスだ！

「異界族の政治家がメカ開発の規制をやめれば、こんなに多くの軌道は必要ないんだ」フェリックスが現状を弁解するように言った。「現にメカアニマルに軌道は必要ないのに、軌道なし回転機は違法とされている。あの規制法案を押しとおしたのは〈宰相〉だ」

ソフロニアは眉を寄せた。「軌道は不要ってこと？」

「そう聞こえたかもしれないけど、そうとは言ってない」と、フェリックス。思わせぶりな口調だ。

ソフロニアはバンバースヌートのことを考えた。あの子は軌道なしで動く違法メカだ。さほど大きくはないし、一般的な基準からするとたいして役にも立たない。それでも、メカが水晶バルブを通じてどこか遠くの第三者によってコントロールされ、その指示にしたがって軌道のないところを動くと考えると、なんとも落ち着かない気分だ。吸血鬼たちが警戒するのも無理はない。

それきり推論ごっこは立ち消え、いよいよ退屈になってきた。空は灰色で小雨まじり。列車はのろのろと北に向かっている。五人は暇つぶしにフェリックスが内ポケットに持っていたカードで遊んだ。そして、どうでもいいことで言い争った。長いあいだ狭い車室に閉じこめられ、みないらだっている。

お茶の時間のころ、ついにディミティがカードを放り投げて口をとがらせた。「ソフロニア、冒険がこれほど退屈で紅茶がないなんてひとことも言わなかったじゃない」

「あたしは言わなかったけど、レディ・リネットは言ったわ——〝標的を追うのは多大なる忍耐が必要です〟って」

「そこは聞きそびれた」ディミティは座席の背にもたれた。「上等のアッサムティの入ったポットと粉砂糖がかかった小さなシュークリームをくれるのなら、なんだって差し出すわ。こんなの、わたしの人生じゃない。断じて」これほど不幸せそうなディミティを見るのは初めてだ。ふくれ面のせいでバカげた変装がよけいにみじめで、男の子にはとても見えない。

フェリックスが不思議そうに見返した。「〈ジェラルディン校〉の生徒はみんなスパイになりたいんだとばかり思ってた」

「じゃあ〈バンソン校〉の生徒はみんな邪悪な天才になりたいの、マージー卿？」ディミティはそうではないことを知っている。弟のピルオーバーは〈バンソン校〉の精神に逆らい、きわめて邪悪でないやりかたでこそこそと自分の勉学を続けていた。

「いや、そうじゃないけど。だったらどうして〈ジェラルディン校〉に？」

ディミティは顔をしかめた。「わたしの母に会ったことがないでしょ？」

「残念ながら」

「わたしならやめておくわ」

「なるほど」

「ディミティの望みはどこかの温厚な地方の郷士か、しがない勲爵士と結婚することよ。社交シーズンはロンドンで過ごして、残りは陰謀と名のつくものすべてから距離を置いて田舎で暮らしたいの。もっとも最近の田舎はなかなか刺激的なようだけど」

「つまり、普通の女の子のように？」フェリックスはディミティのささやかな望みにも、少しも動じた様子はない。

ディミティは顔を赤らめ、ソフロニアをにらんだ。「そんなことを男の人に話すなんて！」

「マージー卿が結婚市場に無関心だとでも思う？　もしそうならよく知っておくべきね。マージー卿が社交界をひとめぐりすれば、極上のおやつなみに取り合いになるわ」

「ほめられてるのかどうなのか迷うな、リア。まるで菓子パンみたいな言われかただ」

「それもとってもおいしい十字砂糖がけパンよ、あたしの勘違いでなければ。カランツのいっぱい入った」ソフロニアは将来フェリックスを品さだめする社交界の付き添い婦人たちを代弁するように言った。

フェリックスは顔を赤らめた。

露骨ないちゃつきにソープが何か言いたげに顔をしかめた。不快そうな表情は、とびきり軽薄なものを見たときのルフォー教授にそっくりだ。

フェリックスはわざとさりげなく会話をディミティに戻し、紳士らしく言った。「気にすることないよ、ミス・プラムレイ＝ティンモット。すばらしい選択だ。上流の女性には実にふさわしい」

フェリックスはわざとあたしをためそうとしたの？　ソフロニアは何も言えなかった。ここで普通の女性の生きかたを支持するフェリックスに反論したらディミティを侮辱することになる。でも、普通の人生を認めたらあたし自身の選択が疑われる。なかなかやるじゃない、マージー卿。見なおしたわ。

だがシドヒーグは気を悪くした。無理もない。〝信用を失った人狼兵団の子守役〟という、おそらくは一生、独身の、きわめて普通ではない人生の選択をしたばかりだ。いまにもフェリックスに食ってかかりそうだったが、ソフロニアはシドヒーグの腕に手を置き、首を横に振った。シドヒーグはさっと腕を引き抜いて窓に近づき、今度はフェリックスとソフロニアの両方に腹を立てて外をにらんだ。

あたしたちはたがいにうんざりしている。ホーム・パーティで起こりがちな状況だと、前にレディ・リネットが警告したとおりだ。狭い空間が苦にならないのはソープとバンバースヌートだけだった。ソープはふだんから狭い機関室に慣れているし、貴族どうしのもめごとをなだめるあたしをおもしろがっている。かたやバンバースヌートはどんな状況でも勝手に楽しめる。実に犬らしい性質だ。

ソフロニアはソープの意見がききたかった。ソープは煤っ子たちの陰の王様だ。どうやって何人もの煤っ子たちをけんかさせずにまとめてきたの？　これまでのつきあいを振り返り、なんどソープが知恵を貸してくれたか、いまになってようやく気づいた。ソープがあたしに向ける淡い感情はそんな友情までも壊したの？　ソープがいなくなったらどうすればいいの？　ソープが学園を去ってクラヴィジャーになったら、あたしはどうやってバランスを保てばいいの？

　ソープはソフロニアが緑色の目でじっと訴えるように見ているのに気づき、〝どうした？〟というように首をかしげた。でも、いまは二人きりじゃないから何もきけない。わからないまま決断しなければならない。さいわい、わからないまま決断するのは得意だ。

　ソフロニアは車室を覆う静かな不満に向かって言った。「この列車にはほんの数人——モニクのほかに多くて三人——しか乗っていないってことに異議ある？」

「ソフロニア、何をたくらんでるの？」ディミティは親友の口調にぴんときたようだ。

「ソープ、列車の蒸気機関は飛行船の蒸気機関とどれくらい違う？」

「それほど変わらないよ、ミス。たぶん、基本は同じだ」

「シドヒーグ、あなたはボイラー室で煤っ子たちと石炭をくべたことがあったわね？」

「もちろん。知ってるとおり、あたしは手が汚れて《ダーティ》も平気だ」

　シドヒーグの言葉にフェリックスはさげすむような視線を向けてつぶやいた。「これだからスコットランド貴族は」

ソフロニアはうなずいた。これで決まりだ。「よし。じゃあ列車を盗むわ」

積もり積もったうっぷんのせいか、この手のとんでもない発想に慣れたせいか、この大胆な提案にも抗議の声は上がらず、ソフロニアはちょっと拍子抜けした。

反対どころか、みな真剣そのものだ。

「悪くないわね」よりによってディミティが賛成するなんて！

「もっと速く、まっすぐスコットランドに戻れるかもしれない」シドヒーグも顔を輝かせた。

ソフロニアの理性の声であるソープでさえ、ちょっと口をとがらせながらも興奮ぎみに言った。「列車を動かしたことは一度もないけど」

フェリックスだけが恐怖に言葉もなく、驚きの表情で四人を見ている。

一団は手持ちの備品を集めた。

ポケットだらけのエプロンをつけたソフロニアの道具がもっとも充実していた。ディミティとシドヒーグはそれぞれ赤いハンカチとレモンオイル、裁縫バサミを携帯している。ソフロニアは自分の裁縫バサミをフェリックスに、ペーパーナイフをソープに渡した。あたしには新しいしこみ扇子がある。妨害器の使用については、エーテル発信器のある貨物室で使ったほうが効果的ではないかという意見が出たが、議論のすえ、運転室に忍びこむソフロニアが携行することにした。緊急に列車を止める必要がある場合――理論的には――

——エンジンを止められるはずだ。これまでこんな大きな装置に使ったことはないけど。

ソフロニアがふたつの道具を点検し、両手首にそれぞれ装着するのを見てソープが言った。「考えてみるとおもしろいね、ミス。ホウレーは攻撃用で、かたや妨害器は攻撃を阻止するためのものだ」

ソフロニアはほほえんだ。たしかに象徴的だ。「そう言えばそうね」

「装備に関してもバランス重視主義ってことだ」ソープはさりげなくソフロニアの政治信条に敬意を表した。

最後にディミティがレースの小物バッグに変装したバンバースヌートを肩からかけた。

ここでようやくフェリックスがあきれたように両手を振り上げた。「みんな、どうかしてるよ。いったいどうやって列車を盗むの？　線路上にあるんだよ？　しかもこんなに大きいものを。あとを追われないと思う？　近づくのに気づかれないとでも？」

もちろん、〝木は森に隠せ〟方式だ。

ソフロニアの計画はこうだ。初めて列車を見たとき、サーカス団を乗せているのかと思った。だから、その印象をそのまま利用することにした。

持ち主の嘆きをよそに、ディミティ自慢の金色の仮装ドレスは引き裂かれて吹き流しになり、シドヒーグとフェリックスが二台ある客車の屋根の手すりに結びつけた。ソープとソフロニアとディミティが飛行艇を立てて四つの気球を後方にたなびかせると、どこから見ても移動サーカス列車だ。

「曲芸団とわかれば、奇妙な列車が現われても誰も変には思わないわ」と、ソフロニア。

ディミティは両手をはたいて周囲を見まわし、顔をしかめた。「かわいそうなわたしのドレス」

金色の吹き流しを結び終えたフェリックスが顔を引きつらせて戻ってきた。「どうやって駅を通過する気？　だいいち、ポイントをどう切り抜けるの？　操作法は誰も知らないんだろ？　もしも、もしも向こうから列車が来たら衝突だ！」わめくにつれて声がヒステリックに高くなった。あらまあ――ソフロニアは驚いた――フェリックスがこんなに動揺するなんて。ちょっとかわいい。

「運転室に時刻表があるはずだ。ないわけがない」と、シドヒーグ。「ひたすら支線を選んで、ローカル列車を避ければ大丈夫だ。現にモニクがそうやって走らせてきてるんだから、あたしたちが乗っ取っても別に変わりはしない」

いつだってシドヒーグを味方にすると頼もしい。さすがは人狼の娘だ。

「吸血鬼がエーテル発信器を載せた列車をあっさり明けわたすと思う？」フェリックスがあざけるように言った。

ソフロニアはつぶれた最後の気球を納得ゆくまで整えた。「これが吸血群全体の策略だとしたら、もっと多くのドローンが乗ってるはずよ。あたしはウェストミンスター群のしわざだと思う。乗員が少ない理由はそれよ。ロンドンから離れれば離れるほど、ウェストミンスター群の影響は小さくなるわ」

「みんな、自分たちの能力を過信しているとしか思えない。それとも」フェリックスは一瞬、言葉を切り、「〈ジェラルディン校〉では列車の盗みかたまで教わるの？」

「いくらなんでもそこまでは」ソフロニアはにっこり笑った。フェリックスの不安をからかうのは愉快だ。フェリックスはどんな状況でもめったに感情を剝き出しにしない。だから不機嫌そうな顔がかわいらしく動くのを見るのは楽しかった。それがいかに不満げでも。

フェリックスは黒髪をかき上げ、諦観した独身おばさんのような口調で言った。「どうせ涙と煤まみれで終わるに決まってる」

「とにかく始めたからにはやるしかないわ」ソフロニアは列車強盗団を率いて客車の屋根にのぼり、エーテル発信器のある貨物車両に向かった。

「シドヒーグとソープとあたしが運転室を占拠するわ。フェリックスとディミティは発信器を見張るドローンをお願い」ソフロニアはフェリックスの反論を制して続けた。「くれぐれも殺さないで。それから装置も壊さないこと。どちらもどこで役に立つかわからないから。目的は水晶バルブよ。奪ったらバンバースヌートに食べさせて。それがあれば、計画が失敗してもパズルの重要なピースと証拠だけは手もとに残るわ」

ねた。

「ソフロニアはいつもこんなに親分風を吹かせるの？」フェリックスがディミティにたずねた。

「親友の苦労がわかるでしょ」と、ディミティ。

「驚いた」

「ディミティ、それってほんと？　うれしい」ソフロニアは〝親友〟の言葉に、親分と言われたことも忘れた。あたしはディミティを親友と思ってたけど、面とむかって話したことはないし、ディミティもそう思っていたとは知らなかった。ディミティは誰にでも好かれて、社交的で、友だちも多い。たぶん、あたしみたいにいばらないからだ。

「当然じゃない。ごめんなさい、シドヒーグ」ディミティはにっこり笑った。

シドヒーグは顔をしかめた。「あんたたちは一心同体だ。誰だって知ってる」

ソフロニアはフェリックスに向かって、「あたしが親分風を吹かせるのは大事なときだけよ。親分ついでに言えば、あなたはあとからついていって。ディミティのほうが訓練されてるから。それに、こう言っちゃなんだけど、ディミティ、そのとんちんかんな格好だけでもあなたのほうがずっと衝撃度が大きいわ」

観念したような表情とへんちくりんな服のせいで、ディミティはもっと幼くてぽっちゃりしていたころの弟に驚くほどそっくりだ。

「やっぱり親分だ」フェリックスがあきらめまじりに言った。

「もうやめて。好きなくせに」

いきなりフェリックスがソフロニアの手をつかみ、ソフロニアがあらがうまもなくホウレーの上の手首にすばやくキスした。どきっとするほどぶしつけで大胆なキス。ソフロニアはうっとりした。

「好きだよ」フェリックスは手首に向かってつぶやき、ソフロニアがそろそろ手を引っこめたほうがいいと思った瞬間、さっと手を放した。

ソープが怒った猫のようにシューッと息を吐いた。

「心配しないで、ソフロニア」ディミティは両手を組み合わせ、「マージー卿のことはわたしが面倒みるから」

「それはどうも」フェリックスは顔をこわばらせ、疑わしげにディミティを見た。

こうしてフェリックスはディミティのあとから身をかがめ、屋根から下りて貨物車両に向かった。あとは見張りのドローンが拳銃を持っていないことを祈るだけだ。あたしの命令で友人たちの命が危険にさらされるのはつらい。これも親分の代償だ。

とにかくディミティの能力を信じるしかない。ここは連撃攻撃が不可欠だ。ソフロニアはソープとシドヒーグを連れてふたつの客室の屋根を越え――どうか無人でありますように――炭水車を越えて運転室に近づいた。両側の出入口が開いている。ソフロニアは右側、ソープは左側の入口にねらいをさだめ、身をかがめた。シドヒーグは屋根の上で二人の背後に陣取り、いざとなったらすぐにどちら側からでも飛びこめるよう身構えた。ソフロニアが腕を振って後方のディミティに合図すると、ディミティは了解の合図を返し、フェリックスとともに視界から消えた。

ソフロニアが屋根の反対側に目をやり、うなずきかけたとき、ソープが空を指さした。頭上の雲の切れ間から飛行船が見えた。前に見かけたのと同じだ。だが、かまっている時間はない。ソフロニアはあいまいに両手を広げ、もういちどソープにうなずいた。

二人は腕を交差させて運転室の屋根の縁をつかむと、勢いよく飛び出して身をひねり、足から先に運転室に降り立った。曲芸技の訓練を受けているソフロニアは、これまでなんども学園の外壁をのぼりおりして研鑽を積んできた。ズボンをはいている今はホットケーキに塗ったバターのようになめらかな動きだ。ソープがどうやってこの技を覚えたのかはわからないが、煤っ子というのはおしなべてたくましく、特にソープは運動能力が高い。背が高いせいで、入口でちょっと足がもつれ、片膝をついて着地した。

それがさいわいした。モニクが入口で恐ろしげなナイフを振りかざしていたからだ。モニクの腕がソープの頭上でしゅっと音を立てた。

たまたまソフロニアのそばにいた、もじゃもじゃひげの運転士は運転に集中し、侵入者にはほとんど気づいていない。エンジンの真横で音が大きかったのも味方した。蒸気の噴出音と火室の轟音にケーブルとピストンのけたたましい音が加わって、耳がどうかなりそうだ。

　モニクはまだソフロニアに気づかず、ソープだけを見ている。

　ソフロニアは殺し屋タイプではない。暗殺の授業を楽しんだことは一度もないが、運転士に邪魔されても困る。そこで大男の腕を軽く叩いた。「あの、ちょっと」

「は、なんだおまえ、こんなところで何を……？」

「すみません、でも、列車が必要なんです」

「なんだと？」

　ソフロニアは生意気そうにほほえみ、運転士が開いた出入口に近くなるよう反対側に移動した。

　運転士はすっかり困惑している。

　そのあいだも背後ではモニクとソープがつかみ合っていた。モニクはソープにレディらしからぬ罵声を浴びせ――吸血群で何を学んできたのだろう――どなった。「いったいなんの権利があって！　その汚い浮浪児の手を放しなさい！」

　小柄な若者が火室の前に立っていた。いわば列車版・煤っ子だ。手先か子分かはわからないが、物音に気づき、とっくみあいを振り返った。大きなショベルを持ち、呆気に取られて突っ立っている。こっちはあとまわしだ。ソフロニアは運転士に向きなおり、身体をぶつけた。

「何をする？」

「あっ、うわ、あれはなんだ！」ソフロニアは扉の外を指さした。まるで騒霊《ポルターガイスト》を見たかのような恐怖の表情を浮かべて。

運転士が何ごとかと振り向いたとたん――

ソフロニアは力まかせに運転士を押した。それだけなら効果はなかっただろう。なにしろソフロニアは細身で、男は巨体だ。だが、押しやると同時にソフロニアは片足で男の脚の後ろを突いて転ばせた。SOS作戦――すきを突き、おしやり、すっころばす――はナイオール大尉からみっちり教わった古典的技だ。

これまで成功させたことは一度もない。練習では、相手はつねに〝すきを突き〟が来ると予測している。だが運転士はもののみごとに引っかかり、列車から転げ落ちた。

ソフロニアは顔を突き出して外を見た。運転士は線路脇に落ちたが、ケガはなさそうだ。列車はかなりの速度で進んでいる。どんなに脚が速くても追いつくのは無理だ。

ソフロニアは屋根にいるシドヒーグに大声で呼びかけた。「席が空いたわ。お待ちどうさま」

シドヒーグが身体を揺らし、軽々と下りてきた。優雅さのかけらもないが、無駄な動きもない。

二人は火夫に向きなおった。

火夫は二人の顔を順に見た。

ソフロニアは卑しく、みすぼらしい身なりで、つい今しがたボスである運転士を、走る列車から突き落とした。

かたやシドヒーグはやけに長身で、威圧感がある。

火夫はショベルを床に置き、すがるように両手を突き出した。「おれは雇われただけです、お若いだんなさま。カネをもらって列車を走らせてるだけで」

「シドヒーグ、なんとかしてくれる？」

シドヒーグは若者を上から下まで見下ろした。「わかった」

「ねえ、あんた」シドヒーグは威厳のある、とっておきのレディ・キングエア声で言った。「おれは昔から列車を走らせるのにものすごく興味があった。このまま石炭をくべつづけてくれないか？　相応のカネは払う。かわりにあんたが知ってることを全部、教えてくれるとうれしいんだけど」シドヒーグはやる気のある人間の手なずけかたをよく知っている。

「キドニーパイをどうだ？　いくつか持ってきてるんだ」

ソフロニアはモニクと争うソープの助太刀《すけだち》に向かった。

それはなんともぎこちないけんかだった。ソープは社会における自分の立場――というか立場のなさ――を嫌というほど意識している。そして相手の地位がどうであれレディをなぐるようなタイプではない。その結果、失礼な場所には決して触れようとせず、間違ってもケガをさせてはならないと遠慮しながら応戦に徹していた。だが、モニクはそれに合わせるほどしおらしいタイプではない。ソフロニアより数年は長く訓練を受け——不面目な形で〈ジェラルディン校〉を追い出されたとはいえ——優秀な生徒だった。モニクはソープを攻めこんでいた。しかも武器を持っている。

ソープはモニクの攻撃をかわし、相手を傷つけないようさえぎるので精一杯だ。モニクが悪態をついてナイフを突き出した。ソープはペーパーナイフすら取り出していない。

ソフロニアはポケットからしこみ扇子を取り出した。いまこそ切れ味をためすときだ。

「ソープ、交替する？」

ソープがほっとした顔で見やった。「ああ、頼む」

「望むところよ」

そのときようやくモニクは列車泥棒の正体に気づき、少年の格好の奥にある、学園で嫌というほど手を焼いた卵形の顔と緑の瞳を正面から見つめた。「やっぱり、あなたね。いつだって何もかもめちゃくちゃにするのね、ソフロニア？」

「それが人生の唯一の目的よ、モニク、あなたの邪魔をすることが」

二人は相手を警戒しながら円を描いた。列車の運転室は狭い。三人いればなおさらだ。

こうしてるまにソープとシドヒーグが列車を手中に収めるだろう。視界の隅でソープが運転席につくのが見えた。

モニクが踏みこみ、切りかかった。本物のキッチンナイフで、上流階級のレディが持つにしてはそっけないが、持ち手は美しい象牙製だ。

ソフロニアは扇子を取り出し、さっと革カバーを振り落とした。

「その授業を受けたわけ？」モニクがあざけるように言った。

ソフロニアはモニクが次にどちらに動くかを探るべく旅行ドレスの肩の動きに注目した。

「扇子は好きになれなかったわ。派手すぎて」金髪のモニクがふたたびナイフを振りかざした。

これまでの経験から、モニクにとって派手すぎるものなどひとつもない。つまり、扇子が苦手だったということだ。でも、あたしは初めて手にしたときから熱心に練習してきた。とくにこの新しい扇子はよく手になじむ。

ソフロニアはモニクに向けて扇子を回転させた。熟練した、くねるような細かい動きだ。

モニクは青い美しい目を恐怖に見開き、わずかにあとずさった。

「気をつけて、ソフロニア、ケガさせるわよ！」

「そのためのものじゃないの？」ソフロニアは手首のまわりで、目にも止まらぬ速さで扇子をまわした。

「やめて、それはあたしの仕事よ！」

ソフロニアは扇子をムチのように振り出してドレスの袖を切り裂き、あやうくナイフを持ったモニクの手首を切り落としそうになった。

二人は息をのんだ。モニクは間一髪で逃れたことに。そしてソフロニアはもう少しで人の手を切り落としそうだったことに。なんて恐ろしい。

不思議なものだ――これがまったく知らない人だったら、もっと楽に傷つけていただろう。でもモニクは知ってる人だから、たとえ嫌いでもそこまで冷酷にはなれない。スパイはみな似たようなやましさを抱くものなの？

二人はじりじりと円を描いた。今度は前よりもっと慎重に。

やろうと思えば傷つけられる。あたしはモニクより腕が立つ。それは恐ろしい感覚だった。これまでのあたしならぞくぞくしたかもしれない。この力を手に入れるためにあれほど厳しい訓練を受けてきた。でも、いざ手にして感じるのは恐ろしさだけだ。

ふたたびモニクが踏みこんだ。無防備に、ソフロニアの胸めがけて。ナイフは鋭く、ねらいは揺るぎない。戦いの腕はあたしが上でも、あたしはモニクほど血を求めてはいない。

ソフロニアは頭を引っこめてナイフをよけ、モニクの肩を切りつけた。扇子の刃はコルセット上部のピンと張った生地を切り裂き、下の皮膚を大きく傷つけた。定期的に吸血鬼に首を差し出すモニクのことだから痛みには慣れっこだと思っていたが、どうやら吸血鬼の牙は痛くはないらしい。モニクはナイフを落とし、大声で泣きはじめた。

ソープとシドヒーグがぎょっとして振り返った。

ソフロニアはナイフを列車から蹴り落とした。

シドヒーグはモニクをさげすむように見ただけで、また列車の煤っ子としゃべりはじめた。シドヒーグは火夫の指示のもとで石炭をくべ、そのあいだ火夫はうれしそうにキドニーパイを平らげた。忠誠心なんて、しょせんこの程度だ。シドヒーグが心から列車が好きなことも火夫の信頼を勝ち得るのに一役買った。何がさいわいするかわからない。つい最近まで、シドヒーグはスコットランドと人狼以外にはなんの興味もないと思っていた。あとはせいぜい子犬とタバコくらい？　この目で見たことはないけど。犬もタバコもフィニシング・スクールではご法度だ。でも、シドヒーグが犬とタバコと一緒にいる図は容易に想像できる。

ソフロニアは憎たらしいモニクに注意を戻し、顔をしかめてぴしゃりと扇子を閉じた。

「あなたがこんなに弱いとは思わなかった！」かつてはモニクより手強い相手はいないと思ってたのに。

モニクは口をとがらせて肩をつかんだ。「それ、死ぬほど痛いわ！」

ソフロニアはあきれて天をあおいだ。「またそんな減らず口を。そんなに痛いのなら、しこみ扇子には近寄らないようにしたら？　お願いだからわめかないで！　ほら、手当てしてあげるから」

ソフロニアが包帯を巻くあいだじゅうモニクはわめきたてた。

「放りなげる？　それとも置いとく？」ソフロニアはシドヒーグとソープにたずねた。

「放りなげろ」シドヒーグはボイラーから顔も上げずに答えた。

「それがいい」キドニーパイを堪能した火夫が言った。「その女、芯まで腐ってる」

「置いとこう」ソープが言った。「大事な情報を知ってるかもしれない」

「モニクはあたしたちと同様、抵抗するように教育されてる」シドヒーグはよほどモニクが嫌いらしい。

「だとしても」と、ソープ。

突き落としたいのはやまやまだが、どこで役に立つかわからない。何はなくとも交渉の切り札としては使えるかもしれない。ソフロニアはモニクに向かって目を細めた。「どっちがいい？」

モニクは肩をすくめたが、視線は扉のほうに動いた。

よし、決まった。置いておこう。

学園の生徒はみなレディ・リネットから縄抜けの授業を受けている。ソフロニアはモニクの両手を頭上で縛って輪にし、出入口の外の出っ張りに引っかけた。モニクはつま先立ちで、ときおりあぶなっかしく戸口の外に揺れては戻るを繰り返すことになる。こうしておけば縄抜けをこころみる余裕もないはずだ。

あとはモニクの泣きごとに耳をふさぎ、列車の走らせかたを覚えさえすればいい。

ソープは煤っ子のあらゆる技量を計器と絞り弁《スロットル》制御装置とブレーキレバーに注ぎこんだ。ふたを開けてみれば火夫は実に有能で、すっかりシドヒーグと意気投合した。変装を見破ったのか、それともたんに仲間ができてうれしいのか、いずれにせよ火夫とシドヒーグのあいだには——キドニーパイがなくなっても——強い信頼関係が生まれた。火夫は線路の上で育ったのかと思うほど列車に詳しかった。

スピードが出るまで石炭をくべ、列車はしゅっしゅっぽっぽっと軽快に進んだ。おかげでモニクは前後に揺られ、苦しげに身をよじりつづけた。ソフロニアは一時間以上もモニクを吊り下げ、人生の選択について考えさせた。モニクの泣きつきや交渉話には誰も見向きもしない。

ついに列車はポイントに近づいた。若き火夫が信号のしくみをこまごまと説明してくれたおかげで、列車はおとなしくポイントの手前で止まり、ローカル列車が通りすぎるのを待った。

一瞬、恐怖に襲われた。もしあの列車が停止してあたしたちが誰なのか、どうしていつもは使われない線路を走っているのかとたずねられたらどうしよう？　しかし、ローカル列車はなんの関心も示さず、止まるそぶりも見せずに速度を上げて通りすぎた。ほとんどが二等車で、向こうは向こうで心配しなければならない問題があったようだ。

身なりのいいレディが戸口からぶらさがっているのを見ても、〝誰しも人生には苦難がつきものだ〟という顔で過ぎていった。

ソフロニアは列車から飛びおり、火夫の指導のもと、ポイントを操作した。

列車はふたたび線路を走りだした。どうかほかの列車が横切りませんように。吸血鬼はこの列車の運行をしかるべき管理局に登録しているの？　たずねる相手は一人しかいない。

列車がふたたび音を立ててスピードを上げるのを待って、ソフロニアはモニクに近づいた。

「ああ、お願いだからソフロニア、どうか下ろして、ね？　すっかり腕がしびれたわ」

「じゃあ答えて。あなたのご主人様はこの旅をどこまで隠してるの？　鉄道管理局に届け出てるの？　それとも別の線路と交わるたびに命の危険を冒さなければならないの？」

耳の横で腕を引っ張り上げられていなかったら、モニクは肩をすくめたに違いない。

「そのために信号があるんじゃない」

「重要な秘密任務で大事な装置を運んでいるわりには、ずいぶんいいかげんね」

モニクは目をそらして窓の外を見やり、ソープの向こうに広がる灰色の景色を見つめた。

「何も知らないくせに」

「だったら教えて。本当は何をたくらんでるの？　どうしてメカに妨害工作したの？　ピクルマンの信用を落とすため？　それとも何か別の目的があるの？　メカが動かなければ社会生活が崩壊することくらいわかるはずよ」

「あたしはそこまで困らないわ。もう一年近くメカなしで暮らしてる。言っとくけど、人間の使用人はすばらしく役に立つのよ。力はそこまで強くないけど、複雑な命令にもよくしたがうし」

話がそれた。「どうして『統べよ、ブリタニア！』なの？」

「なんのこと？」モニクは心から戸惑った表情だ。

よほどしらばくれるのがうまいか、もしくは誤作動メカが歌ったのが『統べよ、ブリタニア！』だと知らないかのどちらかだ。新聞にも曲名までは出ていなかった。モニクはどうなるかも知らず、ただ命令にしたがってるだけ？　いや、そうとは思えない。どうも何かひっかかる。

「たったひとつの水晶バルブで、どうやって操作するの？」ソフロニアはしつこくたずねた。「あの技術は一台のメカにバルブがひとつ必要じゃないの？」

またもモニクはけげんそうに首を振った。「だから、ミスター・スモレットは装置さえあれば必要なことは完璧にこなせるのよ」

どうも話が嚙み合わない。あたしがモニクにいらだつのと同じように、モニクはあたしにいらだっている。モニクがあたしの目的を知っているとしたら、もっと露骨に質問を避け、じらすはずだ。つまり、あたしが何を知りたがってるかを知らない。

「お願い、ソフロニア」モニクはまたしても泣きついた。「あなたがバカなのは知ってるけど、よくもあの人たちの側につけるわね？　人間がどれだけメカに依存してると思う？

人間がどれだけ怠け者で、ものぐさになったか」

「たしかにね、モニク。あなたが自分で洗濯物を洗うところが見えるようだわ。自分で紅茶を入れたり。陶器のほこりを払ったり」

モニクはうなるような声で言った。「違うわ、バカね、そんなことじゃなくて！　誰がメカを制御してると思う？　誰が政府を動かしてると思う？　あたしたちは彼らに力をあたえすぎた。権力をあたえすぎたのよ」

「変ね、世のなかには吸血鬼のことをまったく同じように言う人がたくさんいるわ。すべては視点の問題よ」

「そしてあなたは間違った視点に立ってるのよ」モニクは腹立ちまぎれに金切り声を上げた。「下ろして、もうバカ、これじゃ速すぎるわ。あいつらに見つかってもいいの？」

「あいつら？」

モニクはソープが座る席の脇前方の窓をじっとにらんだ。「もう遅いわ。手遅れよ」

ソフロニアは引っかけかもしれないと思いながらも振り向き、モニクの視線を追った。

雲の切れ間――列車のわずか前方に例の飛行船が浮かんでいた。さっきより近い。高度を落とし、列車に近づいている。

「追い越して」モニクが言った。「速く逃げて、ソフロニア。命がけで石炭をくべて。本当に殺されても知らないから」

「言っとくけど、モニク、あたしをおどそうったって無理よ。あれは誰なの？」

「空強盗《フライウエイマン》に決まってるじゃない。誰だと思った？　大英帝国海軍とでも？　逃げて、今すぐ！　つかまったらただじゃすまないし、すべてあなたのせいだと思われるわ。言っとくけど、あたしは何も認めないから」

「ちゃんと説明すればわかってくれるわ」

モニクはさもおかしそうに高笑いした。「あら、いくらあなたでもそこまで説得できるもんですか。あたしたちがこれまで何をしていたと思う？」

「メカをめちゃくちゃにしてたんじゃないの？」

モニクは首を振った。「バカな子」

ソフロニアは急に不安になって視線をそらした。「ソープ。もっと急いで」

言われる前からソープは首を振っていた。「次のポイントに近づいてる。無理だ。バーミンガム駅が近い。支線でもいくつもの列車が通る」

列車は信号で止まった。

飛行船は列車に向かってぐんぐん降下し、やがて列車の先頭をまわって視界から消えた。

列車はふたたび走りだしたが、飛行船がどこにいるかはわからない。

ソープが扉から頭を突き出して空を見上げた。片手で扉の脇柱をつかみ、勢いよく、身体がほとんど飛び出るように大きく身を乗り出している。

ソフロニアは口から心臓が飛び出そうになったが、〝戻って〟とも言わなければ〝危ない〟と叫びもしなかった。ソープは決してあたしの能力を疑わない。だからあたしもソープを疑ってはならない。この点に関するかぎり、あたしたちは完全に信頼しあっている。

「何も見えない」ソープは運転席に戻った。

ソフロニアはモニクを押しのけ、反対の扉から同じように――ソープほどではないが――身を乗り出した。

モニクは片足でソフロニアを突き落とそうとしてスカートに阻まれた。

ソフロニアは罰として閉じた扇子の背でぴしゃりとモニクを叩いた。

やがて線路がカーブし、ソフロニアの目に入ったのは……。

「ソープ、ブレーキ！」ソフロニアは叫んだ。「飛行船が線路に着陸してる！」

授業その十一　フェリックス対フライウェイマン

ソープがブレーキレバーをぐいと引くと、列車はキィーと抵抗の悲鳴を上げ、シドヒーグは列車に同情するかのように大きく目を見開いた。シドヒーグと小柄な友人は石炭をくべるのをやめ、ボイラーを冷ますべく今度は火格子に掻き出しはじめた。

機関部分は運転室の正面に長く突き出ている。衝突までどれくらい余裕があるかわからない。できるかぎり列車の速度を落とすしかなかった。いまごろ車輪はブレーキに抵抗して火花を散らせているはずだ。

列車はきしみを上げ、飛行船の手前で止まった。激しい急ブレーキにソフロニアは運転室の扉から投げ出されそうになり、必死につかまった。どうかディミティとフェリックスが振り落とされていませんように。どうかディミティがスパイ力を発揮し、フェリックスが我《が》を出して賢明な行動の邪魔をしていませんように。他人の能力を頼みにするのがこんなにも心もとないとは思ってもみなかった。

でも、友人たちの様子を確かめる時間はない。飛行船は船体を固定し、乗船者を降ろそうとしている。

「ソープ、あなたはモニクとここにいて」ソフロニアは伏せたまつげの下からじっと見つめた。

ソープは読み取れないほどいくつもの表情を浮かべたが、やがてうなずき、計器のチェックに戻った。

ソフロニアはシドヒーグに向きなおり、出入口をぐいと頭で指し示した。シドヒーグはうなずき、石炭投入のためにつけたエプロンをほどいた。「よし、ダスティ、おまえはここにいてくれ。ミスター・ソフロニアとおれはちょっと用事ができた」

「わかった」

ソフロニアはシドヒーグが男のふりを続けたことに感謝した。モニクはあたしを名前で呼んだが、ジェントリ階級のあいだでは男性をラストネームだけで呼ぶことも多い。シドヒーグはその習慣をうまく利用したわけだ。

「準備はいい、シド？」ソフロニアも調子を合わせた。

二人は運転室から飛びおりて身をかがめ、砂利を踏みしめて線路脇を通り、飛行船に近づいた。気球がぱんぱんにふくらみ、ゆるく線路に結んであるだけなので、船体はゆっくり上下に揺れている。プロペラ装備の大型飛行船で、飛行艇と違って両脇にはちゃんとはしごがついており、ゴンドラもカゴ型ではなくはしけ型の堂々とした乗り物だ。

背後から呼ぶ声に振り向くと、フェリックスとディミティが走って追いかけてきた。ディミティはバンバースヌートを肩から下げている。レースつき犬型小物バッグと、ぶかぶかの服と、コルセットをしたウエストがあいまってますますへんてこだ。

ソフロニアとシドヒーグは二人が追いつくのを待った。

「やあ、かわいいリア」フェリックスがうれしそうに呼びかけた。

「うまくいった？」ソフロニアはディミティにたずねた。

「完璧よ。あなたが運転士を突き落としてすぐに見張りの男を放り出したわ。いまごろは、はるか後方よ。これ、あなたがほしがると思って」ディミティはいたずらっぽく笑ってバンバースヌートを軽く叩いた。

「あら、何かおもしろいものでものみこんだ？」

「ただの吸血鬼の水晶バルブ周波変換器」

「やったわね！　しばらくあずかっててくれる？　いまは手を空けておきたいの。吸血鬼が発信器で何をしていたかわかった？」

ディミティがうなずいた。「列車から放り出す前にドローンから聞き出せたのは、情報を受信していただけで、発信はしてなかったってことだけ。例のバルブは文字表示部《スケッチャー》に引っかけてあったわ。ほら、あの文字が現われる部分よ。ドローンはスケッチャーを監視して地図にメモを書きこんでたみたい」

「大量メカ誤作動を引き起こしたのは吸血鬼じゃないってこと?」

「そうらしいわ」

ソフロニアがうなずき、状況を考えなおしていると、二人の男が飛行船のゴンドラから降り、大股でみるみる近づいてきた。

空強盗《フライウェイマン》。このタイプには前にも会ったことがある。昔の辻強盗《ハイウェイマン》ふうにぶかぶかの膝丈ズボンを丈長ブーツにたくしこみ、腰には幅広の帯。目立ちすぎるような気もするが、社会からはみ出た犯罪者に正しい身なりのルールなど関係ないのだろう。頭には正式なシルクハットのかわりにハンカチを巻き、クラバットをタマネギ型のブローチで留めている。かつてマドモアゼル・ジェラルディンが〝公民権を奪われた人々に影響された人だけが好む〟と説明した、ごたまぜスタイルだ。まったく、ピクルマンと協力関係があるのならピクルマンのスタイリッシュさが移っててもいいはずなのに。でも、目の前の二人がピクルマンの仲間かどうかはわからない。世のなかにはたくさんのフライウェイマンがいて、誰かと手を組むことはあまりない。それに、どうしてあたしにファッションを語る資格があろう? ソフロニアは三つ編みの髪がちゃんと収まるようにツイードの縁なし帽を額《ひたい》までぐいと引き下げ、仲間たちに呼びかけた。

「準備はいい、きみたち《ボーイズ》?」

「本当にぼくが話さなくていいの?」と、フェリックス。

「それはよしたほうがいいわ。フライウェイマンは前にピクルマンと手を組んでいた。お父様が関係してるかもしれない。それを言うなら、あなたも」

「リア、それはあんまりだ！」フェリックスは本気で気を悪くした。「父が下層階級と手を組むものか。たとえ帝国のためであっても！」

「じゃあ、ピクルマンは帝国のためならなんでもするの？」

「もちろん」

「それって、〝帝国の利益はすべてがピクルマンの直接の支配下にあること〟と考えてるからじゃないの？」

フェリックスは顔をこわばらせた。「そんな言いかたないだろ！」

たしかに言いかたを間違えた。「いとしいマージー卿――フェリックス。あなたが信用できないと言ってるんじゃないの。問題はピクルマンの考えかたよ」

フェリックスは少し納得したようだ。ソフロニアはこれまで、ピクルマンの話が出るたびにフェリックスの固定観念を揺るがそうと巧みに誘導してきた。ここでも慎重に、「あなたにはまだ選ぶチャンスがある。お父様があなたの人生を決めてしまったわけじゃない」と言い添えた。

こんなことを言うとフェリックスはたちまち気を悪くし、〝そうやってきみはいつもぼくを改心させようとする〟と非難するかもしれない。そこでソフロニアはあわてて、「もちろん、お父様にしたがうという選択もつねにあるわ。あなたは人から指図されるタイプじゃないもの」と少しおべっかも入れてみた。「もっと自分をしっかりと持った人よ。あたしはただ、あなたが自分で選択する人だってことを忘れてほしくないだけ」そしてとびきりの笑みを浮かべた。

それが功を奏したのか、フェリックスは本気でソフロニアの言葉を考えているように見えた。ついにあたしの気持ちが通じた？「そういうことなら、リア、うれしいよ。そこまでぼくのことを気にかけてくれて。なんて思いやりがあるんだ」

さっきよりずっと甘い口調でフェリックスが顔を近づけた。あたしの計画的洗脳を、夫の将来を案じる妻の言葉とでも思ったようだ。ちょっとやりすぎた？　しかたないわ。フェリックスの目はものすごくきれいなんだもの。

「ちょっと」えんえんと続きそうなじゃれ合いにシドヒーグが口をはさんだ。「目の前にフライウェイマンがいることを忘れてない？」

「フライウェイマンの一人や二人、どうってことないわ。前にも追い払ったことがあるし」ソフロニアは思った以上に自信に満ちた口調で答えた。とはいえ前回は完全なる失敗だった。ディミティに向かって拳銃が発砲されたのだから。

四人は列車の機関部の脇を通りすぎた。

ディミティが戸口にぶらさがるモニクを見て言った。「厚切りベーコンをうまく吊したようね」

「そりゃベーコンに失礼だ」と、シドヒーグ。

「どんなに厳しい状況でも最善をつくすのがあたしのモットーよ」ソフロニアは答えた。

二人のフライウェイマンが手を振り、大声で呼びかけた。「やあやあ！」

愛想のいい顔で近づいてくる。列車の主《ぬし》がみすぼらしいごろつき少年団とわかって大いにほっとしたようだ。

「これはお若いみなさん、うららかな午後、いかがお過ごしですかな？」片方がおどけた口調でたずねた。

もう片方は大柄でいかめしい。四角い体型で、ずんぐり。丸いあばた顔に、風でこすれたような赤鼻。もじゃもじゃの黒ひげで、両手を深くポケットに突っこんでいる。なんにせよ武器を握っているのは間違いない。

ソフロニアはその場の思いつきでこれまでの訓練を無視するタイプではない。愛想のよさには愛想のよさで応じるべし。やおら顔の筋肉と肩から力を抜き、両手を前に広げ、気安さと人のよさを取りつくろって呼びかけた。

「どうもごきげんよう。何かお手伝いしましょうか？　ぼくたちの線路に降りられたようですが」

「いやいや、お若いの、それを言うなら女王陛下の線路でしょう」〈ずんぐり〉フライウェイマンが笑みを浮かべたまま答えた。

「いかにも、いかにも。おっしゃるとおり。でも、できればこの線路を使いたいんです。ぼくたち、ちょっと急いでまして」

「ほう？　そんな変則列車で、そんなに急いでどちらへ？　こんな大きなものを動かすには、あんたがた、ちょっと若すぎやしませんか？」

シドヒーグが憤然と進み出た。ソフロニアほど親しげでもない、急いだ様子で。この作戦は前にも使った。片方が愛想のいいふりをし、片方は……無愛想。

「わたしはキングエア卿。列車はわたしの管轄下にある」

「ほう、本当ですか、ご貴族どの？」〈ずんぐり〉の愛想笑いが意地悪な笑みに変わった。思ったことが顔に出る質《たち》らしい。「しばらくわたしらが借りたいと言ったらどうします？」

「お言葉ですが」ソフロニアはキングエア卿の逆立った毛をなだめるようにシドヒーグの腕にそっと手を置いた。「あなたがたには便利な飛行船があるではありませんか。ぼくらの列車の何が望みです？」

二人はソフロニアの生意気な口調にくっくっと笑った。

「あんたがたがおれたちに望む以上のものだ。この三日間、どうしておれたちを追いかけてた？」〈ずんぐり〉がたずねた。

興味深い情報だ。モニクがやっていたのはこれなの？　列車で飛行船を追っていた？

でも、なぜ列車で？　ソフロニアは頭をひねった。エーテル装置を載せた二台の貨物を引っ張れるほど力があるのは列車しかない。モニクたちは飛行船を追うために装置を使っていたんだ！　だから列車は途中で何度も止まった――水晶バルブを使うには静止していなければならないから。モニクたちは飛行船が人家の上空を飛ぶことを知っていた。そうでなければ列車を使うはずがない。これで、どうして人目を忍んで列車を走らせていたかも説明がつく。フライウェイマンに見つからないためだ。

ソフロニアは一瞬で事態を理解し、この二人に話すべきかどうか考えた。吸血鬼のたくらみごとは、いざというときの飛び道具としてとっておいたほうがよさそうだ。

「なんのことやらさっぱり」ソフロニアはにっこり笑った。「ぼくたちは〈バンソン校〉を抜け出して遊んでただけです。列車でおふざけもおもしろそうだなって。そしたら、たまたまウートン・バセットにこの列車が停まってた。となればやるしかない、でしょ？　ここにいるキングエア卿が親戚を訪ねたいっていうんで、マージー卿とミスター・ディムとぼくも同行することにしたんです」

ソフロニアはわざと名前と情報を漏らし、フライウェイマンたちの反応を注意深く見守った。少年たちがふざけて列車に飛び乗ったという話には安心したようだ。〈バンソン校〉の生徒という言葉に〈ずんぐり〉の目が光った。キングエアの名前と北に向かう理由には無反応。たとえキングエア人狼団の騒動を知っていたとしても、シドヒーグとは結びつかなかったのだろう。だが、マージー卿の名前が出たとたん、二人は動きを止めた。

そして驚愕の目でフェリックスを見つめた。

フェリックスがさっと前に進み出た。いつもの、貴族ふう倦怠の見本のような表情と態度だ。不満げにとがらせた厚目の唇。世のなかを値踏みし、満たされないことを悟ったような青い瞳。ボンド・ストリートの高級上着のスタイルを——もしも着ていたらの話だが——かろうじて乱さない程度の猫背。ここにいるのはまぎれもなき権力者の御曹司《おんぞうし》。人生でほしいものはなんでも手に入ることに慣れきった少年だ。フェリックスはあたしのことも簡単に手に入ると思っていた。そしてあたしは、そうはいかないと見せつけるのを楽しんでいる。その瞬間、またもやフェリックスがひどく魅力的に見えた。

フライウェイマンはフェリックスの態度にたじろいだ。たとえ犯罪者でも——空泥棒同然の社会のはずれ者でも——何百年におよぶ英国の階級制には逆らえない。

シドヒーグにも貴族らしさはある。でも、シドヒーグの貴族らしさは、いったん怒ったらその舌で相手の内臓を引き抜きかねないような威圧感だ。かたやフェリックスは全身から高貴な雰囲気をかもしていた。何をするかではなく、その存在じたいに相手をたじろがせる何かがある。

ソフロニアはうっとりと見つめた。あたしもあんな倦怠感と不満の雰囲気を真似できるかしら？　それともあれは生まれたときからしみついたもの？

フライウェイマンはフェリックスの素性を信じた。

「これはマージー卿」〈ずんぐり〉が言った。「この貨物車両に「もちろん、高名なお父上のことは知っています」

やっぱりこの二人はピクルマンとつながっている！

フェリックスは首を傾けた。「それできみたちのねらいは身代金か？　この貨物車両に貴重な荷物が詰まっているとでも？」

フライウェイマンは身代金に食指が動くどころか、驚いたようだ。

「ゴルボーン公爵はそんな取引に応じる人ではない」〈ずんぐり〉が言った。

「いかにも」フェリックスは短くうなずいた。「たがいに理解しあえているようだ」

ようやくソフロニアは事態がのみこめてきた。

フェリックスは二人のフライウェイマンが――もちろんひそかに――父親に雇われているようだと知りながらひとことも言わなかった。この二人が吸血鬼に追われるような何かをたくらんでいるとしたら、間違いなくピクルマンがらみだ。ソフロニアは胸が苦しくなった。フェリックスはこのことを知っていたはずなのに、おくびにも出さなかった。あたしにさえ。予想していたとはいえ、裏切られたという気持ちが痛烈に押し寄せた。

〈ずんぐり〉がひげの相棒に何かささやくと、〈ひげもじゃ〉は足早に飛行船に戻りはじめた。

「いいんですか?」ソフロニアが声をかけた。「ぼくたちのなかに一人、残されて」

〈ずんぐり〉が笑い声を上げた。「きみたちは武器を持っていない。ちょっとしたおふざけ、そう言わなかったか? 子どもじみたいたずらだ——列車乗っ取りなんぞ」

ソフロニアは首をかしげた。「武器を持ってないなんて言ったっけ?」

ディミティとシドヒーグが列車を振り返った。あたかも銃を持った誰かが後方からねらってでもいるかのように。

〈ずんぐり〉が息をのんだ。

「乗っ取りじゃなくて借用だ」と、シドヒーグ。

「〈バンソン校〉のことは知っているだろう、ミスター・フライウェイマン?」

「もちろん。仲間にも何人かあそこで訓練を受けた者がいる」

フェリックスは苦々しげに鼻にしわを寄せた。「なんと嘆かわしい」

ディミティとバンバースヌートは一団の後ろに隠れていた。ディミティの扮装はいちばん見破られやすい。ソフロニアはディミティを連れてきたことを後悔しはじめていた。どうしてソープと一緒に列車に残るよう言わなかったのかしら?

〈ずんぐり〉がソフロニア、フェリックス、シドヒーグを見つめた。三人はそれぞれの持ち味で〝邪悪な天才集団・下級生レベル〟のオーラを出している。少女スパイがこんなにも簡単に邪悪な天才少年に化けるなんて、あたしたちも捨てたものじゃない。

そこへ〈ひげもじゃ〉が駆け戻り、〈ずんぐり〉とひそひそ言葉を交わした。

読唇にはぎりぎりの角度だったが、ソフロニアは〈ひげもじゃ〉の唇が〝ゴルボーン公爵〟と動いたような気がした。

〈ずんぐり〉が振り返った。顔はこわばり、疑いの表情が浮かんでいる。

「列車を乗っ取るなんて、あなたの流儀とは思えませんな、マージー卿。それに、おれたちを追っていた理由もまだきかせてもらっていない」

「たんなる偶然です。いずれにせよ列車が進む方向は前か後ろかのどちらかしかありません」

ソフロニアが答えると同時にフェリックスが鋭く言い返した。「ぼくの流儀の何を知っていると言うんだ？」

さすがはフェリックス、傲慢な態度がうまい。

〈ひげもじゃ〉が初めて口を開いた。低い、うなるような声だ。「汚《きたな》らしい少年団に計画を台なしにされるわけにはいかない。誰の息子と主張しようと」

〈ずんぐり〉が片手を上げて制した。「おまえたちが名乗ったとおりの人物だという証拠があるのか？」

「ぼくに証拠など必要ない」フェリックスは声を荒らげた。「しかるべき場に出れば誰だってぼくだとわかる。貴族社会でぼくを知らない人などいない！　ぼくに証拠を求める、そっちこそ誰だ？」

ソフロニアは眉を吊り上げてフェリックスの芝居を見つめた。ちょっとやりすぎじゃない？　いかに気取った愚か者を演じるのが得意とはいえ。ソープが嫌うのも当然だ。あたしもフェリックスのこんなところは好きになれない。でも、いまはこの傲慢さが功を奏しているから好きなだけやらせておこう。ただ、興奮しすぎてうっかり情報を漏らしそうになったら抑えなければ。

「たかが学生じゃないか！」〈ひげもじゃ〉は〈ずんぐり〉ほど簡単に階級におどされはしなかった。

「貴族社会で認められるのに年齢は関係ない！」フェリックスは本気で怒っている。〈ひげもじゃ〉はフェリックスの偉ぶった口調にむっとし、ポケットから小銃を取り出して銃口を向けた。

まずい――ソフロニアはすばやくあいだに入った。「まあまあ、そう熱くならずに」

ソフロニアの言葉に〈ひげもじゃ〉はますます熱くなった。「おまえたちはずっとおれたちをつけていた。それで、何か……？　貴重な装置とご立派な若者たちを載せた列車がゴトゴト走り去るのをおれたちが黙って見すごすとでも思うか？」〈ひげもじゃ〉は〈ずんぐり〉より手強い。最初は〈ずんぐり〉がリーダーかと思ったが、あっちはただの代弁者だ。

ソフロニアは〈ひげもじゃ〉のずけずけした物言いと適度な陰険さに感謝しつつ、分別ある答えを考えた。

だが、フェリックスは違った。「こんなことだろうと思った！　おまえたちに旅を邪魔される筋合いはない。そんなことは当局にまかせればいいんだ——ぼくらをつかまえられるならば」

「こんな真似をして、お父上はなんと言うだろうな」と、〈ずんぐり〉。

「父上！　父上！　おまえが父の何を知ってると言うんだ？」フェリックスは熱したボイラーのように熱くなった。

「マージー卿、よせ！」

フェリックスは耳まで真っ赤にしてソフロニアを振り返った。

ソフロニアは気分を軽くしようと小さくウインクし、かすかにほほえんだ。効果はてきめん、フェリックスは理性を取り戻した。うっかりしゃべりすぎてはならないこと、ソフロニアたちが変装したレディで、フライウェイマンが気づいていようといまいと自分が紳士らしく振る舞わなければならないことを思い出したらしく、両腕から力を抜いた。

〈ひげもじゃ〉が不審げに目を細めた。このなかでもっとも地位が高いはずのマージー卿が男友だちのウインクでおとなしくなるとはどういうわけだ、とでも言いたげに。

「よく見ると、こいつは公爵にあまり似ていない。やつの話は信用できるのか？　こいつら、吸血群の一味かもしれない」

〈ずんぐり〉が首を振った。「こんな格好で？　正装していない吸血鬼ドローンなんて見たことないぞ」そう言ってディミティに視線を移した。「あいつなんかひどいもんだ」

今度はレディを侮辱されて、フェリックスはいよいよ熱くなった。

「きさまに何がわかる？」

「おまえの話はもう充分だ」〈ひげもじゃ〉がぴたりとフェリックスに銃を向けた。

ついにフェリックスが限界に達した。ソフロニアは思い出した――短気はスパイにとって致命的欠陥だ。フェリックスがいきなり〈ひげもじゃ〉に向かっていった。〈ひげもじゃ〉は見た目より本気だったらしく、その場で引き金を引いた。

静かな田園地帯に銃声がやけに大きく鳴り響いた。

授業その十二　バンバースヌート、救出へ向かう

時間の流れが遅くなった気がした。

近くの生け垣にとまっていた鳥たちが小さな群れになって飛び立ち、ディミティが悲鳴を上げた。

ソフロニアはフェリックスに駆け寄った。心臓が飛び出しそうだ。怖くて生きたここちもしない。「フェリックス！」

フェリックスは太ももの脇をつかみ、背中で転がっていた。端正な顔が苦しげにゆがんでいる。よほど痛いのだろう、線路の上でのたうちまわり、服が煤まみれだ。借り物とはいえ、フェリックスが服を汚すことはめったにない。

ソフロニアはかたわらに膝をついた。「どこを撃たれたの？　フェリックス！」

フェリックスはつかのまソフロニアの心配そうな緑色の目を見つめた。フェリックスの青い目からは、こらえようとしてこらえきれずに涙があふれている。「くそっ、焼けるように痛い！　ちくしょう、そしてきみは美しい」

レディの前であるまじき言葉だが、ソフロニアは許した。今回だけは。そして、おべっかも。まだ歯の浮くようなセリフが言えるなら、それほど重傷ではないかもしれない。二人のフライウェイマンが耳をそばだてた。ソフロニアはいまも男の格好だ。

「しっ。見せて」

フェリックスはしぶしぶ脚から両手を離し、「キスして治してくれる？」とケガをした子どものようにあどけなくせがんだ。

「気はたしか？　聞かれてるわよ」ソフロニアは小声でたしなめた。

「かわいいリア、ぼくは日ごろから目のまわりにコール墨を塗って、身体にぴったりのベストを着ている。すでにそれなりの評判の男だ」

ソフロニアは舌打ちして太ももの傷に目を戻した。

〈ずんぐり〉が相方に言った。「あれが本当にゴルボーン公爵の息子だとして、公爵どのは息子の男好きを知ってるのか？」

これを聞いてソフロニアはほっとした。少なくともあたしはまだ男と思われている。フェリックスは男好きと疑われても平気のようだ。

「だから言ったじゃない」

フェリックスはやさしい介抱を受けながら歯を食いしばった。「きみがぼくとの結婚を承諾してくれたら、噂はすべて収まる」

「バカ言わないで。男好きと噂された男性が妻をめとったからと言って、身の潔白が証明されるわけじゃないわ。この手の噂はいつまでもつきまとうものよ。それについてはあたしたちもいくらか学んだわ」

「いたっ、ねえ、もう少しやさしくしてくれない？」

「そのふざけた口をふさごうとしただけよ」

「口をふさぐのなら、もっといい方法がある」フェリックスはキスをせがむように唇を突き出した。言っておくが、いまものたうち、痛みにうめきながらだ。ソフロニアは少しほっとした。本気で痛がっているところを見れば、少なくとも最初からフライウェイマンと手を組んでいたのではなさそうだ。

ソフロニアは傷を調べ、ブランデーがわりにレモンチンキの小瓶を取り出し――主成分はアルコールだ――傷口に振りかけた。

フェリックスは悲鳴を上げ、そしてあえいだ。「ありがとう、なかなかの名医だ。ずいぶん痛みが治まった。おまけにいいにおいがする」

「もう泣くのはやめて。それほど重傷じゃないわ。表面をかすっただけよ、ほら」ソフロニアは平然と傷を指さした。でも本当は心配だった。かなり出血している。歩けなくなったらどうしよう。ソフロニアはシャツを引き出し、包帯用に裾を引き裂いた。

そのとき背後から小さなため息が聞こえ、どさりと音がした。血を見たディミティが失神したようだ。すばらしい。

シドヒーグは気丈に立っていたが、いつのまにか裁縫バサミを取り出して恐ろしげに振りまわしていた。若いキングエア卿が裁縫バサミというのも変だが、ほかにいろんなことが起こり、いろんなことが変だったので、フライウェイマンもことさらおかしいとは思わなかったようだ。

〈ずんぐり〉が襲いかかってくるようには見えない。

〈ひげもじゃ〉は冷酷にも公爵家の息子を撃ったことに罪の意識を感じているようだ。

フライウェイマンの背後から怒号が聞こえた。飛行船から争いの様子を見ていた人物がいたらしい――おそらくは望遠鏡で。その人物は飛行船から降り、においを追う猟犬のように迷いのない小走りでまっすぐこちらへ向かってきた。

空強盗《フライウェイマン》ではない。紳士《ジェントルマン》だ。冷たい霧雨の午後、郊外の上空に浮かぶのに最適な一分の隙もない厚手のツイードのスーツ。頭には緑色のリボンを巻いた昼用のシルクハット。片手には、持ち手が鋭い木製で、先端に銀を埋めこんだ杖。異界族を殺すために作られたサンドーナー武器だ。

ソフロニアは緑のリボンに目をとめた。フライウェイマンはときにピクルマンと手を組む。二人のフライウェイマンは今、この身なりのいいピクルマンに仕えているようだ。

紳士が足早に近づいた。銀色の髪。威厳に満ちた物腰。

そして見覚えのある顔。

ソフロニアはフェリックスの脚に包帯を巻きおえ、「いとしいフェリックス」と、あえて親しげにファーストネームでささやいた。「お願いだからしゃべりすぎないで。この陰謀は思ったより大きいのかもしれない。そしてあたしたちの命はあなたの手にかかってる。だから油断しないで、あたしのために」

それから平然と立ち上がり、ゴルボーン公爵に向きなおった。

「これは驚きました。ごきげんよう、公爵」

ゴルボーン公爵が過去の二度の出会いからソフロニアを覚えていたとしたら、よほど隠すのがうまいと言わなければならない。だが、最初の出会いは夜で、東屋のなかで、騒動のさなかで、あたしは舞踏会ドレスを着ていた。二度目はカーニバル会場のめかしこんだドローンのような身なりだった。そして今回はならず者のような格好で縁なし帽を目深にかぶり、その行動はダンディというより男子生徒だ。気づかれたとは思えない。

しかも公爵は当然ながら撃たれた息子に気を取られている。父親とはそういうものだ。たとえピクルマンでも。

公爵はつかつかと歩み寄ると、〈ひげもじゃ〉の顔を杖で思いきりなぐりつけ、男の反応を見もせず息子に顔を寄せた。膝をつきはしなかった。公爵たるもの、相手が誰であろうと線路に膝をつきはしない。

「息子よ、生きているか？」

フェリックスは心底、驚いたように目をぱちくりさせた。父親の秘密組織と犯罪分子がこれほど親密な関係にあるとは思っていなかったようだ。でも、現にゴルボーン公爵はフライウェイマンの飛行船から降りてきた。フライウェイマンの人質か、そうでなければ共犯者だ。そして公爵はこの事実を息子に知られまいとしていた――そうでなければ、公爵本人が最初に降りてきたはずだ。

フェリックスは自分が撃たれたのも忘れるほど、それすらどうでもいいと思えるほど驚き、勇ましい表情を浮かべた。

「父上？　ここで何をしているんです？」震える声でたずねた。

「それを言うなら、おまえこそこんなところで何をしている？　学校にいるはずではないのか？」

「正確には舞踏会にいるはずでした。招待のこと、手紙で知らせたでしょう？」

「ああ、しがない田舎の郷紳《ジェントリ》か。親交を深めるべき相手でもないが、おまえのことだ――わたしの仕事に役立つと考えたんだな」

ソフロニアは息をのんだ。フェリックスがあたしに示した関心はすべてそのため？　あたしに言い寄りつづけたのは、ゴルボーン公爵が政界でたくらむ策略のためだったの？　そこで思いなおした。いいえ。フェリックスは仮面舞踏会に出席する許可がほしくてそんなことを言ったのよ――そうであってほしい。

「そうです。でも状況が変わり、列車で北に向かうことになって」

「ほう?」公爵は疑わしげだ。「それでわれわれの仕事を邪魔したのはどういうわけだ?」

「知らなかったんです、父上。ぼくたちは数人のドローンから列車を奪いました」

ソフロニアは傷の具合を調べるふりをしてフェリックスの手をぎゅっと握った。お願いだからしゃべりすぎないで!

フェリックスはソフロニアの警告を無視して続けた。「舞踏会場ちかくの駅に列車が停まっていて、ちょうど行きたい方向に向かっていた。それで列車を乗っ取り、ドローンを突き落としたんです」

公爵はうなずいた。「舞踏会はどうだった?」

いきなり話題が変わってフェリックスは眉をひそめた。「しがない田舎のジェントリです。さほど役に立つとは思えません」

「いや、何か変わったこと、いつもとは違うことは起こらなかったかという意味だ」

「新聞に出ていたメカ誤作動のことですか?」

「ああ、おまえも読んだようだな。現場を見たか?」

フェリックスは急に口をつぐみ、疑わしげに目を細めた。「父上、何をたくらんでいるのです？　どういうこと？　もしかして父上が……？　あの誤作動は……」声が途切れた。

その瞬間、ソフロニアの頭のなかですべてのピースがかちりとはまった。ピクルマンはあえてエフレイムの婚約パーティを選んだのだ——フェリックスが出席すると知って。フェリックスならすべてを報告すると見越して。ピクルマンもメカ不調の影響がどこまで広がるかまではわからなかった。新聞が書くと思っていたのか。あるいはどうなるかを確かめるため、ふたたびオックスフォードでも実験を行なったのか。いずれにせよ今回のことはすべてフェリックスの父親とフライウェイマンのしわざだ。そしてドローンとモニクを載せた列車はピクルマンたちを追跡していた。見つからないよう、証拠データを集めながら。そこにあたしたちが割りこみ、すべてを台なしにした。

列車が偶然ウートン・バセットにいたわけでもなければ、たまたまテミニック家が『統べよ、ブリタニア！』の舞台に選ばれたわけでもない。レディ・リネットがいつも言っていた。偶然はない。間違ってもピクルマンがらみのときは。あるのは起こるべくして起こった事実の終わりなき連鎖だけだ。

ソフロニアは確信がほしくてたずねた。ゴルボーン公爵があたしを〈ピストンズ〉の一人だと思って油断してほしいと祈りながらだ。「あなたが、あの愉快な誤作動を引き起こしたのですか、公爵？」

ゴルボーン公爵はソフロニアに視線を向けた。公爵もそれなりに訓練を受けているらしく、簡単にはほしい答えをくれなかった。口が堅いのか、それとも悪行をひけらかすほど傲慢ではないのか。「きみは誰だ？　息子のいつもの仲間とは違うようだ。それにしては妙に見覚えがある」

「どこにでもいるような顔なんです」と、ソフロニア。

公爵がシドヒーグと倒れたディミティを見やった。バンバースヌートが身を起こし、ディミティの脇を心配そうに嗅ぎまわっている。「二人として見知った顔はないな、息子よ」公爵はいぶかしげに言った。「彼らも〈ピストンズ〉か？　上流階級のバカ騒ぎにつきあうのはやめておけとあれほど言ったはずだ」本気で怒っている。ゴルボーン公爵は息子の交遊関係にまで口を出すの？　かわいそうなフェリックス。ソフロニアは差し迫った身の危険も忘れて同情した。

「公爵どの」〈ずんぐり〉が口をはさみ、「この連中はどうも変です。特にあいつ」ディミティを指さした。

公爵はまたもや倒れたディミティに目をやった。「あの子は心配ない。彼はメカアニマルを持っている。しかるべき縁故があるんだろう。あやしいのはこっちの二人だ」

「ぼくはスコットランド出身です」シドヒーグが答えた。これですべては説明がつくとでもいうように。

公爵は納得顔でうなずいた。「なるほど、まあ、誰もが正しい土地の出であるはずがない。それでどこの家だ？」

シドヒーグは顔をしかめた。公爵はキングエア団の醜聞を知っているはずだ。騙《かた》るにふさわしい家名を必死に探したが、スコットランドは変わった土地がらで、進歩派が大勢《たいせい》を占め、保守派はほとんどいない。しかたなくシドヒーグは質問をかわした。「名乗っても、たぶんご存知ないでしょう、公爵」

ゴルボーン公爵は眉をひそめた。紹介を求めて拒否されたのだから当然だ。怒りに満ちた目を今度はソフロニアに向けた。「ではきみは？」

「いわゆる〝しがない田舎のジェントリ〟の息子です、公爵」ソフロニアは頭を下げた。

「ミスター・テミニックです、以後お見知りおきを」

ときをねらったようにモニクがわめきはじめた。

ゴルボーン公爵が息子を見た。「あれはいったいなんだ？」

「吸血鬼ドローンです。証拠品としてとらえました」フェリックスは話題が変わってほっとしたようだ。

「いつもあんなにうるさいのか？　とらえておくだけの価値もなさそうだ」

いよいよ不安になってきた。もうあたしの手には負えそうもない。ソフロニアは様子をみるふりをしてゆっくりディミティに近づいた。深く気を失っているだけで、ケガはなさそうだ。

嗅ぎ塩を嗅がせると、ディミティはくしゃみをして目を覚まし、つぶやいた。「何があった?」

「あなたは失神して、フェリックスの父親ゴルボーン公爵が現われた」

「あらまあ」もっともな反応だ。

「さいわいフェリックスは無事よ。脚のかすり傷だけ」

「ああ、よかった」

「でもそろそろ逃げたほうがよさそうね」

ディミティはうなずいた。「それで?」

「あなたがまだ具合が悪いふりをして、あたしも一緒に列車に戻るわ。飛行船に向かって発車するようソープに頼むの」

「えっ?」

「しっ、声が大きいわ。実際にぶつかりはしないと思う。飛行船は貴重な道具をたくさん載せてるはずだから。とにかく全速力で突進するように言うだけよ」

ディミティはうなずき、よろよろと立ち上がった。

ソフロニアはかいがいしくディミティに手を貸し、バンバースヌートを抱えた。この子が信頼の証《あかし》になるのなら手もとに置いておきたい。

ディミティが重い足取りで列車に戻りはじめた。

銃を持った〈ひげもじゃ〉――ゴルボーン公爵になぐられて顔が腫れている――が呼びとめた。「おい、おまえ、逃げる気か!」

ディミティはぎくりと足を止め、ゆっくり振り返った。

「彼はまだ回復していません」ソフロニアが答えた。「列車に戻って気つけブランデーを飲んだほうがいいと思って」

「ここでも回復できるはずだ」公爵がフェリックスを振り返りながら言った。

「どうする?」ディミティがささやいた。

フェリックスが助けてくれるという確証はない。そもそも助ける気があるかどうかもわからない。それに、もしフライウェイマンとピクルマンの両方に人質に取られたら、女であることを隠しおおせるとは思えない。

「別の手でいくしかないわ。〈見えないクモ〉作戦?」

「それならシドヒーグのほうが得意よ」ディミティはゴルボーン公爵とフライウェイマンから見えないように背を向けると、シドヒーグに向かって両手首を突き合わせ、クモのように十本の指をうごめかした。

シドヒーグは困惑顔だ。

今度はソフロニアが両手の人差し指と中指をすばやく鳥の羽のように動かし、〝騒ぎを起こせ〟の合図を送った。

ようやく通じたようだ。シドヒーグはわからないほどかすかにうなずくと、顔のまわりで両手を振りまわし、狂ったようにその場でぐるぐる回転しはじめた。

「ハチ！　ハチは嫌いだ！」

しばらく見ていたディミティが金切り声を上げ、さらに騒ぎたてた。「ギャーー、ヒィーー！　誰か、追い払って！」

ソフロニアはソープが攻撃用と言ったホウレーをはずし、バンバースヌートに食べさせた。ホウレーがないと手首が剥き出しになったような気分だ。バンバースヌートはおとなしく貯蔵室にのみこみ、ホウレーは先に入っていた水晶バルブにぶつかってかちんと音を立てた。もし吐き出す機能があったら吐き出していたかもしれない。メカアニマルは食べすぎて苦しげな様子で、胴体の下からぷっと蒸気を吐いた。

ソフロニアはバンバースヌートを地面に下ろして列車のほうを指さし、ささやいた。

「全速力で前進よ、バンバースヌート。ソープを見つけて。列車に向かって」そして見えないハチから逃げるように頭を引っこめ、空いた手を振りまわした。

バンバースヌートがどの命令を理解したのか、どれを選んでしたがったのかはわからない。しょせんバンバースヌートは窃盗品だ。プロトコル仕様が書かれた小冊子がついていたわけではない。それでもソフロニアの命令のどれかが駆動輪に反応したらしく、短い小さな脚を懸命に動かし、列車に向かってまっすぐ線路を走りだした。どうやって運転室のソープに伝えるつもりなのかは謎だが、小さな金属犬はうまく敵の目をかわした。小さくて見えなかったのか、それともメカアニマルだからなのか、いずれにせよバンバースヌートを警戒する者はいなかった。

ソフロニアは必死に見えないハチを追い払った。こうして三人はハチ騒動のどさくさにまぎれ——実際はただぐるぐる回転しながら——ゴルボーン公爵とフェリックス、呆気にとられる二人のフライウェイマンから離れはじめた。

そのとき、ソフロニアの耳にうれしい音が聞こえた。列車のエンジンの始動を告げるここちよい音が。

授業その十三　刺激的おはじき遊び

ゴルボーン公爵は列車がゆっくりと、しかし着実に向かってくるのに気づき、驚きのどよめきのなかで叫んだ。「これはどういうことだ、きみたち？」

「ごめん、フェリックス」ソフロニアは言った。「きみはもう安全だ。こうなった以上、ぼくたちと一緒にいたくはないだろう？」

「ミスター・テミニック、どういうこと？」フェリックスは信じられないという声できき返し、片肘をついてソフロニアを見た。三人の少女は身体をくねらせながらかなり遠くまで離れている。

フェリックスは胸がしめつけられるほどかわいそうに見えた。

次の瞬間、フェリックスは公爵のほうを向いた。「父上？」

とたんにソフロニアは同情したことを後悔した。

列車はスピードを上げ、容赦なく近づいてくる。

そしてフェリックスは線路に横たわったままだ。

「ゴルボーン公爵？　ご子息を移動させてはどうです？」ソフロニアはそこで意味ありげに言葉を切り、「そして大事な飛行船も」

「許さん！　いますぐ列車を止めろ！　どうやって運転士に連絡した？　きみたちはずっとここにいた。どういうことだ？」ゴルボーン公爵は息子をにらんだ。「息子よ、友人たちに止めるよう命じろ。そもそも、なぜ彼があれこれ指図する？　おまえのほうが階級は上ではないか！」

ソフロニアはなおもあとずさりながら深々と——宮廷ふうの——お辞儀をした。

「ミスター・テミニックが〝すぐにやったほうがいい〟と言うときはしたがったほうが身のためだ。父上、お願いです、いますぐぼくを線路から動かしてください」

列車はぐんぐん近づいている。

ゴルボーン公爵は悪態をついて身をかがめ、なかば持ち上げ、なかば引きずるように息子を線路脇の斜面に引きあげた。

ソフロニア、ディミティ、シドヒーグはフェリックスと反対の線路脇のぎりぎり安全な距離に立った。

〈ひげもじゃ〉が迫りくる列車を止めようと発砲したが、弾はむなしくはじかれ、相棒と二人、飛行船に向かって一目散に駆けだした。

列車が迫ってきた。三人はたがいに距離を取り、飛び乗るべく身構えた。

先頭の機関部が目の前を過ぎ、運転室が見えた。最初にディミティが運転席側の開いた乗り口の手すりをつかみ、勢いよくソープの後ろに飛び乗った。

シドヒーグがすぐあとに続き、ソフロニアは間一髪、転がるように飛び乗ったとたん、勢いあまってつんのめり、ソープにぶつかった。ソフロニアのあごが思いきりソープの肩に当たり、二人とも痛みにうめいた。ソフロニアはあわてて身をほどこうとしたが、ソープは反射的に片手でソフロニアを抱きかかえ、放そうとしなかった——無事に戻ってきたのを確かめるかのように。そして前を向いたまま、反対の手と意識を加速する列車に集中させた。ソフロニアはそのまま身をあずけた。本当はほっとしていた。そしてつかのま、二人の関係がどうなるかも考えず、ソープの愛嬌のある見慣れた顔を見つめ、ぬくもりとたしかな存在感を味わった。

やがてソープはレバーとダイヤルと計器をにらんだまま、そっと手を放した。「お帰り。バンバースヌートのメッセージの解釈は正しかった、ソフロニア？　それともご友人たちに謝るべき？」

「謝る必要はないわ」ソフロニアはあごをさすった。

「そうは言っても、まさかどえらい列車で飛行船にぶつかる気はないだろ」ソープはかすかに狂気じみた笑みを浮かべた。

ソフロニアは頭を突き出し、前方を見て同じくにやりと笑った。

ディミティが運転室の反対側に駆け寄り、モニクを押しのけて外を見た。「マージー卿が線路からのいたわ！」

「そいつは残念」ソープがつぶやいた。

「まあまあ」ソフロニアがたしなめた。「はからずもマージー卿は一役買ってくれたわ。彼の父親が飛行船に乗っていて、そのどさくさにまぎれて逃げ出せたってわけ」

「ほら、あそこ！　バイバイ、お二人さん」ディミティは追い越しざまにフェリックスとゴルボーン公爵に陽気に手を振った。

目の前の飛行船は、衝突を避けようと必死に上昇している。

だが遅すぎた。まにあわない。列車はソフロニアが思った以上に速度を上げていた。あたしも列車についてはもっと学んだほうがよさそうだ。

「つかまって！」ソープが叫んだ。はなからブレーキを引く気はない。

シドヒーグは列車を心配して声を震わせた。「ソープ、もう少し速度を落として！」シドヒーグの小柄な友だち、ダスティはボイラーが真っ赤になるまで喜々として石炭を投げこんでいる。何が起こるのかもわかっていないようだ。

列車はそこまで速くはなかった――速歩の馬と同じくらいだ――が、それでも容赦なく飛行船に突っこんだ。ソフロニアはソープの背後で戸口につかまり、身を乗り出して衝突現場を見た。そして今となっては遠い昔に思えるが、配膳エレベーターから転がり出てトライフルにぶつかったときを思い出した。

飛行船は最小限の操作で簡単に浮かぶよう設計されてはいても、列車サイズの破城槌に耐えるようにできてはいない。薄板製のゴンドラはめりめりと裂け、列車のまわりで飛び散った。かつてバーナクルグース夫人お気に入りの帽子のまわりにトライフルのカスタードクリームとストロベリーが飛び散ったように。

列車は飛行船の内部をやすやすと突き抜け、あとにはプロペラの破片と小さな蒸気機関の部品と木片が散らばった。列車は脱線しそうなそぶりすら見せなかった。

気球はいきなりおもりから解放され、左右に大きく揺れながら浮かびはじめた。

ディミティがあんぐりと口を開けた。「ちょっと、あれを見て」

空飛ぶトライフルから飛び出す奇妙な形の果物よろしく、飛行船の中心部からおびただしい数の水晶バルブ周波変換器が一気にこぼれ落ちた。飛行船の床下で何百もの小さな架台にセットされ、すべてが一台の大型エーテル発信器とつながっていたようだ。これですべて謎が解けた。どうして飛行船に最低限の人数しか乗っていないのかも。バルブだけでもかなりの重量になるからだ！

面取りした乳白ガラスのような変換器が光りながら地面に転がった。いくつかは粉々に砕け、いくつかは破壊的突進を遂げた車輪の下ですりつぶされたが、列車じたいは背後に殺戮の跡を残しただけで傷ひとつない。またしても——ソフロニアは思った——あたしとトライフルにそっくりだ。

飛行船の気球はゴンドラの残骸の上部もろとも、ゆらゆらと空高く浮かびはじめた。ソフロニアとディミティは左右の戸口からそれぞれ顔を突き出した。ディミティはカーテンを開けるようにぞんざいにモニクを押しのけ、首をひねって背後を見た。モニクがまたもやわめいたのは、おそらくカーテン同然にあつかわれた屈辱のせいだ。

「ゴルボーン公爵がマージー卿をほったらかして試作品——じゃなくて——変換器を掻き集めてる」ディミティが叫んだ。「まあ、まるで頭がおかしくなったみたいに」

「公爵は怒り狂って息子を問いつめるでしょうね」と、ソフロニア。

シドヒーグが真顔で見返した。「フェリックスはあたしたちを裏切ると思う？」

「それだけはやめてと頼んだわ」ソフロニアに言えるのはそれだけだ。だってあたしにもわからない。〝〈ピストンズ〉の彼〟はあたしたちの素性をばらすかしら？

もはや障害物はなくなった。それほど集中しなくてもいいのに、ソープは線路をにらんだまま淡々と言った。「きみのいい人はあまり信用できないみたいだね」

「あたしに彼を改心させるような大それた真似ができるなんて思ってないわ。あたしとゴルボーン家のどちらを選ぶかときかれて、父親に楯つく気概がマージー卿にあるとは思えない。それを望む権利もない。どうしてあたしのためにそんなことを？　正式に婚約を取り交わしたわけでもないのに。なんとか考えを変えようとしてみたけど、結局のところ生まれ持った性質は変わらないのね」

ソープは前を見たまま、ぼそりとつぶやいた。「いつかきみはおれにも同じ気持ちを抱くかもしれない」

ソープの言葉にソフロニアはどきっとした。

列車は蒸気を吐き、ソープは軽快に汽笛を鳴らした。列車はなだらかな傾斜をますます速度を上げて進んだ。

「でも、案外、人は見かけによらないかも」ソフロニアはぽつりとつぶやいた。

そのあとの沈黙のなかでモニクが言った。「まあ、今のは悪くない作戦だったわね」

「メカ誤作動はピクルマンのしわざだった。あの試作品のひとつひとつが近隣の家庭メカに内蔵された水晶バルブに反応していた。最近になってメカが大量に点検に出されたのはそういうわけだったのね」

「いまごろわかっても遅いわ」と、モニク。

「すべてのメカにもういちどバルブを取りつけるにはしばらく時間がかかるわ」

「でも、それが終わるころには……」モニクは陰鬱な声で、「どんな恐ろしいことになると思う？　まだわからないの？　あたしを下ろして。力になるわ」

「どうして吸血鬼が関与してるの？　なぜあなたが？　なぜあなたの群が？」ディミティ

が問い詰めた。

「あんたたち、ほんっとにバカね、そろいもそろって！　いままでずっと何が起こっていたと思う？　一年半前、あたしが最初に試作品バルブを転用しようとしたときから。浅はかなあなたたち二人があたしをチーズパイで邪魔したときから。すべて悪ふざけだったとでも思う？　ピクルマンが自分たち以外の利益を気にするとでも？」

どういうこと？　ソフロニアは眉を寄せた。これと利益がなんの関係があるの？　きき返そうかとも思ったが、ここはモニクにしゃべらせたほうが賢明だ。好きなだけ毒舌をふるわせたら何もかもしゃべるかもしれない。

だが、シドヒーグは怒りに顔を赤くした。

ソフロニアはシドヒーグの黄色い目を見つめ、声に出さず、鋭く首を振った。

シドヒーグはむっとしてにらみ返した。

〝しゃべらせたほうがいいわ〟ソフロニアは口だけを動かした。

シドヒーグはくやしげにため息をついた。

モニクはえんえんと悪態をつきつづけた。列車の戸口から吊りさげられたせいで、肩だけでなく舌まで伸びきってしまったようだ。「この試作品が飛行船の速度を上げるためのものだと思う？　とんでもない、そんなのただの見せかけよ。遠距離通信のため？　テレグラフに取って替わる手段？　そんなのひとつの用途にすぎない。その裏でピクルマンはずっとこの計画を進めていたのよ。自分たちの小さなオモチャを英国じゅうのメカに組みこんで、それでピクルマンが何を手にしたかわかる？」

「ピクルマンの意のままに動く、家庭にひとつの常備軍」ソフロニアは淡々と答えた。

モニクはうなずいた。「いまのところ、メカ一体ごとに組みこむ必要があるから威力はかぎられてるし、通信距離の問題もあるわ。ピクルマンは最初の問題の解決を急いでいて、二番目の問題も科学者たちに改良させている。なかにはエーテル層に近づくだけで、国じゅうのほとんどの地域に発信できると考える科学者もいるわ。でも、彼らのねらいはロンドンよ。ロンドンが何より重要なの」

田舎育ちのソフロニアはちょっとむっとしたが、モニクの言葉にも一理ある。ロンドンこそ権力の中心だ。それにロンドンの上流家庭は、進歩派だろうと保守派だろうと、みなメカを使っている。そうでないのは吸血鬼と人狼だけだ。

あの大量の水晶バルブをこの目で見ていなかったら、モニクの話も吸血鬼お得意の宣伝工作だと思ったかもしれない。あまりにもとっぴな話だ。でも、あれを見たあとではモニクの言うとおりのような気がして心がざわつくのを否定できなかった。

不安な気持ちでモニクから視線をはずすと、バンバースヌートがソープの足もとにすまし顔で座っていた。ソフロニアはバンバースヌートが排出した試作品とホウレーを取り、ポケットに入れた。

「どうして吸血鬼は政府に相談しなかったの?」ディミティがモニクにたずねた。

「〈宰相〉は知ってるわ。もちろん〈将軍〉も。でも、そんな陰謀に対して〈陰の議会〉に何ができる? 実際の運営は昼間の議会が支配しているし、多くの下院議員がピクルマンに加盟してる。〈耕作者〉階級の下っ端はそれこそどこにでもいるわ。あたしたちが正面から非難しても、しらを切りとおすに決まってる。罪を犯そうとすることと犯すことは違うの。しかも、あたしたちにはピクルマンが権力を利用して実際に何をするつもりなのかもわからない。公《おおやけ》に抗議の声を上げても吸血鬼のヒステリーと思われるだけよ。〝異界族にはあらゆる場所に陰謀が見える、いつだってそうだ〟って言われるだけ。だから隠密にことを進めるしかない。それをあなたがめちゃめちゃにしたのよ。どうして人の邪魔ばっかりするの、ソフロニア!」

「あなたが始めたんじゃない」

モニクはあきれて天を仰いだ。「だから子どもだって言うのよ」

「今回、学園の立場はどうなの?」

「それがあなたの忠誠心? これから一生、フィニシング・スクールのために戦うつもり、ソフロニア? 学園はさほど裕福な支援者《パトロン》じゃないわよ」

「あたしにはほかの選択肢があるわ」ピクルマンの陰謀を知ってから、ソフロニアはアケルダマ卿も悪くないと思いはじめていた。少なくともアケルダマ卿はピクルマンではない！

モニクは鼻で笑った。「いずれは誰につくかを選ばなければならない。あたしたちはみなそうよ、最終的には」

ソフロニアは首をかしげた。「あたしを勧誘する気？」

「下ろしてくれたらナダスディ伯爵夫人に口をきいてあげてもいいわ」

「それはご親切に、でも、同じ吸血鬼ならもっといい話があるの」そうは言ったが、心のなかでは迷っていた。これからどうするつもり？ アケルダマ卿に相談したとして、あの人がピクルマンを阻止すると思う？ ほかの吸血鬼はみな失敗した。アケルダマ卿がみずから関与するタイプとは思えない。とすれば……残るは……伯爵夫人だけだ。

言いたいことを言いつくしたのか、モニクはそれきり口をつぐんだ。

シドヒーグとディミティがソフロニアに近づき、モニクに聞かれないようソープのそばに身を寄せた。

「どうする？」と、ソフロニア。

「あたしの望みは知ってるだろ？」と、シドヒーグ。

「モニクをムチ打つわけにはいかないわ、あなたの年齢でそれはあんまりよ」ディミティはシドヒーグの気持ちを先読みして言った。

「無礼だろうとなんだろうとムチ打ちはモニクにいい薬になる。でも、あたしが言いたいのは、このままスコットランドに向かいたいってことだ。キングエア団はあたしを必要としてる。そもそも、この旅を始めた理由はそれだ」

ソフロニアはうなずいた。「ソープ、これから支線をずっと走ればスコットランドまで行けると思う？」

「バーミンガムとリーズ周辺は厳しい。でも、いざとなればこの列車を隠して、昔ながらのやりかたで旅を続けることもできる」

「ああ、なるほど、列車を丸ごとどこかに隠すわけね」さすがのソフロニアも疑わしげだ。

ソープがいたずらっぽく笑った。

「モニクはピクルマンがすべてのメカに水晶バルブを備えつけるには時間がかかると言ったわ」と、ディミティ。「いまごろどこかでバルブをどんどん製造してるんじゃないかしら」

ソフロニアはうなずいた。「シドヒーグをスコットランドに送り届けたあとで工場の場所を突きとめれば、製造を遅らせられるかもしれない」

「でも、わたしたち、いずれは学園に戻らなければならないわ」

「学園からじゃたいしたことは何もできない」ソフロニアが反対した。

「たいしたことをしなければならないの？　これって本当にわたしたちの問題？　ピクルマンがメカを支配しようとしまいと、どうだっていいんじゃない？」ディミティはピクルマンの利権を阻もうとした吸血鬼に誘拐された過去がある。ピクルマンがらみの話には神経質で、できるだけ関わりたくないと思うのも無理はない。

「考えてもみて、ディミティ、もしピクルマンが学園のメカ兵士を支配したらどうなると思う？　メカはただの召使じゃない。武器にもなるのよ。これは、はいそうですかと背を向けて、毒入り紅茶の勉強に戻れるようなどうでもいい話じゃない。ゆゆしき問題よ」

ディミティはため息をついた。「でも時間はあるの？」

ソフロニアはモニクに近づいた。「ピクルマンが国じゅうの稼働メカを支配するまで、どれくらいかかると思う？　バルブの製造と配給の時間も入れて」

モニクがにらみつけた。

「教えてくれたら下ろしてあげる」

モニクは憎々しげに目を細めた。「六カ月、長くて一年。あたしはピクルマンたちの動きを追って、まさにそうした有益な情報を見つける極秘任務を負っていた。それをあなたがめちゃめちゃにしたのよ」

「極秘任務？　列車で？」

「現にあなたたちが乗車するまで気づかれなかったじゃない」

「それはどうかしら」ソフロニアはしこみ扇子でロープを切ってモニクを下ろした。

モニクはゆっくり腕を下ろし、痛みに顔をしかめた。

両手首のロープは縛ったまま、ディミティが真横で見張りについた。モニクに邪魔されるわけにはいかない。だが、当のモニクは両肩をもとに戻すのと、ディミティのみっともない身なりをこき下ろすので頭がいっぱいだ。

それから日が暮れるまで、ソフロニアとソープとシドヒーグは交替でボイラーに石炭をくべ、列車を安定したスピードで走らせることに集中した。これからしばらくポイントはない。列車は軽快に、おおむね平穏に走りつづけた。やがて地平線の上に満月が昇り、夜が近づいた。

ソフロニアはフェリックスのことを考えないよう、あれこれ考えをめぐらせた。ピクルマンの飛行船に列車で突っこんだことで卑劣な計画を阻止できたの？　それとも向こうにしてみればちょっと邪魔が入っただけ？　さらなるメカが『統べよ、ブリタニア！』を歌うのはもうじき？　それとも何カ月も先？

日がとっぷり暮れる前にソフロニアはバンバースヌートを点検した。外殻をぱかっと開けてなかみを掃除し、油を差す方法はビエーヴから教わった。マダム・スペチュナからバンバースヌートを返されたとき、前と違うようには見えなかった。でも、マダム・スペチュナとフライウェイマンに貸し出したときになかを開けられ、小さな水晶バルブを取りつけられた可能性は大いにある。もしバンバースヌートに発声器があったら、この子も『統べよ、ブリタニア！』を歌う鉱山のカナリア——警告係——になれたかもしれない。なんといってもマダム・スペチュナはピクルマンに潜入していた。でも、細工を示す証拠はない。バンバースヌートの本格的な診断はビエーヴにまかせよう。それを言うなら、あたしたちが何を知り、何を盗み、何にぶつかったのか、ビエーヴにはききたいことは山ほどある。

「そろそろ夕飯だ」ソープが声をかけた。疲れた顔だ。やつれ、目もどんよりとしている。

ソフロニアはバンバースヌートの背中を閉じ、石炭のかけらをかじらせて立ち上がった。

「食糧は後ろの車両よ」そのとき初めてソフロニアはどれだけ空腹かに気づいた。

「今夜は一晩、休みましょ」ディミティがいつになく強い口調で言った。

シドヒーグは先を急ぎたがったが、ソフロニアもディミティの意見に賛成した。

「それがいいわ。今夜は満月。日が沈んだいま、線路は自家用祝宴列車で混み合ってるかもしれない。危険だし、みんな休息が必要よ。ここなら大丈夫。時刻表を見たけど、夜中にこの路線を走る列車はひとつもないわ」

「ピクルマンが追いかけてきたら？」

「向こうはそれどころじゃないわ、シドヒーグ。フェリックスが黙ってさえいれば、あたしたちは放浪少年団として相手にもされない。ドローンから列車を盗んだことで、かえって感謝されてるかも」

「飛行船はぶっこわしたけど」と、シドヒーグ。

そしてあたしたちの命運はフェリックスの分別にかかっている。ソフロニアがソープの背後で悲しい顔をしてみせると、シドヒーグはため息まじりにうなずいた。シドヒーグもソープのことは心配だ。休みなく走りつづけるわけにはいかない。ソープにも休息が必要だ。

列車は町の小さな駅にすべりこんだ。駅名もわからないほど小さな駅だ。ポイント装置の脇にホームがあるだけで、ポーターもおらず、切符売り場すらない。

それでも列車に気づいた者がいた。駅に着くと、すぐに一人の若者が荷馬車を引いて近づき、道の脇からソープに声をかけた。

「やあ、移動サーカス団?」

ソープは目をぱちくりさせた。ディミティの金色ドレスの吹き流しをすっかり忘れていた。

ソフロニアがソープの隣から笑みを貼りつけた顔を出し、元気よく答えた。「そうだよ!」

若者はうさんくさそうにソフロニアを見た。「そんなふうには見えないけど」

「というより曲芸団だ、わかる?」

「へえ、ほんと?」

ソフロニアは線路に飛びおりると、軽く前方宙返りをして仰々しく片膝をついた。

若者は無反応だ。

すかさずディミティが飛びおりて同じように宙返りし、ソフロニアの肩によじのぼった。高いところにあるものを取るために授業で練習した技だが、二人はあまりうまくない。ソフロニアはよろよろとよろけ、ディミティは狂ったように両手を振りまわした。

「長い一日だったんでね」ソフロニアが言いわけがましく言った。

荷馬車の男は疑わしげに眉を寄せたが、一団の気さくな態度には好感を持ったらしく、いいことを教えてくれた。「この町はちっちゃくて、あんたたちが曲芸を披露するような場所はないよ。あとふたつくらい先の駅に行けばいい。今週末に市《いち》が立つから、見世物をやるにはいいんじゃないかな」

「どうもご親切に！」ソフロニアは陽気に応じた。「そうしてみるよ」

若者は帽子をひょいと上げ、ロバに舌を鳴らしてゆっくりと歩きだした。

はからずも仲間に加わった火夫のダスティが咳払いすると、列車は静かになり、蒸気機関が停止した。

ソフロニアはダスティを見て驚いた。盗んだ列車にこの少年までついていたことをすっかり忘れていた。

でも、シドヒーグは忘れてはいなかった。「どうした、ダスティ？」

「ミスター・シド、石炭が残り少なくなりました。このまま走らせたければ、どこかで燃料を補給しなけりゃならないけど、この駅は小さくて貯蔵室もありません」

「炭水車を調べてくる」ソープがボイラーの後ろに消え、しばらくして戻ってきて、ダスティの見立てどおりだとうなずいた。列車運転士としては初心者かもしれないが、ボイラーと石炭消費の原理についてはプロだ。ソープは後ろから煤だらけのバンバースヌートを連れてきた。

「たくさん食べたのは誰だと思う？」

バンバースヌートが外殻と両耳から蒸気を吐いた。どう見ても前よりふくらんでいる。

「まあ、バンバースヌート、大事な石炭を食べてたの？　なんていけない子」

バンバースヌートはすまなそうにだらりと耳を垂らした。

「食べたものはしょうがない」シドヒーグがバンバースヌートをかばった。

「本人に影響がなければいいけど」ソフロニアはため息をつき、バンバースヌートを運転室の隅に置いて、これ以上、貴重な石炭を食べないよう近くの出っ張りにバッグのひもを結びつけた。食べすぎで、見るからに調子が悪そうだ。大丈夫かしら？「なかを調べたいけど、いまは内部が過熱して触れないわ。最初の見張りは誰？」

「おれがやるよ」ソープが言った。「どうする？　いつもの見まわりと屋根と地平線？

十五分おきくらいで？」

「疲れてるんじゃない？」ソフロニアは本気でソープの身体が心配だった。

「あとでまとめて眠るほうがいい」

「わかった。じゃあ、次」ソフロニアが二番目を買って出た。

シドヒーグが三番目で、ディミティが四番目、二時間交替のことをよく知らないダスティが〝五番目〟と言った。

「五番目はないんだ」シドヒーグがやさしく言った。「でも、あんたはずっと火の番をしてたし、旅の関係者でもない。一晩ぐっすり眠っていいよ」

「とにかくきみの働きには感謝してる、ミスター・ダスティ」ソフロニアも言い添えた。

「スコットランドに着いたら相応の礼をしよう」と、シドヒーグ。

みんなから感謝の視線で見つめられてダスティはまごついた。

「何が望みだ？　城の働き口とか？」

ダスティは顔を赤らめ、「あ、いや、ミスター・シド、おれは火夫で幸せだ」

「わかった、じゃあ今回のことできみの火夫人生に不利益が生じないよう取りはからおう」と、ソフロニア。

ダスティは難しい言葉に困惑しながらも素直にうなずいた。

ディミティに見張られ、戸口にうなだれて座るモニクが言った。「金輪際、吸血鬼には雇ってもらえない――それだけはたしかよ」

ダスティはばつの悪い表情を浮かべた。

「心配するな」シドヒーグはモニクに向かってつんと鼻を上げ、ダスティに言った。「そのときは人狼が面倒みる」

「変ないきさつで変な列車の火の番をしたばっかりに異界族と関わり合いになるなんて思ってもみなかった」と、ダスティ。

「腕利きの火夫はなかなかいない」と、ソープ。「貴重な能力だ、それを忘れるな」

シドヒーグがうなずき、ダスティの肩を叩くと、黒い煤ぼこりが舞い上がった。

「ありがとう、みんな」ダスティは恥ずかしそうに首を傾けた。

一行は運転室を出て、それぞれの車室に向かった。いまや六つの車両すべて使い放題だ。ホテルの個室のように一人に一車室を使おうかとも思ったが、なるべく一緒にいたほうがいいという結論に達した。ソープが最初の見張りにつくあいだ、モニクは運転室で縛られ、ダスティとシドヒーグがひとつの車室、ディミティとソフロニアが隣の車室で眠ることにした。運転室にもっとも近い車両だ。ここなら何か予期せぬことが起こってもソープの声が聞こえる。バンバースヌートは運転室に残り、食べすぎないようソープが見張った。

いつもなら――一等車とはいえ――シドヒーグとダスティが二人きりになることにはディミティが反対したはずだが、ここまで見るかぎりダスティはソフロニアたちが女だとは露ほども思っていない。今回の逃避行の実態が誰かの耳に入ったら、シドヒーグの評判は地に堕ちるだろう。ナイオール大尉と二人きりになった一件ですでに地に堕ちていなければ。ソフロニアはシドヒーグと二人になってあれこれ話を聞きたかった。どう見てもシドヒーグと大尉は前より親密さを増している。でも、あたしでは本音を聞き出せそうもない。それほどシドヒーグは口が堅かった。ああ、くやしい——他人の恋の話ほど楽しいものはないのに。

盛りだくさんの一日で、すぐに眠れると思ったが、頭のなかはメカアニマルのように回転していた。ソフロニアは車室の天井を見ながら考えた。吸血鬼のこと、ピクルマンのこと、フェリックスのこと、そしてソープのこと。

とっくに眠ったと思っていたディミティが静まりかえった車室のなかでぽつりとたずねた。「フェリックスはあなたのもとに戻ると思う？」

「まさか、ディミティ、戻るわけないでしょ。なんど考えを変えさせようとしても無駄だった。あたしが何をしようと、彼はサイズの合わないドレスみたいなものよ」

「でも、ソフロニア、公爵の息子よ」

「ピクルマンの息子よ」フェリックスを近づけるべきじゃなかった。どうしてあたしはあの青い目にあんなにも惹かれたのだろう？　むしろフェリックスのほうがあたしを変えようとしていたのかもしれない。

「ピクルマンは好みじゃないってこと？」

「世界制覇はあたしの趣味じゃないってこと。これって短絡的？」

「ううん。最初からあなたとピクルマンは相容れないと思ってた」

「どうして？」

「なんとなくソフロニアふうじゃないから。ほら、あの緑のリボンのシルクハット。あれをかぶったあなたを想像したら、もうおかしくって」

「あたしにあんなものをかぶれと言う人がいるもんですか。ピクルマンが試作品をほしがらなかったら、そもそもなんの関わりもなかったはずなのに……」

「じゃあ、今回の件では吸血鬼の側につくの？　モニクと一緒に？」

ソフロニアは身震いした。「考えただけでぞっとする」

「誘拐されたのはあなたじゃないでしょ」

「まったくよ！　吸血鬼の側につくのも同じくらいありえないわ」

「でも、世のなかの全員と対立するわけにもいかない。わたしたちはまだ正式にフィニッシュもしてないんだもの」ディミティが小さく、哀しげにつぶやいた。

「だけど、たがいにつぶし合うようしむけることはできるはずよ。具体的な方法はわからないけど、考えてみるわ。あたしには吸血鬼の友人もいるし」

「フェリックスは怒るでしょうね、あなたがゴルボーン公爵のもくろみをつぶしたら」

「そもそもありえないって言ったでしょ？　つぶし合いの上に結婚は成り立たない──たとえ片方がスパイで、もう片方がピクルマンでも」

「そうじゃなくて」――ディミティは悟ったように――「あなたにはできないってこと。そんなのひどすぎる。彼のこと、本気で好きだったんでしょ」

そのさりげなく、やるせないひとことに、いつもは乾いたソフロニアの目の奥になぜか熱い涙がこみあげた。「そう、好きだった」

ディングルプループス卿に失恋したばかりのディミティが親身になってささやいた。

「彼に詩を書き送った？」

「いいえ、さいわいにも」

「だったら立ちなおるのも楽よ」

「言えてるわ」

「心配しないで、きっといい人が見つかるって」ディミティはいつだって前向きだ。「あれほどハンサムではないにしても」

ソフロニアは気分を軽くしようと冗談を返した。「モニクに男兄弟がいないかしら？」

「もう、ソフロニアったら。ふざけないで。あなただって恋人に求めるものはあるでしょ？」

ソフロニアはフェリックスの青い瞳と、ものうげな態度を思い浮かべた。そしてソープの黒く澄んだ目とひょうきんさ。あたしはソープのやさしい性格とフェリックスの熱い関心がほしい。上流社会で軽やかに、さりげなく立ちまわるフェリックスの上品さと、下層階級にやすやすとまぎれこむソープの気安さがほしい。ユーモアと、かわいい笑顔と、心から恋しげな視線がほしい。ナイオール大尉とシドヒーグが交わしたような表情がほしい。信頼がほしい。あたしはこれから人生の大半を他人になりすまし、陰に隠れ、人目を忍んで生きることになる。だから、本当のあたしが誰なのかを思い出させてくれる人にそばにいてほしい。もし自分が誰なのかがわかったら。

考えたすえにソフロニアは答えた。「あたしを邪魔しない人がいいわ」

「あら、だったらうちの弟は最高よ」ディミティは自信たっぷりに言った。「そういえば、まだ婚約中じゃなかった？」

これには二人とも吹き出した。ピルオーバーが結婚？　しかもソフロニアと！　気持ちを鎮めて眠りにつくまでにはずいぶんかかった。二人はいつまでも笑いつづけた。ベッドに横になっていると、いつだってなんでもよけいにおかしく思えてくる。

授業その十四　飛行船対蒸気機関車

　二時間後、ソフロニアが交替のために近づくと、ソープは運転室の出入口に静かに座り、煙たいトウモロコシパイプをふかしながら月明かりの夜を見つめていた。

「交替時間よ。様子はどう?」

「消えたボイラーのように静かだ」ソープはパイプの火を叩き落とした。ソフロニアのパイプ嫌いを知っている。

「バンバースヌートは?」

「おとなしく眠ってる」

「モニクは?」二人は眠る金髪に目をやった。

「問題はそれだ。さっさと突き落としておけばよかった」

「まだ時間はあるわ」

　ソープは不満げに鼻を鳴らし、運転室から飛びおりた。線路の砂利にぶつかる音がやけに大きく響く。

「きれいだ」雨雲の切れ間から現われた月を見てソープが言った。「飛行船の機関室にいると、めったに見ることもない」

「地元の人狼たちが檻に入れられているといいけど」ソフロニアはナイオール大尉と〈将軍〉に思いをめぐらした。今夜、あの二人はどこで月の狂気と闘っているのだろう？　どうかくれぐれも頑丈で、銀で覆われた場所でありますように。ソフロニアは前に一度、満月に正気を失ったナイオール大尉に遭遇し、よだれまみれのあごでいちばん上等のペチコートをずたずたにされた。大尉より身体が大きく、力も強く、気性も荒い〈将軍〉がどんなふうになるのか、想像するだに恐ろしい。きっと下着が犠牲になるくらいではすまない。

「人狼として生きるのは大変ね。二度と満月を見られない」

「二度と太陽を見られない吸血鬼よりましだ、ミス」ソープの口調には警戒するような響きがあった。

ふとソフロニアは大胆な行為に出た。なぜかはわからない。あたりの静けさに気が大きくなったのか、それとも男装の気安さのせいか、ソープにぴったり身を寄せ、仲よく並んで月を見上げた。そしてもう少しで頭をソープの肩にもたせかけそうになった。そうするのにぴったりの高さだ。

「あなたがしかるべき理由でそうするのなら、あたしには止められない」ソフロニアはわかっていた。あたしがフェリックスの忠義の対象を変えられないのと同じように、ソープの望みを変えることはできない。

「でも、手助けもしないんだろう、ミス?」

「ええ、しないわ」ソープがこっちを見ているのがわかり、顔がほてった。銀色の月光のおかげで頬の赤味が見えないのがさいわいだ。ソフロニアは逃げ出したかった。避けられない会話から。許されない愛の告白から。そしてソープを傷つけるかもしれないという恐れから。

「きみはミス・シドヒーグの考えにも賛成していない。それでも手助けしてる」

ソープの言うとおりだ。ソフロニアは口をつぐんだ。言えなかった。なぜソープに対してはそう思えないのか、どうしてソープのわがままは許せないのか。でも、そうなのだからしかたない。

「きみに説得されたらあきらめるかもしれない、ソフロニア」ソープは慎重に、ていねいに、舌で確かめるようにソフロニアを名前で呼んだ。ソープにとってあたしはつねに〝ミス〟だった。いつも目上の存在だった。同等の立場になった将来を想定して練習しているの? 人狼にならないかぎり、ソープは決してあたしを名前では呼べない。人前でも、あたしがこれから生きる上流社会でも。友人にすらなれない。

だからあたしはソープをあきらめさせることが――心からは――できなかった。守れない約束はできない。間違ってもソープにだけは。

「説得はできるかもしれない、フィーニアス」ソフロニアも本名で呼びかけた。「でも、あたしはそれができる立場じゃない。シドヒーグにできないのと同じように。あなたはシドヒーグと同じように選ぶ権利がある。あたしがどんなにどちらもバカげた望みだと思っても」

それだけ言うとソフロニアはソープのほうを見もせずに運転室によじのぼった。唇に押しつけられたソープの唇がどんなに温かくてやさしかったか、抱きしめられたときの腕がどんなにたくましかったかを思い出していた。あたしは浮気者だ。誰の心であろうと、もてあそぶ資格はない。

いきなりソープがソフロニアの足首をつかんだ。「価値ある人間になりたいんだ」

ソープがあたしに触れるなんて。しかも脚に！　でも、少しも嫌な気はしなかった。ソフロニアはしゃがみ、ソープの手を両手で包んだ。「あなたは今でも価値があるわ、ソープ」

「世間はそう見てくれない」ソープの手のひらはたこができているけれど、手の甲はやわらかい。

「それで、これがあなたの最善の結論？」

「いや。唯一の結論だ」

そう言ってソープは寝にいった。

わけもなく胸が痛んだ。ソフロニアは座って運転室の窓から外を見た。最初は右、次に左。なんて退屈なんだろう。レディ・リネットも言っていた――〝華やかな世界だと思ってはいけません、みなさん。スパイ任務はその九割が退屈きわまりない倦怠で、一割が絶望的恐怖です。まるで恋に落ちたときのような〟。これまでのところ、恋は胸がつぶれるような物苦しさの連続だ。それともあたしのやりかたが間違ってるの？

モニクが何度か身じろぎした。きっと寒いのだろう。運転室は夜気が直接、忍びこみ、どしゃ降りではないが、しつこい霧雨がしとしと降りつづいている。ソフロニアはモニクの手首のロープを確かめ、ディミティが列車にくくりつけた場所を確かめた。よし、しっかり結んである。

モニクが眠っていると思うほどバカではない。それでも実際に話しかけられたときはびくっとした。

「あなたって本当に変な子ね、ソフロニア。マージー卿をひもの先につけておきながら手を放すなんて。政治的つながりがどうであれ、あれほど有利な結婚はほかにないわ。それに、いい？　もしマージー卿を改心させることができたら、あなたはマドモアゼル・ジェラルディン校で最高のスパイの一人として記録に残ったかもしれないのよ」

「そして彼の家族を追放して夫の愛を失うわけ？」

モニクは鼻で笑った。「愛――それと愛となんの関係があるの？　にやけた煤まみれの野蛮人のために名家の子爵を振り捨てるわけ？　そこまで幼稚とは思わなかったわ」

ソフロニアは耳まで真っ赤になった。ソープのことをそんなふうに言うなんて許さない。ましてモニクに言われてたまるもんですか！　ソフロニアはかっとなった。

「よくもそんなことが言えるわね。あなたなんか彼のブーツをなめる資格もないくせに！」ソフロニアは仲間たちを起こさないよう、声を落としてののしった。

「ブーツ！　あの貧乏人にブーツが買えるもんですか。ブーツの磨きかたなんか一生、知らないままよ。ましてや履きかたを知るはずないじゃない。そういうあなただってたいした家柄じゃないわ、ソフロニア。ご両親はどんな人？　あなたに下層階級と結婚できる余裕はない。それを言うなら煤っ子と結婚できる人なんかどこにもいないわ！」

ソフロニアはいよいよ頭にきた。モニクの言うとおりだからだ。あたしがずっとソープを避けてきたのは、二人の友情が壊れるからじゃなくて、ソープの社会的地位のせい？

「いいかげん、その口を閉じなさい、モニク、まずいものを詰めこまれたいの？」ソフロニアはどなり返した。モニクに対してというより自分に腹が立っていた。それでも言わずにはいられなかった。

モニクはせせら笑った。「ためになる助言をしてあげただけよ」

「よほどあたしのことを思ってくれてるのね。あなたは脱落者以外の何者でもないわ、モニク。あなたは正式にフィニッシュできなかった、だから吸血群に取り入った。あなたを息子の結婚相手に選ぶ上流家庭なんかどこにもないから」

今度はモニクが怒りを爆発させた。「あたしはドローンになりたかったのよ！　そうすれば不死者になるチャンスがあるわ。あなたはこれからどう生きるつもり？　煤っ子と結婚して、雑種の赤ん坊を産んで、父親と同じように煤まみれで働かせるの？」

ソフロニアはこれまでに習った殺人法をひとつひとつ頭のなかで数え上げ、しばらくのあいだ順番にモニクにやってみる場面を想像して心をなだめた。それから呼吸に集中して怒りを抑え、冷静さを取り戻した。そしてやおら立ち上がると、使い古しのシャツを淡々と引き裂き、モニクに猿ぐつわをかませた。思いきり強く。モニクがぼろぎれの端からよだれを垂らすのを見て、ようやく胸がすっとした。

それ以降は何ごともなく過ぎた――少なくとも表向きは。ソフロニアは罪悪感にさいなまれていた。あたしがソープに一度もちゃんとした告白のチャンスをあたえなかったのは、ソープが下層階級だってことが怖かったからだ。その意識がソフロニアを苦しめた。そして、もしをあれこれ想像して自分を責めた。もしソープが煤っ子でなかったら？　もし同じ階級で、肌の色が同じだったら？　あたしはソープの愛情をあんなにむげにはねつけた？　あたしは冷たいだけでなく、階級意識にもとらわれた人間なの？　そんな考えが頭をめぐり、ソフロニアは見張りのあいだじゅう大きく目を見開いて夜を見ていた。

夜明けには全員が起き出し、ぴりぴりした緊張感のなか文句ひとつ言わずに運転室に集まると、ボイラーに石炭をくべ、エンジンを始動させ、無言でてきぱきと列車を北に走らせはじめた。モニクの猿ぐつわには誰も何も言わない。

ソープのそばではぎこちなく、落ち着かなかった。ソープの立ちかた、肩のこわばらせかた、表情の微妙な変化のひとつひとつが気になった。ソフロニアは、親しいけど、親しくなりすぎないよう自分の反応を意識し、ソープが向ける愛情のことも、将来の別れのことも考えないようにした。

列車はゆっくりと安定した速度でガタゴト進んだ。みなポイントのしくみに詳しくなり、操作法を覚え、手際よく衝突を回避し、一連の手順に自信を持ちはじめた。一方で石炭はいよいよ減ってきた。食糧は言うまでもない。

昼食時にいったん列車を停め、最後の備蓄を食べた。しかたなく猿ぐつわをはずしてモニクにも食べさせた。つまり、モニクのおしゃべりを聞かされたわけで、すぐにまた猿ぐつわをかませなければならなかった。

「モニクはただのドローンだ」シドヒーグが冷たく言った。「しかも任務に失敗した。ナダスディ伯爵夫人が許すはずがない。始末しよう」

「モニクは訓練されてるから、ここで突き落としても、またはい上がってくるに決まってる」ディミティが警告した。

「モニクは爆発寸前の腐った卵みたいなものだから」と、ソフロニア。

「直接、手をくだすのは気が進まないな。殺人罪で追われたくはない」と、ソープ。

ダスティはそんなやりとりを困惑顔で見ている。

議論のすえ、列車がガチョウ池にかかる小さな橋を渡るときに突き落とすことにした。池の水は見るからによどんでいる。ソープが列車の速度をゆるめ、ディミティがモニクの手首をほどいた。モニクは猿ぐつわの隙間から期待どおりの悲鳴を上げながら落ちてゆき、やがて胸のすくような水しぶきが上がった。あとは当分のあいだ、ほかの列車が通らないことを祈るだけだ。

モニクがいなくなって気分が軽くなり、一団は石炭と食べ物をどうやって手に入れるかを相談しはじめた。

そのときディミティが声を上げた。ディミティは午後のあいだずっと片腕で片方の出入口からぶらさがり、ソフロニアはソープの背後で同じ姿勢を取っていた。シドヒーグとダスティが運転室のまんなかで石炭をくべるスペースを空けるためだ。

ディミティが大声の理由を報告した。「地平線の上空に飛行船、発見」

「フライウェイマン？」

「遠すぎて不明」

ソフロニアが近づき、額《ひたい》に手をかざした。「列車と衝突したやつじゃなさそうね。こんなに早く修理できるわけがないし、今度のは武装してるみたい」

「なんとまあ。砲座と反動制御装置がついてる?」と、シドヒーグ。

「おそらく」

「ピクルマンはわたしたちが知りすぎてると判断したようね」と、ディミティ。この状況下で、なかなか冷静な判断だ。ソフロニアは誇らしく思った。

「それともあんたのいとしいマージー卿が口を割ったか」

「いとしい人なんかじゃないって、シドヒーグ」このゲームにはうんざりだ。シドヒーグの言葉に肩を丸めたソープの様子も気になった。

「あたしたちが〈バンソン校〉じゃなくて〈ジェラルディン校〉の生徒だと知れたら……」シドヒーグが不安そうにつぶやいた。はめをはずした〈バンソン校〉の生徒がふざけてスコットランドに向かおうと何も問題ない。奇抜な発明品で何をしでかすかわからない連中だが、最後はピクルマンのいいなりになる。でも、情報を手にした〈ジェラルディン校〉の生徒は危険だ。当人たちのパトロン以外は誰も信用できない。

そのときソフロニアは学園に戻るのがもっとも安全だと気づいた。ピクルマンも〈ジェラルディン校〉を正面きっては攻撃できない。そんなことをしたらスパイに探られるだけだ。まっこうからレディ・リネットを敵にまわす度胸があるとも思えない。

飛行船がプロペラを高速回転させ、強い気流に乗ってぐんぐん近づいてきた。

だが、列車はたいていの飛行船より速い。例外はフランス製の新型高速船くらいのものだ。いま追ってくるのが、ヴィクトリア女王がかつて帝国空軍に採用した、重たい、重装備の旧式であるのは遠くからでもわかる。

となれば道はひとつだ。

「振り切るしかない」ソープが言った。「総員、ボイラーにつけ！」

旅もここまでくると、誰もが一度はボイラー係になり、ダスティに休息が必要なときは順繰りに交替してきた。おかげで全員が基本的な火かき術を習得し、同時に、この予期せぬ作業で腕が悲鳴を上げていた。この旅に出るまで、ソフロニアは体力に自信があった。なにしろことあるごとに飛行船型校舎の外壁をよじのぼり、ホウレーでぶらさがってきた。でも、火かきはまったく違った。死ぬほどきつい仕事だ。ソープにあれだけ筋肉がついているわけがようやくわかった。列車にはショベルがふたつしかない。四人はできるだけすばやく交替しながら炭水車の石炭を驚くべき速さで掻き出した。一人が炭水車に入って前方にすくい出し、それを火かき役が急いでボイラーに放りこむ。

列車はきしみを上げて最高速度に達した。エンジンには能力以上の負荷がかかっている。

「これ以上、速度を出したらカーブを曲がれない」ダスティの警告にソープがうなずいた。

少女たちは石炭を投げ入れつづけた。

「列車を吹っ飛ばしたくはないし、線路を壊したくもない！」ソープが叫んだ。

そこで火かき隊は、〝飛行船はさっきより近づいていてはいないけれど速度を保っている〟

というディミティの報告にもかかわらず、作業の手をゆるめた。

過酷な午後だった。マドモアゼル・ジェラルディン校は若いレディたちに不測の事態への備えを教えこむが、重労働の備えまではさせない。させるわけがない！　いくらスパイでも、上流階級の女性が肉体労働なんて。でも、まさにいまソフロニアとディミティとシドヒーグは、お茶の時間もなく汗水垂らしていた。そもそもお茶はどこにもない。

太陽が沈み、満月から少し欠けた月が昇るころ、炭水車が空っぽになった。驚くまでもない。いつかそのときが来るとわかっていた。でも、それがいま現実になった。

ソフロニアたちはボイラーにくべる速度をさらに遅くし、バンバースヌートの食べ残しのかけらを掻き出し、避けられない運命をなんとか引きのばした。

「フライウェイマン接近」ディミティが報告した。

約一時間後。「列車の真後ろ」

その三十分後。「砲弾発射準備」

そして。「目視確認できず。頭上にいると思われる」

同時にドーンという音が鳴り響いた。

「攻撃開始！」

「わかってる。聞こえた」と、ソフロニア。

それきり何も起こらず、列車は進みつづけた。砲弾ははずれたようだ。飛行船が再装塡するまで長い間《ま》があった。ソープがスロットルをすべて開いて燃料を送りこんだが、ボイラーはぐんぐん冷えてゆく。

またしても轟音。

今回ディミティの報告はなかったが、列車がすさまじく揺れた。ぶるぶると振動したあと、ブレーキがかかったかのようにキーッと音を立てはじめた。

「後ろで何かが引きずられてる。後尾車両が脱線したようだ。慎重にいかないと、こっちまで脱線しかねない」ソープはさらに速度をゆるめた。

「後尾車両を切り離さなきゃ。それしかない」ソフロニアが言った。「もっと早く気づくべきだった。引っ張る重量が少なければ石炭も少なくてすんだはずなのに」

「今さら遅い」と、ソープ。

「遅くない！」ソフロニアはホウレーを取り出した。

「出ちゃだめ」ディミティが制した。「ねらわれるって！」

「向こうは一発撃ったら再装塡に時間がかかる。しかも飛行船の高度を戻して、反動制御装置も戻さなきゃならない。次の発砲まで十分《じゅっぷん》あるわ」言い終わらないうちにソフロニアは飛び出し、柱のてっぺんをつかんで勢いよく運転室の屋根にのぼった。列車がこれほど速度を出していなかったら、もっと優雅にのぼれたはずだが、振動のせいで向こうずねをぶつけた。

「ソフロニア」ディミティが声をかぎりに叫んだ。「いいかげんにして。殺されても知らないから！」

列車の進行方向と逆向きならば、車両の屋根を駆け抜け、飛びうつるのもうんと楽だ。貨物列車に渡ってすぐに原因がわかった。後ろから二番目の車両――飛行艇が載っている車室の先頭――と発信器の車両がはずれかかっていた。車室の半分が吹き飛び、飛行艇は妙な格好に傾いている。

ソフロニアは発信器の屋根にかがんで状況を診断した。そして、危険も顧みずホウレーの引っかけ鉤を貨物車両の屋根の先端に引っかけ、車両の側面を伝いおりると、片足で連結器の底に立ち、片腕でぶらさがりながら足もとの連結具合を調べた。身体を深く折り曲げたとたんソフロニアは思った――コルセットをはずしておいてよかった。

固定釘が一本はずれ、壊れた鎖が線路に垂れて引きずられていた。連結器は半分しかつながっていない。ソープが〝引きずられてる〟と言ったのは、さらに後方――おそらく最後尾の車室だ。

ソフロニアは残る一本の固定釘を抜いて後ろの重い二車両を切り離そうとしたが、釘は新品の手袋のようにぴったりはまっていた。引き抜こうにも、ホウレーからぶらさがっているので片手しか使えない。脚を踏ん張ることもできない。手のひらの手首に近いところで叩いたが、びくともしない。

香油の瓶を取り出し、すべりをよくしようとかけてみた。

それでも動かない。油が手につき、かえって力が入らなくなった。

勢いをつけて思いきり釘を蹴ったが無駄だった。どんなにがんばっても、せいぜい足にあざができるだけだ。秘密武器コレクションはどれも役に立たない。破壊力が必要なのに、手もとには何もない。

でも、ここであきらめるソフロニアではない。ふたたび貨物車両の屋根によじのぼり、列車の屋根を猛然と駆け戻りはじめた。

そこで時間切れ。

背後で砲弾が炸裂し、ソフロニアは屋根に身を伏せた。

列車が揺れ、金属と木材がばきばきと裂けるすさまじい音がした。列車の速度が落ち、のろのろ運転になった。

振り向くと、最終車両が木片と内装のフラシ天のごたまぜになって引きずられていた。けなげに、誇り高く働いてくれた小さな飛行艇も、あわれ残骸の一部になっている。

ヴィクトリア女王の旧式戦闘飛行船は砲弾を四発しか搭載できない。使われなくなった理由のひとつがそれだ。つまり、背後のフライウェイマンに残された弾はあと一発。

敵が最後の一発を装塡するあいだがチャンスだ。

ソフロニアはすばやく立ち上がると、運転室の屋根の端まで突っ走り、縁から頭を突き出して下をのぞきこんだ。

「ソープ、来て！」

「今は手が離せない、ミス」

「ミス？」女性の呼びかけにダスティが首をかしげた。

「あとで説明する」と、シドヒーグ。

「運転をシドヒーグと替わって」

「こっちはダスティを手伝ってる！」と、シドヒーグ。

「じゃあディミティに替わって。ほんの数分だから」

新たな任務にディミティはおびえるフクロウのような顔になったが、それでも勇ましく運転席に近づいた。ソープはしぶしぶ席を譲った。

「この計器はこの目盛りに保つだけだ、いい？　それからこっちは、この二本線のあいだ。わかった、ミス？」

「わかったわ、ミスター・ソープ」

「こっちもミス？」と、ダスティ。

「まさか、あの格好を見て本気で男と思ってた？」シドヒーグがあきれたように言った。

「きみもミスなの？」言いながらもダスティはせっせとショベルを動かした。

ソープは運転室からひょいと屋根にのぼり、ソフロニアの隣にやってきた。二人にはダスティの驚きをなだめるよりやるべき仕事がある。

「よほど重大事のようだね、ミス」

「急いで！　砲弾はあと一発しかないわ」

「どうしてわかる？」

「飛行船というのは重さが重要だから、設計はそれほど大きくは変えられないの。あれは旧式だから、昔と同じ量しか搭載できない」

「なるほど」

ソフロニアは低く身をかがめ、問題の連結器に向かって屋根を走りだしていた。ソープも果敢についてくる。やがて貨物車両の端にたどりついた。ソープの足もとはソフロニアより危なっかしい。ソフロニアは思いはじめていた――あたしにとっては動く列車の屋根にいるほうが自然な状態なのかもしれない。

ソフロニアが連結器を指さした。「あそこ、残った釘を引き抜ける？」

ソープは屋根の端からのぞきこんだ。「やってみるよ」

ソフロニアがホウレーを渡し、ソープはロープを伝いおりた。

ソープはソフロニアが下りたよりさらに低いところまで下りると、車両端の連結器をささえる小さな横木のひとつにおそるおそる片足を載せ、連結器にまたがった。さいわい列車の速度は遅い。ソープは両手で釘を握り、前後にひねったり引いたりした。背中と肩の筋肉に力が入っている。危険な体勢だ。釘が抜けて後尾車両がはずれたら、端から転げ落ちるかもしれない。

釘はびくともしなかった。ソープはソフロニアがやったように何度か足で蹴り、もういちど釘をつかんで小さく動かした。

砲弾の発射音が聞こえ、しゃがんでいたソフロニアは屋根に身を伏せた。

ソープが釘をつかみなおすと同時に車体が激しく揺れ、連結器が大きく動いた。

ソープが力まかせに引いたとたん、すべてが飛び上がり、釘がすぽっと抜けた。固定釘がはずれた今、線路に引きずられていた後部車両の重さで連結がはずれ、列車の前部が離れはじめた。

ソープは無理な姿勢で身をひねって体重をずらし、回転しながらさっきまで貨物車両があった空間に飛びこんだ。ソフロニアはとっさにホウレーのロープに手を伸ばし、かろうじてつかんだ。両腕がねじれ、いまにも屋根の端からすべり落ちそうだ。ソープの体重は軽くない。ソフロニアは歯を食いしばり、発信器の屋根の縁に胸を押しつけてこらえた。前のパッドがいくらかクッションにはなるが、胸がつぶれそうだ。

ソープは飛びこんだ勢いで貨物車両の後尾に激突した。線路に引きずられていないだけ、まだましだ。ソフロニアは全身に力をこめ、意志の力だけでなんとかソープを引き上げた。

でも、とうていささえられる重さではない。

ソープはずしりと重く、腕が震えはじめた。もうこれ以上は無理、そう思ったとき……。

ソープの頭が持ち上がった。身をくねらせ、必死につかまる場所を探し、やがて足が連結器の残り半分を探り当てた。ソープはソフロニアが全体重で引っ張るホウレーを頼りに連結器の上に立ち、ようやく貨物車両の後尾扉にもたれた。

「ソープ！　ソープ、ケガはない？」自分の声が耳のなかでやけに切れ切れに聞こえた。

「びっくりして、ちょっとあざができただけだ、ミス。心配いらない」

「ホウレーを放しても平気？　自力でロープをたぐれる？」

「わかった、ミス」

ソフロニアが手を放し、ソープはなんとかロープをたぐり寄せた。ロープはふたたび屋根の手すりを越えて引っかけ鉤までピンと張り、ソープはその張力を使って屋根にのぼってきた。

ソフロニアはあわてて駆け寄った。抱きつく勇気はなかったが、せわしなく頭のあちこちに触り、ケガがないかを確かめた。縁なし帽はなくしていたが、硬いちぢれ毛に触れてほっとした。べたつく血の感覚はない。でも、左後頭部には卵大のこぶができるだろう。

「気分はどう？　目眩《めまい》は？　脳みそがガタガタしない？」ソフロニアはあちこちなでまわした。

ソープはおとなしくソフロニアの手当てを受け入れた。「大丈夫だよ、ミス。ガタガタするほどの脳みそもない。ほら、おれは古いブーツの革とおんなじ色で、おんなじくらいタフだから」

ソフロニアがほっとして手を離しかけたとき、ソープがその手をつかんだ。

「でも、心配してくれてありがとう、ミス」ソープはいつもの黒い真剣な目で見つめた。何かを言いたげな、あのきらめく瞳で。

もう少しでソープを失うところだったと思うと、ソフロニアは吐き気がした。できればソープの目をのぞきこみ、瞳孔の状態を調べたかった。シスター・マッティが前に言っていた――〝物理的衝撃を受けたあとの精神錯乱には注意が必要です〟

列車は急に身が軽くなったことに気づいたかのように速度を上げはじめた。

ソフロニアは心配そうにソープに腕をまわした。

ソープは抵抗しなかった。いまのあたしにはそうするのが必要だと知っている。

そう思ったとたん、ソフロニアははっとした。あたしとソープの関係はいつだってこんなふうだった。いつだって友情を超えたものだった。今さら気づくなんて、なんてバカなの。ディミティに言った言葉はなんだった？　〝あたしを邪魔しない人がいいわ〟。ソープなら、どんなときも決してあたしの邪魔はしない。

「どうした、ミス？」

「ソープ、あたし……」

そのとき頭上からどなり声が聞こえ、見上げると、速度を保って浮かぶフライウェイマンの飛行船の底が見えた。

数人の男が縁から身を乗り出している。夜の薄暗がりのなかではどの顔も青白く、そのなかにフェリックスと父親の顔が見えた。

そしてゴルボーン公爵は見るからに恐ろしげな拳銃を向けていた。

「ねえ、ソープ、どうもあたしは拳銃が嫌いみたい」

「きみみたいな職業にしてはおもしろい意見だ」ソープは軽い調子で答えながらソフロニアの腕をほどき、新たな敵をゆっくり振り返った。

「そこを動くな、ヤング・レディ！」ゴルボーン公爵が叫んだ。

つまりフェリックスはあたしが誰かを父親に話したわけね。少なくともあたしが女だってことを。ソフロニアは公爵を無視し、かつての男友だちを見つめた。ばつの悪い顔をするだけのたしなみはあるようだ。裏切られたくやしさが押し寄せるかと思ったが、感じるのは落胆だけだった。

「そうしたくても、ご命令にはしたがえませんわ、公爵」ソフロニアは大声で叫び返した。「念のために言っておきますけど、列車を動かしているのはあたしじゃありません」

「ああ、わかっている。話というのはまさしくそれだ。その黒んぼをそこに残せ。わたしが銃を向けているあいだに、きみが運転士のところに行って列車を止めさせる。十分以内に戻ってくれれば、彼は無事に返す。悪くない取引だろう？」公爵は拳銃を持った手でそっけなく身ぶりした。

「拳銃についてのきみの意見はもっともだ、ミス」ソープは少しも動じず、淡々と言った。

ソフロニアは飛行船に呼びかけた。「ゴルボーン公爵ともあろうおかたがそんな真似をなさるなんて幻滅ですわ。てっきり、こんな汚れ仕事をさせるためにほかの人たちを雇われたものとばかり」

そんな当てこすりにまどわされる公爵ではない。「物ごとにきちんと片をつけたければ、みずから手をくだしたほうがいいときもある。わたしの気をそらそうとしても無駄だ、お嬢さん。きみの手練手管については、ここにいる息子からすべて聞いた。どこが魅力かわからぬが、息子の話ではきみはひそかに人を惹きつける技をいくつも持っているらしいな。きみが息子に巻いた糸はわたしがほどいた。そして言っておくが、そんなものはわたしには通用しない」

どんな手管であれ、ゴルボーン公爵ほどの年齢の人に使うと考えただけでソフロニアはぞっとした。なにより、フェリックスが二人の恋の始まりをあたしの訓練のせいにしたことに腹が立った。フェリックスとしては、ゴルボーン公爵を利用してまんまと逃げ出したあたしが許せなかったのだろう。でも、ここまで公爵に一目置かれて、まんざら悪い気はしなかった。

とはいえ拳銃は無視できない。飛行船は上下に揺れ、列車は左右に揺れているのに、ゴルボーン公爵の手は微動だにせず、銃口はぴたりとソープの胸をねらっている。

「すぐに戻るわ」ソフロニアはソープの顔を見つめた。

「とにかく突っ走れ」ソープは頭上の男たちに聞こえないようにささやいた。「もう後ろに重たい車両はない。最後の石炭できっと振りきれる。おれは平気だ」

ソフロニアはまたたくまに飛び去る田園風景を肩ごしに振り返り、ふと動きを止めた。

何かが平原を猛スピードで駆けてくる。砲弾の音を聞きつけたのだろう。

走ってくるふたつの影。

片方はふさふさした狼頭にシルクハットをくくりつけている。

「さあ、ミス・テミニック！」ゴルボーン公爵が拳銃の撃鉄を起こした。あたしが女で、しかも名前まで知っているわけね。最高じゃない。

ソフロニアはソープに顔を寄せた。ソープはホウレーを持ったままで、引っかけ鉤はまだ貨物車両の屋根の手すりに引っかかっている。

ソフロニアは大げさに別れの抱擁をするかのように身を寄せ、「向こうは一隻よ」耳もとでささやいた。

ソープは困惑し、銃口を向けられながらもうなずいた。「そうだね、ミス」

「そしてあたしたちは四人。知りすぎた四人よ」

「うん」

「あたしたちが二手に分かれたら全員を追うことはできない」

「なるほど」ソープはようやく納得し、ホウレーの張り具合を確かめた。「わかった」

ソープはわかってくれた。ソープはいつだってわかってくれる。

授業その十五　救いの神〈将軍〉

さっき列車に頭をぶつけたせいでソープはまだふらついていたが、ソフロニアよりは力が強い。いずれにせよ交換する時間はない。きわめて現実的理由からソープがそのままホウレーを持つことにした。

ソフロニアはゴルボーン公爵を振り返り、動揺したふりをして唇を震わせた。「おっしゃることはなんでもします、公爵。だからどうか彼を傷つけないで」

公爵はいかにも不快そうに顔をゆがめた。煤っ子ごときに銃弾を使うのが惜しいのか、それともソフロニアが下層階級の人間に本気で愛情を抱いているのが許せないのか、どちらなのかはわからない。

ソフロニアはソープに抱きつき、激しい恋情の発露とばかりに手脚をからめた。それは永遠《とわ》の別れを前にした恋人どうしの——ロミオとジュリエットもかくやと思わせるような——最後の熱い抱擁に見えた。

抱き合いながらソープはダンスを踊るようにしゃがんで背中に体重をかけ、ソフロニアもろとも走る列車の端からすべり落ちた。

ホウレーが落下速度をゆるめたとはいえロープは重みで勢いよく伸び、列車もスピードを出していたせいで、二人は勢いよく線路に転げ落ちた。地面にぶつかると同時にソフロニアはしこみ扇子でホウレーのロープを切断し、ソープはソフロニアをかばうように身体を丸めた。ソフロニアを守ることには、いつだってあきれるほど命がけだ。結果、ソープは衝撃のほとんどを引き受けた――ついさっき嫌というほど頭をぶつけたばかりなのに。

気がつくとソフロニアはソープの上にぶざまに大の字になって乗っかっていた。身をほどいたとたん、息が止まりそうになった。ソープが動かない。

「ソープ！　ソープ？」

「頭がまともになるまでちょっと時間をくれよ、ミス。毎日、列車からわざと身を投げる男はいないし、毎日こうやってきみを乗っけてるわけでもない。それがふたつ同時に起こったんだから、ぼうっとするのも当然だ」

ソフロニアは短いあいだにまたもやソープの身体をなでまわし、ケガがないかを確かめた。訓練を受けた外科医ではないから、骨が折れているかどうかはわからなくても、切り傷があるかどうかくらいはわかる。

ソープはもぞもぞと身をよじり、悲鳴を上げた。「ちょっと、ミス、大丈夫だって！」

「ああ、なんてこと、痛かった？　もっと痛くなった？」あたしがなでまわしたせいでもっとひどくなったらどうしよう？

「たいしたことないって、ミス。だから、触るのをやめてくれる？」

「ごめんなさい」ソフロニアは恥ずかしくなった。ソープの身にもなってみて！　あたしにあちこち触られたいわけがない。「ただ、ケガがないか心配で」

「そうじゃないんだ。嫌なんじゃないよ、ミス。好きなだけ触っていいけど、それはあとで。いまはあのご友人たちをどうにかしなきゃ。どうやら列車そっちのけで、おれたちを見張るほうを選んだらしい」

ソフロニアはソープの上からごろりと転がりおりて仰向けになり、空を見上げた。

フライウェイマンの乗った軍用飛行船が線路脇の斜面に降りようとしていた。

列車は影も形もない。シドヒーグ、ディミティ、ダスティ、バンバースヌートを乗せて行ってしまった。

ソフロニアは立ち上がり、土ぼこりをはたいた。

ソープもゆっくり起き上がった。落下の衝撃で震え、あざと切り傷だらけだ。

ソフロニアの心配そうな視線に、「おかげでどこもちゃんと動いてるようだ。でも、ミス、たしかにきみの作戦は身体にやさしくない」ソープはそう言って平原を見やった。ゴルボーン公爵と拳銃のことを考えているようだ。「走って逃げる？」

「待って、どうやら援軍が来たみたい」

その言葉どおり、ゴルボーン公爵が飛行船から降りると同時に二匹の人狼が駆けてきた。ソフロニアは嫌がるソープを引きずるように新たな一団に向かって歩きだした。二匹の人狼は——少女と煤っ子ではなく——フライウェイマンと公爵のほうに向かってゆく。賢明な判断だ。

ソフロニアとソープが近づくあいだに、人狼たちはあらゆる礼儀を無視し、平原のどまんなかで、飛行船の乗組員全員の前で変身した。背中を向けてはいるが、それでもソフロニアは目のやり場に困った。

「きみを男の子だと思ってるようだ」と、ソープ。

「もしくはあたしの道徳的立場なんかどうでもいいほど重大な状況なのかも」

近づくにつれて〈将軍〉の声が聞こえてきた。

「……しかも列車に発砲するとは、なにごとだ、公爵！　このような行為は女王陛下が認めない。知っていれば阻止したものを。個人的な問題で祖国に砲弾を撃ちこんではならないことくらい、あなたも知っているはずだ。どういう了見だ？　英国じゅうに轟音が鳴り響いた。戦争でも起こったのかと思われたらどうする！」

「親愛なる〈将軍〉どの、このあたりで音を聞きつけた者はいない。あなたが近くを走っていると知っていたら、もっと静かな武器を使ったのだが。何ごとかと駆けつけるのはあなたがた、とびきり聴覚が優れた生き物だけだ。わたしは極力、周囲に配慮した」

ゴルボーン公爵は当然ながら〈将軍〉の詰問には答えなかった。

「いったい何を考えている？」〈将軍〉が迫った。

「やむをえなかった。あの列車はわたしの貴重な品を運んでいた。それを取り戻すためだ」

「それが何かをたずねても？」

「たずねるだけなら」

ソフロニアとソープが歩み寄った。

「こんばんは、〈将軍〉どの、大尉、公爵様」

全員の視線が集まり、ソフロニアはもじもじと身じろぎした。ソフロニアがスパイ業に惹かれる理由のひとつは、まわりに注目されるのが苦手だからだ。しかも正面が丸見えの人狼に見つめられるというのは、ソフロニアほどの冷静で賢い少女にもなかなかの試練だった。

〈将軍〉から少し離れた場所で、同じく素っ裸で立っていたナイオール大尉が小さく毒づいた。「ミス・テミニック、なぜきみが？」そう言って頭にかぶったシルクハットをつかみ、大事な部分を隠した。教え子にこんな姿を見られていかにも恥ずかしそうだ。

〈将軍〉は少しも動じなかった。目の前の妙ちくりんな少年が少女だとわかっても、この状況に対する怒りは変わらない。〈将軍〉たるもの、旅を邪魔されてどうして黙っていられよう。

〈将軍〉はソフロニアを見て眉をひそめた。「またきみか！　われわれが北に向かわねばならぬときに、きみはことごとく邪魔をしたいようだな。今度は何ごとだ？」

ソフロニアはどこまで情報を明かし、どこまで目的を話すべきか考えた。本来の目的はいまもシドヒーグをスコットランドに送り届け、自分たちが無事にマドモアゼル・ジェラルディン校に戻り、ピクルマンの魔の手から逃れることだ。ここは〈将軍〉の慈悲にすがるにしくはない。

「ああ、〈将軍〉どの」ソフロニアはまつげをぱちぱちさせた。「来てくださって本当に助かりました！　あなたがいなければどうなっていたことか。この公爵閣下はひどいんです。最初はこの列車を盗もうとしました。だから盗まれないように逃げたんです。そうしたら今度は大砲を発射して。ああ、どんなに怖かったか」

「ほう？　それで、どうして公爵が列車をほしがっていると思うんだね？」〈将軍〉が疑わしげにたずねた。

「おそらく吸血鬼の所有物を運んでいたからではないかと」

「本当か？　つまり、あの金色の吹き流しだけではないということか？　それで、どこの吸血鬼だ？」

「ウェストミンスター群です」

「どうしてわかる？」

しまった、モニクを突き落とすんじゃなかった。「えっと、その、ちょっとした手違いで証拠を落としてしまいました。でも公爵のものでないのはたしかです」ソフロニアは純真無垢な目で〈将軍〉を見つめた。

「バカな」と、ゴルボーン公爵。「まさかその子の言うことを信じるわけではなかろうな！」

「嘘だというのか？」

「いまとなってはどうでもいいことです。すでに列車は去ってしまった」と、ナイオール大尉。

「それはそうだが、追いつこうと思えばすぐに追いつける」〈将軍〉は異界族特有のスピードをほのめかした。

ソフロニアは顔を輝かせた。「まあ、本当に？　それはいいわ。列車にはレディ・キングエアが乗ってるんです」

「なんだと！」〈将軍〉とナイオール大尉が声をとがらせた。

「そもそもどうしてあたしたちが列車に忍びこんだと思います？」ソフロニアは続けた。

「あれは北行きの列車です。シドヒーグは家に帰りたがっていました。毛がふさふさじゃなくてもシドヒーグは自分を人狼だと思っています。あなたが罰しようとしている人狼団はシドヒーグの家族で、シドヒーグは家族と一緒にいたいんです。あたしたちはシドヒーグを家族のもとに送り届けたかっただけです。わかってください」「だから言ったでしょう、ナイオール大尉は落ち着きを取り戻し、含み笑いを漏らした。〈将軍〉。この子たちはふつうの少女ではない。檻にでも閉じこめないかぎり、レディ・キングエアは何度でも脱走しつづけます」

〈将軍〉が探るようにソフロニアを見た。

ソフロニアはうなずいた。「そしてあたしたちは手を貸しつづけます」

「なぜ?」

「友だちだから」

〈将軍〉はこんがらがった状況にいらだち、ソープを見やった。「それで、おまえはどういう関係だ?」

「あ、えっと」ソープはこれほど裕福で高位の男から直接、見つめられ、もごもごとつぶやいた。「おれはただの煤っ子で」

「列車を動かすのに、これほどの適任者がいますか?」ソフロニアはひるまなかった。

「まったくもってバカげている!」と、ゴルボーン公爵。「この子たちはおもしろ半分のいたずら軍団だ。見ればわかる」

公爵よりずっと地位の低いナイオール大尉が反論した。「公爵閣下、マドモアゼル・ジェラルディン校は生徒によからぬことを教えているかもしれないが、いたずらのためのいたずらは厳しく禁じている。彼女たちは邪悪な天才ではない。それは〈バンソン校〉の得意分野ではありませんか？」

〈将軍〉はソフロニアとゴルボーン公爵を交互に見やった。「大尉の意見はもっともだ。ここにいる二人には列車泥棒にかかわったまっとうな理由がある。しかし、あの列車にあなたの大事な物が載っていたとすれば、公爵、なぜ列車に発砲した？　あなたの説明は根拠に乏しい。列車が載せているもののために列車を破壊したいのか、それともこの二人をつかまえたいのか、目的はどちらかだ。そしてあなたは列車を見逃し、このいたずらっ子のもとにとどまった。となれば、目的はこの子たちとしか考えられない。なぜだ？」

あたしが知りすぎているから――ソフロニアは心のなかでつぶやいた。

ゴルボーン公爵は拳銃を持ったままソフロニアをにらんだ。あたしは公爵の計画を人狼にばらさなかった。メカのことも水晶バルブのことも、ひとことも話さなかった。公爵の邪悪な計画については――それがなんであれ――黙っていた。公爵はあたしが言わないと高をくくっていたの？　それとも、あまりに荒唐無稽に聞こえるから話さないだろうと思ったの？　学園で訓練を受けるうちに、最善の弁明はつねにシンプルであることを学んだ。あたしも公爵もわかっている。〝女の子たちがかわいそうな友人を案じ、子どもっぽい思いつきで列車を盗んだ〟という言いわけはもっともらしく聞こえる。かたや〝ピクルマンが国家規模でメカ反乱をたくらんでいる〟というのはあまりにとっぴだ。

でも、公爵はみずからの計画をばらさずして、あたしに反論はできない。

ゴルボーン公爵はあたしに先手を打たれたとくやしがっているに違いない。

公爵はソフロニアをにらみつけた。「息子はきみのことをもっと早く警告すべきだった」

「まあまあ、閣下」ナイオール大尉がなだめた。「ミス・テミニックはちょっとませているだけです。レディを侮辱する理由はありません」

「ふん、レディだと？」

鼻で笑う公爵の背後で騒ぎが起こった。飛行船のなかのフェリックスが父親の言葉に反論している。だが、フェリックスは脚に銃弾を受けた身で、しかも数人の屈強そうなフライウェイマンによって手すりから引きはがされかけていた。男たちは〝息子に口出しさせるな〟と命じられているのだろう。

「離せ、ちくしょう！」フェリックスは押さえつける手を払いのけながら叫んだ。「ソフロニア！　ソフロニア、ここにはもっと多くの……」そこで声は大きな手にさえぎられた。

公爵は作戦を変えた。「息子を許してほしい。少し興奮しているようだ。ではこうしよう、親愛なる〈将軍〉よ、あなたがその若きレディをわたしに引き渡せば無事に学園に送りとどける。いずれにせよ向かう方角は同じだ。息子を〈バンソン校〉に届けねばならぬ」

〈将軍〉はこの提案に飛びつきたそうに見えた。一刻も早くこのごたごたを収める責任から逃れたいのだろう。これはどう考えても、アルファを失ったスコットランドの人狼団が殺気だっている事態に比べればささいなもめごとだ。

しかし、ここでもナイオール大尉が教師然と振る舞った。「信用できません、公爵閣下。現にあなたはミス・テミニックに砲弾を放った」

「彼女の列車にだ」公爵が訂正した。

「じゃあ、あれが彼女の列車だったと認めるんですか?」と、ソープ。

誰もがそこにいたのを忘れていたかのようにソープを見つめた。たぶん、みな忘れていた。

「誰がおまえの意見をきいた、煤っ子?」と、公爵。

このまま議論がえんえんと続くかと思われたとき、背後から大声が聞こえた。見ると、小高い丘を越えてシドヒーグとディミティとバンバースヌートがずんずん近づいていた。石炭ショベルで武装し、必ずや助け出すという決意をみなぎらせて。

「丘の向こうまで行ったところで燃料がつきて、あたしたちがいないのに気づいたのね」ソフロニアがソープにささやいた。「戻ってこなくてよかったのに」

「シドヒーグとディミティは、わざと転げ落ちるというおれたちの計画を知らなかった。

きみが逆の立場だったら同じことをやったと思うよ」さすがはソープ。とことん友情に厚い男だ。

「そうね」ソフロニアはうなずいた。

「あれはレディ・キングエアか?」〈将軍〉が声を上げた。「ちょうどいい、あの子ならこの場をうまく収めるだろう。賢い娘だ――人間にしては」

みんなが気を取られているあいだにゴルボーン公爵が飛行船に戻りはじめた。飛行船の係留索が解かれ、いまにも上昇しようとしている。

ソープだけがそれに気づき、〈将軍〉と大尉に呼びかけた。「あの、いいんですか?」

「いまだ!」ゴルボーン公爵が叫び、拳銃をソープに振り向けた。

そのとき初めてソフロニアは銃を持っているのがゴルボーン公爵だけではないことに気づいた。おそらくフェリックスはそれを警告しようとしていたのだ――あたしの名誉を守ろうとしたのではなく。

三人のフライウェイマンと公爵がいっせいに発砲した。

ナイオール大尉は異界族教師の本能で飛び出し、ソフロニアをかばった。一発の銃弾が横腹に当たり、衝撃で押されてソフロニアの上に覆いかぶさった。

〈将軍〉の反応も速かった。銃をものともせず――ちょうど再装塡のさなかに――飛行船に突進した。すでに一メートル近く地面から浮かんでいる。そもそもこうした動きを想定して設計された軍用飛行船だ。

ゴルボーン公爵が船体の縁によじのぼり、転げるようになかに入ったとき、黄色い長靴下がちらっと見えた。だからあの公爵はどこか変だと思ってたのよ！

〈将軍〉は大きくジャンプして飛行船の脇をつかんだが、異界族の力をもってしても足りず、手がすべってどさりと地面に落ちた。狼のときだったらつかめたかもしれないが、結果は同じだ。人狼は空には浮かべない。

〈将軍〉は落下し、悪態をついた。

二人のフライウェイマンが縁から身を乗り出し、〈将軍〉に向けて発砲した。

〈将軍〉は首を後ろに傾け、歯を剝き出しただけだ。

ソフロニアは身を起こし、ナイオール大尉の下から這い出した。大尉の肩から血が出ている。弾は肩から背中へ突き抜けたようだ。

「ナイオール大尉？」

「銀ではないから大丈夫だ、ミス・テミニック。数時間は苦しいが、じきに治る」痛いというより、迷惑そうだ。

〈将軍〉が歩いて戻ってきた。いかにも苦々しげな表情で……毛むくじゃらで、ぶらぶらさせて。ああ、どうしよう、ディミティが走って近づいてくる。ディミティはあのぶらぶらにどう反応するかしら？　失神する？　きっと失神するわ。

ソフロニアは背筋を伸ばし、同じく素っ裸のナイオール大尉に向きなおった。「大尉、できることなら少しだけ姿を変えて……」そこでぴたりと動きを止めた。あまりの恐怖に皮膚がはがれ落ちそうだ。

ソープ？

ソープがぐったりと横たわっていた。驚きの表情を浮かべ、胸の脇をつかんで。つかんだ場所から大量の血があふれ出し、草地に流れている。とんでもなく大量の血が。

なぜか頭にはさっきの考えの続きが浮かんだ。ああ、どうしよう、これほど大量の血を見たら、ディミティはきっと失神するわ。

ソフロニアは殺される動物のようなすさまじい悲鳴を上げた。自分の口から出ているのに抑えきれなかった。力まかせに手負いのナイオール大尉を押しのけ——石炭すくいからくる腕の疲れはもうない——猛然とソープに駆け寄り、膝をついた。

「ミス、なんて声だ」ソープがささやくようにたしなめた。

ソフロニアは叫ぶのをやめ、かすれ声で言った。「ソープ、死んだら許さない」

「ねえ、ミス、それはあんまりだ。おれはいつだってきみの頼みに応えてきた。でも今度ばかりはおれのせいじゃない。がっかりさせたくないけど」

ソフロニアは両手をソープの手に載せ、傷口を押さえた。ものすごい出血だ。その言葉が繰り返し頭をかけめぐった。〝ものすごい出血〟。あたしには何もできない。生まれて初めてソフロニアは完全な無力感を味わった。探りだす情報も、とっておきの技も、よじのぼる壁もない。どんなに身をひねっても、身体をねじ曲げても、どうにもならない。

ナイオール大尉が近づいた。大尉なら助けられるかもしれない。戦場で鍛えられ、銃創にも慣れている。

「どれ、見せて」大尉はやさしく声をかけ、ソフロニアの血まみれの手をのけた。

ソープが青ざめて見えた。そんなのありえない。あたしのソープはいつもクリスマスケーキのように茶色で、ナッツみたいに栄養がいっぱい詰まってた。それがいまはぺちゃんこで、空っぽに見える。

〈将軍〉が少し後ろに立っていた。「やれやれ、今度は何ごとだ？」ぶっきらぼうな口調が、ソープの傷を見たとたんやさしくなった。「ああ、なんということだ」

ソープの目がうつろになってきた。いつものきらめきはもうどこにもない。

こんな深刻な場面で、あたしはソープの目のことばかり考えてる。「ああ、お願い、ソープ、どうか死なないで。あなたがいなかったら、あたしはどうしたらいいの？　誰があたしに分別を教えてくれるの？」

「ねえ、ミス、バカ言わないで、おれはそんなにひどくはな……」ソープの声が途切れ、それから驚いたように続けた。「でも、ちょっと痛いかな、やっぱり」

ナイオール大尉が傷口から目を上げた。「残念だが、よくない。この場に外科医がいたとしても、内臓まで貫通していては手のほどこしようがない。気の毒だ」

ソフロニアはディミティとシドヒーグがそばにきたのにも気づかなかった。頭のなかには血のことしかなかった。

シドヒーグがソフロニアの横で膝をついた。いつも無口で、そっけないシドヒーグが人目もはばからず泣いていた。煤まみれの顔に涙を流して。ディミティは一歩さがって片手で口を覆い、恐怖に目を見開いている。

「失神しないの？」ソフロニアは呆《ほう》けたように言った。自分の声がメカの声のように聞こえた。遠い、金属性の、無感情な声。

「こんなときに失神できるはずないわ」考えてみればそうだ。ディミティもソープとは長いあいだ友だちだった。「どうしたらいいの？」

顔がひりひりした。あたしはいつだってなんとかするんじゃなかった？　もういちど叫んで、吐いて、わめきたかった。力をこめすぎて目のまわりの皮膚が裂けそうだ。大量の血。そして、あたしには何もできない。何ひとつ。

「まあ、重要人物でないのがせめてもの救いだ」〈将軍〉が言った。

それを聞いたとたん、ソフロニアは激しく食ってかかった。「あなた！」敬称もつけず、〈将軍〉の胸に指を突きつけて。身長は頭ふたつぶん低く、体重は半分しかないソフロニアが。

〈将軍〉は反応に困った。「なんだ、お嬢さん？」

「あなたはアルファでしょう？」

「いかにも」

「本物のアルファ？」

「もちろんだ！」

「彼を噛んで」

「なんだと！」

「いますぐ噛んで！」

〈将軍〉は小柄な少女の命令に呆然とした。正気を失っているとしか思えない。

レディ・キングエアも口をそろえた。「そうだ、〈将軍〉。ソープはいい人狼になる。いいやつで、力も強くて、年齢もちょうどいい。弾の傷以外は健康だ」

「しかし、この子は」〈将軍〉は一瞬、言いよどみ、「団員ではない！」

「あなたがたはいつも下層の人間をクラヴィジャーに採用してるんでしょう」ソフロニアが言った。「むしろ、そういう人たちを選んでいると習いました、吸血鬼とは違って。ソープのどこが問題なの？」

「彼はクラヴィジャーではない！　準備もできていないし、変異に必要な訓練も受けていない。覚悟もできていない。申請もしていない。奉仕の経験もない。異界族の秩序に反する」〈将軍〉は頑として拒んだ。「しかも英国出身ですらないではないか！」

「正真正銘の英国出身よ！　南ロンドンのトゥーティング・ベック！」

「わたしが言っているのは肌の色のことだ！」

「とってもすてきな色じゃない！」ディミティが反論した。よりによって、あのディミティが。

「ソープは人狼になりたがってた。つい数日前もそう話していました」と、ソフロニア。まわりで繰り広げられる言い合いにソープはかすかに目を開け、「そうです」しゃがれ声で言った。

「ほら！　だから噛んで、〈将軍〉。あなたがすぐれたアルファであることを証明してください」

〈将軍〉はあきれたように両手を振り上げた。「そういう問題じゃない」

ソフロニアはおどし文句を考えた。でも、手もとにサンドーナー武器はない。銀のナイフすら持っていない。正面からなぐりかかってかなう相手でもない。さっと振り払われるのがおちだ。

残された道は交渉だけだ。そして〈将軍〉がほしがりそうなもので思いつくのはひとつしかない。あたしだ。「ソープを噛んで。あたしが訓練を終えたら、あなたの専属スパイになります。あたしは優秀です、ナイオール大尉にきいてください。卒業までにはもっと腕を上げます。最高のスパイです。後悔はさせません」

「ミス・テミニック、本気か？」と、ナイオール大尉。

取引の申し出に〈将軍〉はますます驚いたが、ふっと考えこんでソープを見下ろし、それからナイオール大尉を見上げた。「そんなに優秀か？」

「マドモアゼル・ジェラルディン校の長い歴史のなかでも一、二を争うほど。どんな形であれ、手を組めば有能な情報提供者になるでしょう」

競争本能。人狼には強い競争本能がある。ソフロニアはそこをくすぐった。「ミセス・バーナクルグースもあたしをほしがっています」

「ミセス・誰だと？」

通じなかったようだ。ソフロニアは別の手を繰り出した。「アケルダマ卿からもパトロン・ギフトをもらっています」

「本当か？」

今度は通じた。

〈将軍〉はこれまでのできごとを考えているように見えた。あたしが列車を乗っ取り、ゴルボーン公爵を追い払ったという事実を。でも〈将軍〉はバカではない。これほど長いあいだ一匹狼として生きのび、しかも女王陛下の陰の立役者となれるのは、よほど慎重な人狼だけだ。「悪くない条件だ。しかし、取引はわたしの変異嚙《へんいが》みが成功してもしなくても効力を持ちつづける。わかっているか？」

ソフロニアの胸に希望が湧いた。希望と不安と恐怖。でも、希望がいちばん大きい。

「わかっています。ソープが生きのびるかどうかはあなたの能力とは関係ない。彼の魂しだいです」

「つまり、魂が少なければ生きのびられない。そんな小さな望みに彼の命ときみの将来を賭けていいのか？」

ソープはぐったりして口もきけず、まぶたも重く閉じている。もう時間がない。

ソフロニアは深く息を吸った。顔はまだひきつってひりひりしている。「はい」

〈将軍〉はうなずいた。「よし、わかった。やってみよう。きみたちは、レディーズ、ここにいないほうがいい。見て美しいものではない。大尉、頼む」

ナイオール大尉はゆっくり近づくと、ソフロニアとシドヒーグをひょいと持ち上げ、両脇に抱えて歩きだした。あとからディミティがおずおずと、同じようにバンバースヌートを小脇に抱えてついてくる。

大尉は二人を線路の近くに下ろした。何が起こっているか、振り向いても見えないほど離れているが、音だけは聞こえた。

それは聞くも恐ろしい交響曲だった。よだれまじりのうなりとうめき。何かが砕け、じゅるじゅると吸い上げる音。苦悶の声。何かがバキバキと折れる音。ソープは声を上げる力もなかった。もしあったなら悲鳴を上げていただろう。痛いとは聞いていた。それはいつだって痛いが、とくに最初が痛いとナイオール大尉は言った。不死者になるための試練とはいえ、悲惨な死にかただ。そして、たいていは不死者になれずに死ぬ。シドヒーグが線路の上に吐いた。意外だった。シドヒーグだけは前にも変異の場面を見聞きした経験があるはずなのに。ナイオール大尉が身体をささえ、やさしくなだめた。おそらく経験があるからだ。シドヒーグは変異がどういうものかを知りすぎるほど知っている。そしてソープはシドヒーグの友人だ。ソフロニアはそれ以上、考えないようにした。

そうして震えながらじっと座っていた。あたしはソープをたった一人で身の毛のよだつ死に送りこんだの？　獣のあごに運命をあずけて？　あたしはすべてを悪いほうに持っていったの？　あたしにこんな決断をする権利があったの？　たとえこれがソープの望みだったとしても。決して手を貸さないと誓ったのに、いまみずからの手で現実のものにしてしまった。あたしの言葉なんかこの程度だ。ディミティが隣に座り、ソフロニアの肩をなでながら何度も何度もむなしい言葉をつぶやいた。〝大丈夫。最後はきっと何もかもうまくゆくわ〟

やがてすべての音が止まり、夜の静けさがあたりを覆った。あるのは静寂だけだ。

授業その十六　それぞれの道

「しばらくはわたしのそばにいなければならない」眠るソープを見ながら〈将軍〉が穏やかに言った。

口のまわりには血がべっとりとつき、それが毛深い胸にしたたっている。〈将軍〉はぼろきれでぞんざいに口をぬぐった。そうしてみると、食べかたのだらしない人がちょうどコース料理のトマトスープを飲んだばかりのように見えなくもない。ソフロニアの興奮した頭に、ふとあるまじき言葉が浮かんだ――ソープ・コース！

ソフロニアはソープの頭を膝に載せて座っていた。いつもなら照れくさく、恥ずかしく思ったかもしれない。しかも公衆の面前で。でも、これまでのできごとを考えれば、いまさら何を気にすることがあろう――ソープの頭が狼の頭だということ以外に。ソープは身体も狼だった。毛皮は厚く、ごわごわで、ソープが愛したボイラーに入れる石炭のように真っ黒だ。もう二度と空に浮かぶことはないのね――ソフロニアは思った。ソープは疲れた子犬のようにぐっすり眠っているが、傷はみるみる治りつつあった。こうして見ているまにも銃創は閉じ、その上に新しい毛が生えてゆく。そして〈将軍〉からの贈り物――嚙み切られた首――は、腕のいい縫い子の見えない手で縫い合わされる布地のようにもとどおりに縫い合わされていった。生まれたばかりの人狼は、最初の夜は狼の姿で過ごさなければならないと〈将軍〉は言った。ソープの場合、傷の治りを速めるためにもそのほうがいい。

「〈将軍〉のそばに？　キングエア団の問題を片づけるあいだってことですか？」

「いや、ミス・テミニック、そうではない。彼はこれから長いあいだ、わたしのそばにいなければならぬ。わたしは一匹狼。団を持たない。彼もそうだ。しかし、変異させたのはわたしであるから」――〈将軍〉の声に誇りがにじんだ。変異が成功して新たな人狼が生まれることはめったにない――「わたしのそばで制御法を学ばなければならない。わたしにはそれを教える責任がある」

「どれくらい？」ソフロニアはソープが死ななかっただけでうれしかった。しばしの別れなど、取るに足らない代償だ。

「数年か、数十年か」

そんなに長く。

「それは彼の資質しだいだ」

それならあたしにも答えられる。「ソープはいい人です、〈将軍〉。きっと気に入ると思います。賢くて、器用で、働き者で、おもしろくて、楽しくて、リーダー性もあって……」

「わかっている、ミス・テミニック」その言葉以上に——ソフロニアの言葉以上にわかっているような口ぶりだ。「だが、人はときに狼になると性格が変わる」

「あたしのソープは変わりません」

「それはいまにわかる」〈将軍〉はぼろきれで顔をふき終え、かたわらに投げ捨てた。夜の寒さがこたえていたとしても、そんなそぶりはまったく見せない。「彼のことは、しばらく秘密にしておかねばならん」理由は説明しなかったが、その口調には人狼の掟《おきて》のようなものが感じられた。「きみと友人たちは口が堅いだろうな」

ソフロニアは心外だというように片眉を上げた。「スパイとして訓練されてますから、〈将軍〉」

〈将軍〉はおもしろい冗談を聞いたかのように小さく笑い、真顔になった。「きみとの約束はなかったことにしよう。新しい人狼だけでも充分な贈り物だ。めったにあるものではない」

ソフロニアは心から驚き、少し胸を打たれた。「約束は守ります。何はなくともこの約束だけは。ただ、訓練が終わるまで待ってください」そしてピクルマンの陰謀を阻止するまで。いずれにせよ、ゴルボーン公爵の一発の銃弾であたしの立場は決まった。あたしは全力で公爵の計画をつぶしてみせる。ピクルマンが何をたくらんでいようと関係ない。とにかく何がなんでも阻止する。あたしのソープを撃ったことは決して許さない！

「わたしなら彼女の申し出を受け入れます、〈将軍〉」シドヒーグの隣に座るナイオール大尉が言った。「あなたがた三人はいいチームになりそうだ」

〈将軍〉はうなずいた。「いいだろう。支援関係、成立だ。だが、きみの誓約を忘れてはいないぞ、大尉。新しい子犬が前脚の使いかたを覚えたら、われわれはすぐに走り出さねばならん」

「なぜ大尉も一緒に？」ソフロニアがさりげなくたずねた。

「きみには隠せそうもないな、スパイの卵よ。大尉はアルファとしてキングエア団を率いることになった。当座ではなく、ずっとだ。いつまでもリーダー不在にしておくわけにはゆかぬ。ひと月後にコールドスチーム近衛連隊と一緒に送り出すとあってはなおさらだ。反逆未遂を犯した罰でキングエア団を追放する。インドは連中にもってこいだ。最前線で戦うことになる。くだらない計画を考えるまもなかろう。マコン卿から引き離すのにもちょうどいい」

ソフロニアは首をかしげた。「大尉のことは心から尊敬しています。でも、本物のアルファの器《うつわ》ではないとご自分でおっしゃいました」ナイオール大尉は折りに触れ、悪びれもせず生徒たちにそう話した。人狼のなかにはアルファにふさわしい者もいれば、そうでない者もいる。〝アルファの適性にこだわるのはアルファだけだ。はっきり言って、わたしはなりたくない〟――大尉はそう言った。〝アルファになれば長くは生きられない〟と。「それはそうだが、現存する英国の一匹狼のなかでは最強だ。そこそこ有能な軍人でもある」

「それはどうも、〈将軍〉」〈将軍〉の侮辱にナイオール大尉は取りたてて腹を立てたふうもなかった。きっと侮辱ではないのだろう。

〈将軍〉はいずれあたしの支援者になる。あたしの質問に慣れてもらうのも悪くない――ソフロニアはそう思ってたずねた。「でもナイオール大尉は何も罪を犯してはいません！団員たちと一緒に罰せられるなんて理不尽です」

「多くの場合、人狼であることは理不尽なものだ。きみの友人もいずれそのことを学ばなければならない」

ソフロニアは、ソープが向ける愛情に対して自分が取ってきた態度を思い返した。「彼はたぶん、理不尽さには慣れていると思います、〈将軍〉」

「さあ、そろそろ動かしてもいいころだ」〈将軍〉が言った。

「こうしたらどうでしょう」ソフロニアが提案した。「これから石炭を調達して列車を動かせたら、当初の予定どおり北に向かっては？　そうすればおふたかたは昼も夜も移動できるし、ソープが眠る今夜一晩を無駄にせずにすみます。どうせシドヒーグを連れてゆかなければならないんでしょう？　シドヒーグは列車の運転法を知っています」

「ふむ、たしかにわたしなら列車を陛下の所有物だと宣言できる」〈将軍〉はわれ知らず提案に引きこまれていた。「吸血鬼どもがなにやら便利な装置を積んでいると言ったな？ピクルマンがほしがっているとすれば、スコットランドのどこかに隠すのは悪くない考えかもしれん」

たしかに名案だ。「発信器をキングエア団に渡せばいいんだわ。人狼の手にあれば安心です。団が出発するまでにはまだ少し時間があるんでしょう？　それまでにはピクルマンにも吸血鬼にも取り戻せない場所に隠せるはずです」

〈将軍〉は改めて見なおしたかのようにソフロニアを見て言った。「きみの言う意味がわかったよ、大尉」

ソフロニアは〈将軍〉の視線を気にもとめずにソープの毛皮をなでつづけた。

だが、〈将軍〉の次の言葉には驚いた。「きみが作戦を練っているあいだに、ミス・テミニック、わたしも作戦を練っていた」〈将軍〉は、ナイオール大尉の真横に座るシドヒーグを振り返った。

「今回のごたごたは、〝団の一員になりたい〟というきみの要求をわたしが無視したのが原因のようだ、レディ・キングエア。ようやくわかった。なんど学園に戻るよう命じても、きみは脱走しつづけるだろう。団員をインドに送っても、次はきみが汽船にこっそり乗りこんだという報告を受けるに違いない」

ソフロニアはこのやりとりを伏せたまつげの下から見つめた。

「結婚には少し早いが――」〈将軍〉が考えこむような目をして言った。

これにはシドヒーグも驚いたようだ。

「――長期婚約なら、よほどのうるさ型でもないかぎり文句は言わないだろう。異国にいれば婚約期間がどれくらいだろうと誰も気づかないし、戻ったときに結婚していても変に思う者もいない。海外での軍事作戦はときに何十年もかかる」

誰もがきょとんとした。

「どういうこと?」シドヒーグが〈将軍〉を見返した。

「《チアラップ》紙に告知を出すつもりだ」〈将軍〉がナイオール大尉に言った。

大尉はうなずいた。怒ったというより、あきらめ顔だ。

ようやくシドヒーグは理解した。「まさか、そんな! とんでもない。大尉に無理やりそんなことをさせるなんて。そんな無茶な!」

「問答無用だ。決められた結婚には逆らえない。きみは若いレディの身で人狼団と暮らしたいと言う。マコン卿が去り、ほかに血族もないとなれば、せめて婚約くらいはするべきだ!」有無を言わさぬ口調だ。〈将軍〉たるもの、一晩に二度も説得されるわけにはいかない。

ディミティが顔を上げた。「〈将軍〉の言うとおりよ、シドヒーグ。それに婚約はいつだって解消できるわ。だって外国ですもの——本気でそうしたければ」

シドヒーグはハンサムな人狼大尉を横目で見た。「それでいいの？」

「悪くない取り決めだ」ナイオール大尉は無表情で答えた。「ミス・プラムレイ＝テインモットが言うのも正しい。わたしがレディ・キングエアと婚約すれば、キングエア団のアルファとしての立場も確固たるものになる」

「たしかに理屈はそうだ」シドヒーグはどことなくがっかりした口ぶりだ。

「もちろん、きみはわたしには若すぎる」大尉は恥ずかしげにほほえんだ。「だが、長い婚約期間のあいだには、きみの愛情を勝ち得るチャンスがないともかぎらない」

シドヒーグは恥ずかしそうに首をすくめた。「そういうことなら」

〈将軍〉は初めからこの結果を予想していたかのように満足げだ。

ディミティはロマンチックな展開にため息をついた。「考えてもみて、異国での長期婚約だなんて、なんてすてきなの！」

ソフロニアは少し悲しくなった。ソープの次はシドヒーグまで。〈ジェラルディン校〉の生活がどんなに寂しくなることか。でも、シドヒーグの気持ちを思えば喜ばなければならない。人狼団と一緒にいることこそ、シドヒーグの望みだ。

〈将軍〉が両手を打ち鳴らしてこすり合わせると、ぱんぱんという音が湿った夜に響いた。
「よし、これで一件落着だ。では列車の石炭を手配しよう。大尉、みんなを列車に連れていってくれ。レディーズ」そこで〈将軍〉はディミティとソフロニアをじろりとにらみ、「きみたちには次の駅でウートン・バセット行きの一等車の切符を二枚、買おう。それからまともな服も」

素っ裸の人に言われて二人はくすくす笑った。

〈将軍〉は重い足取りで夜の闇に消えた。茂みの後ろで狼に姿を変えるのだろう。

ナイオール大尉は立ち上がると、正式な求婚者のようにシルクハットを胸の前に構え、シドヒーグに片手を差し出した。「マイ・レディ？」

シドヒーグは優雅にその手を取った。細長い、骨張った顔に驚きの表情が浮かび、どこかりりしく見えた。ナイオール大尉との関係がどう発展しようと、シドヒーグの人生は大きく変わるだろう。シドヒーグが〈ジェラルディン校〉に戻らないのは、それほど悪いことではない。いずれにせよシドヒーグには、もう花嫁学校《フィニシング・スクール》は必要ないのだから。

ディミティがソフロニアをこづいた。「そんなに寂しがらないで。まだわたしとバンバースヌートがいるじゃない」

ナイオール大尉はシドヒーグの手を離し、ぐったりした狼ソープを片手で抱え上げた。肩に受けた傷は完全に治ったようだ。ソフロニアの経験からして、ソープはそれほど軽くはないはずだが、大尉はいとも軽々と抱き上げた。いまにソープもあんなふうに、当たり前のように人狼の力を持つようになるのだろう。あんなふうに制御された、力強い動きをするように。ソープもシルクハットを頭にくくりつけるのかしら？

ソフロニア、シドヒーグ、ディミティは大尉のあとについて列車に戻りはじめた。

「決められた結婚。ほんとにそれでいいの、シドヒーグ？」と、ソフロニア。

「そうでなくて誰があたしなんかと結婚する？」シドヒーグは冗談で返した。

「あなたには立派な地位があるじゃない」と、ディミティ。

「あたしにあるのはそれだけだ」

「ふざけないで」ソフロニアは思ったよりきつい口調になった。この数日の肉体的、精神的試練のせいでひどく疲れていた。

シドヒーグは一瞬、驚き、それから真顔で答えた。「大尉はあたしの気持ちをわかってくれる。あたしも大尉の気持ちがわかる。いい結婚にはそれさえあれば充分だ」

「あら、シドヒーグ、もうすでにすてきな大尉に心を奪われてるんじゃない？」ディミティが瞳を輝かせた。

「もちろん」シドヒーグはそっけなく答えた。「学園にそうでない生徒がいる？」

ソフロニアにはわかった。シドヒーグが心配なのは自分の気持ちではない。「大尉もいずれあなたを愛するようになるわ。あなたにはそれだけの価値があるんだから」

「仮面舞踏会のあとの、大尉の気づかいようを見るかぎり、もうあなたを好きになりかけてるんじゃないかしら？」こういう話になるとディミティはすぐに気持ちが先走る。

シドヒーグは明るい顔でうなずいた。「いまに愛し合うようになって、最後にはきっとうまくゆく」いくらシドヒーグでも、あまりにありきたりなセリフだ。「それにこれからは団と一緒にいられるし、旅もできる。楽しみだ」

ディミティが両手を握り合わせた。「諸国漫遊ね！」

「英国陸軍の最前線で戦うのが漫遊とは思えないけど」

ディミティはため息をついた。「どうしていつもわたしの夢をぶちこわすの、ソフロニア？」

「ごめんなさい、ディミティ、今の言葉は忘れて。でも、シドヒーグ、あたしとしては、あなたがいなくなるとすごく寂しいわ。あなたなしで、どうやって英国じゅうのピクルマンをやっつければいいの？」

シドヒーグは声を立てて笑った。「大丈夫、あんたならできる」

「わたしがいるじゃない。それに、いつだってバンバースヌートも」ディミティは小型メカアニマルを陽気にぽんぽんと叩いた。

ソフロニアはにっこり笑った。「そうね、バンバースヌートを忘れちゃいけないわ」

〈英国空中学園譚〉小事典

異界族 *supernatural*：吸血鬼、人狼らの総称

ヴィクトリア女王 *Queen Victoria*：英国国王。在位一八三七〜一九〇一年

吸血鬼女王 *hive queen*：吸血群の絶対君主

吸血群 *hive*：女王を中心に構成される吸血群の群れ

世話人《クラヴィジャー》 *claviger*：人間だが、いつか自分も人狼にしてもらうため特定の人狼に付きしたがい、身の回りの世話をする者

〈宰相〉 *potentate*：〈影の議会〉で政治分野を担当する吸血鬼

サンドーナー *sundowner*：捜査の範囲内で正式に異界族の殺害を認められた異界管理局の捜査官

〈将軍〉 *dewan*：〈影の議会〉で軍事分野を担当する人狼

人狼団 *pack*：ボス《アルファ》を中心に構成される人狼の群れ

取り巻き《ドローン》 *drone*：人間だが、いつか自分も吸血鬼にしてもらうため特定の吸血鬼に従属する者

訳者あとがき

〝優雅にワルツを踊るのと、コルセットにしこみ扇子をしのばせて優雅にワルツを踊るのはまったく別物です。フィニシング・スクールへお帰りなさい〟

空中に浮かぶレディのためのスパイ養成学校〈マドモアゼル・ジェラルディン・フィニシング・アカデミー〉でめきめきと腕を上げるおてんば娘、ソフロニア・テミニックの冒険譚第三弾『ソフロニア嬢、仮面舞踏会で密偵《スパイ》する』*Waistcoats & Weaponry* が、いかれた吸血鬼教授のいかれた授業で幕を開けました。

ときは一八五三年。スパイ学校に入学してはや一年半、ディミティたち仲のいい学友やボイラー室の気になる男の子ソープとともに充実の学園生活を送るソフロニアですが、とつぜん仲間の一人――レディ・キングエアことシドヒーグ――が謎の失踪をとげるところから物語は動きだします。シドヒーグの行方が知れぬまま、ソフロニアは兄の婚約披露仮面舞踏会に出席するために特別休暇をもらい、ディミティ、エスコート役のフェリックス

・マージー卿、ディミティの弟ピルオーバーとともにテミニック家へ。そこで使用人メカがいっせいに壊れるという事件が発生。シドヒーグの身に何が起こったのか。メカの大量誤作動の原因はなんなのか。持ち前の好奇心と無鉄砲ぶりで謎を探るうち、またもや人狼や吸血鬼、空強盗《フライウェイマン》やピクルマンの影がちらつきはじめます。

友情、恋の三角関係、旧敵との対決、陰謀、男装、色じかけ、そして飛行艇に蒸気機関車と、今回もソフロニアは空から陸から、身につけたスパイの技を駆使して大活躍ですが、ところどころに物苦しさや憂いがかいま見えるのは少しずつ大人に近づいた証拠と言えるでしょう。終盤、事態は思わぬ展開を見せ、仲間たちがそれぞれの道を歩き出す場面には、若さゆえのせつなさと痛みが感じられるに違いありません。

ここで、作中になんども登場するイギリスの愛国歌『統《す》べよ、ブリタニア!』について少しご説明を。これはイギリスを擬人化した女神ブリタニアが世界を支配するという内容で、一七四五年にロンドンで初演されてすぐに人気を博し、その威風堂々たる曲調と歌詞、高らかな管楽器の響きから、いまも愛され、サッカークラブの応援歌にもなっているそうです。歌詞の一部をご紹介しますと、

When Britain first at Heaven's command,（神の命によりブリテン島が）

Arose from out the azure main,（最初に紺碧の大海から興ったとき）
This was the charter of the land,（これぞ国の証と）
And guardian angels sang this strain,（守護天使たちはこう歌った）
Rule, Britannia! Britannia, rule the waves:（統べよ、ブリタニア！ 大海を統べよ）
Britons never never never shall be slaves.（ブリトン人は断じて奴隷とはなるまじ）

演奏では、六番まである歌詞ごとに最後の二行が繰り返され、雄々しく歌い上げられます。never never never のリズムが癖になりそうです。動画サイトで聴くことができますので、ぜひ一度、お試しください。曲を聴いてから改めてその箇所をお読みになると、いっそうおもしろみが増すこと請け合いです。

また、第三章に『マンク』という小説が出てきますが、これは十八世紀のイギリスの小説家マシュー・グレゴリー・ルイスの代表作で、高徳の修道僧（マンク）が美しい女性の誘惑に負け、破滅に向かうというゴシック小説です。破戒、殺人、黒魔術といった内容から背徳の書と見なされたそうですが、これが誘惑術を学ぶスパイ候補生のあいだでまわし読みされているというくだりには思わずにやりとさせられます。

さて、ここでゲイル・キャリガーの新シリーズについてのお知らせです。〈英国パラソル綺譚〉――アレクシア女史シリーズ――をお読みのかたはご存じ、アレクシアとマコン卿のあいだに生まれた女の子プルーデンスを主人公にした The Custard Protocol の一作目 ***Prudence*** がこの春、刊行されました！　前シリーズの最後ではとことん手の焼ける幼児だったプルーデンスが美しきレディとなって繰り広げる新たな冒険譚で、今回は一八九五年のスチームパンキッシュなインドが舞台とのこと。主人公も少し年齢が上がり、〈英国空中学園譚〉のようなヤングアダルトではなく、〈英国パラソル綺譚〉のスピンオフとも言うべき大人の読者向けになっているようです。アレクシアとマコン卿の娘の話となれば、もちろんあの人やこの人も顔を出し（なにせこの世界には不死者が多い）、前シリーズをお読みのかたには二倍、楽しんでいただけることでしょう。新シリーズはいまのところ二巻目まで予定されており、こちらもいずれご紹介できればと思います。

ソフロニアの学園シリーズのほうは、いよいよ次の ***Manners & Mutiny***（マナーと謀叛）で最終巻を迎えます。新たな道を歩き出した仲間たちがどのような活躍を見せ、ソフロニアがどんなふうにフィニッシュするのか――それが明らかになるまで、どうぞ本作を存分にお楽しみください。ムア・ハ・ハ！

二〇一五年四月